죽음의 미로

A Maze of Death

0

A MAZE OF DEATH

2
필립 K. 딕 걸작선

죽음의 미로
A Maze of Death

김상훈 옮김

폴라북스

나의 두 딸,
로라와 이사에게

이 소설에 등장하는 신학은 그 어떤 기성 종교의 신학과도 닮지 않았다. 윌리엄 새릴과 나는 신이 존재한다는 자의적인 가정에 입각한 추상적이고 논리적인 종교 사상을 개발하려고 했고, 이 신학은 바로 그런 시도에서 비롯되었다. 고故 제임스 A. 파이크 주교는 나와 토론을 벌이면서 내가 전혀 몰랐던 풍성한 신학적 화제를 제공해줬고, 이 경험이 집필에 큰 도움이 되었다는 점도 첨언해둔다.

등장인물인 매기 월시의 사후死後 체험은 나 자신의 LSD 체험에 입각한 것이다. 극히 세세한 점까지.

이 소설의 접근법은 지극히 주관적이다. 바꿔 말해서, 어떤 대목에서든 현실은 직접적인 것이 아니라 등장인물의 마음을 통해 본 것이라는 뜻이다. 이런 관점의 주체가 되는 마음은 각장마다 달라지지만, 대부분의 사건은 세스 몰리의 심리를 통해 묘사된다.

보탄 및 신들의 죽음에 관한 이야기는 본래의 신화 체계가 아니라 전적으로 리하르트 바그너판 〈니벨룽의 반지〉에 입각해 있다.

텐치에게 한 질문들의 해답은 중국의 변화의 서書인 『역경易經』에서 따 왔다.

'테켈 우파르신'이란 아람어로 "그는 저울에 달아보고, 그들은 나눈다"라는 뜻이다. 아람어는 그리스도가 말하던 언어다. 그런 인물이 더 많으면 좋을 텐데.

◑ 등장인물

벤 톨치프 | 박물학자

세스 몰리 | 해양생물학자

메리 몰리 | 세스의 아내

베티 조 범 | 언어학자

버트 코슬러 | 델맥-O의 관리인

매기 월시 | 신학자

이그나츠 써그 | 플라스틱 공학자

밀튼 배블 | 의사

토니 덩클웰트 | 사진가, 토양 전문가

웨이드 프레이저 | 심리학자

글렌 벨스너 | 전자기기 · 컴퓨터 전문가

로버타 로킹엄 | 사회학자

수지 스마트 | 타이피스트

네드 러셀 | 경제학자

◑ 차례

01

일은 평소와 마찬가지로 따분했다. 그래서 지난주에 우주선의 송신기 앞으로 가서 뇌의 송과선松果線*에서 뻗어 나온 고정 전극에 도선導線을 연결했다. 도선은 그의 기도를 송신기로 보내서 인접한 중계 네트워크에 전달했다. 이 기도는 향후 며칠 동안 은하계를 돌아다니면서 언젠가는—희망컨대—신의 세계 중 하나에 도달할 것이다.

기도의 내용은 간단했다. "이 빌어먹을 재고 관리 업무는 너무 따분합니다. 판에 박은 일이고, 배는 너무 큰 데다가 직원들도 불필요할 정도로 많습니다. 저는 아무 쓸모없는 예비 모듈에 불과합니다. 뭔가 조금 더 창조적이고 재미있는 직업을 찾아주실 수는 없을까요?" 당연히 그는 이 기도를 '**중재신仲裁神**'

---

* 좌우 대뇌 반구 사이에 있는 솔방울 모양의 내분비선.

13

에게 보냈다. 만약 이 기도가 받아들여지지 않았다면 즉시 주소를 바꿔서 '**조유신**造有神'에게 보냈을 것이다.

그러나 기도는 받아들여졌다.

"톨치프." 주임이 벤의 칸막이로 들어오며 말했다. "전근 명령이 떨어졌어. 거 참."

"감사의 기도를 송신해야겠군요." 벤은 대꾸했다. 좋은 기분이다. 기도가 받아들여지고 실현되면 언제든 기분이 좋아지기 마련이다. "언제 떠나면 될까요? 당장?" 현재 주어진 업무에 관한 불만을 주임에게 감춘 적은 없었다. 일이 이렇게 된 이상 더욱 그럴 이유가 없어졌다.

"벤 톨치프. 기도의 달인." 주임이 말했다.

"평소에 기도를 안 하십니까?" 벤은 놀란 어조로 물었다.

"달리 선택의 여지가 없을 때나 해. 자기 문제는 밖의 도움을 받지 않고 자기 힘으로 해결하는 편을 선호하거든. 하여튼 자네 전근 명령은 유효하네." 주임은 벤 앞의 책상 위에 서류 한 장을 떨어뜨렸다. "델맥-O라는 행성에 있는 작은 입식지入植地라는군. 그 행성에 관해서는 전혀 아는 바가 없지만, 어차피 가보면 다 알게 되겠지." 주임은 생각에 잠긴 표정으로 벤을 훑어보았다. "우주선에 있는 노우저noser 한 척을 타고 가도 되네. 대금은 은화로 3달러야."

"알겠습니다."

벤은 서류를 집어 들며 일어섰다.

고속 엘리베이터를 타고 우주선의 통신실까지 올라갔다. 통신사들은 업무를 처리하느라고 눈코 뜰 새 없이 바빠 보였다.

"오늘 빈 시간이 좀 남아 있어?" 벤은 주임 통신사에게 물었다. "기도를 하나 더 올리고 싶은데, 바쁜 사람들 시간을 뺏기도 뭐해서."

"그런 것까지 보낼 시간은 없어." 주임 통신사가 말했다. "어이, 지난주에도 기도 하나를 보내게 해줬잖아. 그걸로 충분하지 않아?"

어쨌든 시도는 해봤으니 됐어. 벤은 바쁘게 일하는 통신사들을 뒤로하고 자기 방으로 돌아가며 생각했다. 혹시 나중에 감사기도를 하지 않은 것이 문제가 되더라도 최선을 다했다고 변명할 수 있잖아. 기도하고 싶었지만 모든 회선이 공용公用 통신으로 점유되어 있었다고 하면 그만이야.

기대감이 부풀어 올랐다. 마침내 창조적인 일을 할 수 있다. 그것도 가장 절실할 때 말이다. 여기에 몇 주 더 있어야 했다면 과거의 개탄스러운 시기에 그랬던 것처럼 또 술독에 빠졌을 것이다. 그래서 전근을 허락받았다는 사실을 그는 깨달았다. 내가 한계에 도달했다는 사실을 알고 있었던 거야. 별다른 대책을 취하지 않고 놓아두었다면 아마 나를 배의 독방에 처넣어야 했을 거고, 지금쯤 거기 있는—지금 거기에 몇 명이 갇혀 있더라?—하여튼 거기 있는 녀석들과 함께 썩고 있었을 것이다. 열 명쯤 될까. 이렇게 큰 배에서는 그리 많은 인원이라고는 할 수 없었다. 이토록 엄격한 규율을 가진 배 치고는.

벤은 옷장 맨 윗서랍에서 아직 봉을 뜯지 않은 피터 도슨 스카치의 5분의 1갤런 병을 꺼내서 봉을 뜯고 뚜껑을 열었다. 제 삿술을 올려야지. 그는 종이컵에 스카치를 따르며 중얼거렸다. 축하도 겸해서 말이야. 신들은 이런 의식을 흡족해하는 법이다. 그는 스카치를 들이키고 작은 종이컵에 또 술을 따랐다.

제례는 제대로 치러야 한다. 벤은 약간 내키지 않는 기색으로 예의 그 책을 꺼내 왔다. A. J. 스펙토프스키가 쓴 『나는 여가 시간을 활용해서 죽은 자 가운데서 다시 살아났고, 당신 역시 그럴 수 있다』였다. 소프트커버 염가판이었지만 지금까지 갖고 있는 유일한 판본이다. 그런 연유로, 벤은 이 책에 대해 감상적인 태도를 견지하고 있었다. 아무 곳이나 펼치고(이것은 매우 훌륭한 방식으로 간주된다) 21세기의 위대한 공산주의 신학자가 쓴 『그의 삶을 위한 변론』*이라 할 수 있는 이 책 속의 익숙한 구절들을 몇 개 읽었다.

"신은 초자연적인 존재가 아니다. 신이란 스스로를 실체화한 최초의 가장 자연스러운 존재 양식이다."

사실이야. 벤은 되뇌었다. 후세의 신학적 조사에서 증명된 것처럼 스펙토프스키는 논리학자인 동시에 예언자이기도 했다. 그가 예언했던 일들은 늦든 빠르든 실제로 일어났던 것이다. 물론 앞으로 더 알아내야 할 일들도 많았다. 이를테면 '**조유신**'이 존재하게 된 이유 같은 것들이다. 그런 계제階梯의 존재는 스스로를 창조하며, 시간 밖에서 존재하기 때문에 인과율로

---

* Apologia Pro Vita Sua. 잉글랜드 가톨릭 교회의 추기경 존 헨리 뉴먼(1801~1890)이 1864년에 출간한 신앙 고백서.

부터도 자유롭다는 스펙토프스키의 주장을 믿는다면 물론 얘기가 달라지지만. 그러나 대부분의 지식은 중판에 중판을 거듭한 이 책 안에 모두 쓰여 있다고 해도 크게 틀린 말은 아니다.

"힘의 원이 커질수록 신의 선함과 예지叡智는 약해졌기 때문에 가장 큰 원 주위에서 그의 선함은 약했고, 그의 예지도 약했다. 그 탓에 신은 '**형상 파괴자**'를 미처 관찰하지 못했다. '**형상 파괴자**'는 신의 형상 창조 행위에 의해 탄생했지만, 그 기원이 무엇인지는 확실하지 않다. 이를테면 첫째, 그가 처음부터 신과는 별도의 존재였고, 신의 창조물이 아닌 고로 신과 마찬가지로 스스로를 창조한 존재였는지, 혹은 둘째, '**형상 파괴자**'가 신의 한 국면인지의 여부를 단언하는 것은 불가능―"

벤은 낭독을 그만두고 스카치를 홀짝이며 좀 피곤한 기색으로 이마를 문질렀다. 그의 나이는 마흔두 살이었고, 지금까지 이 '**책**'은 수도 없이 읽어보았다. 긴 인생을 살아왔지만 대체로 별 볼 일 없었다고 해야 할 것이다. 적어도 지금까지는. 잡다한 직업에 종사하며 고용주들을 위해 그럭저럭 업무를 처리해왔지만 결코 두각을 나타낸 적은 없었다. 아마 이제부터라도 그렇게 될지도 모르겠군. 그는 중얼거렸다. 이번에 전근하는 곳에서 말이야. 이것이야말로 절호의 기회일지도 몰라.

마흔둘이라. 벤은 자기 나이를 떠올릴 때마다 줄곧 놀라움을 느꼈고, 그럴 때마다 멍하니 죽치고 앉아서 다시금 놀라움을 곱씹으며, 과거의 그 젊고 날씬했던 이십대 청년은 어디로 갔는지 고민하곤 했다. 은근슬쩍 한 살씩 나이를 먹을 때마다 그 사실은 기록에 남지만, 계속 늘어나기만 하는 숫자는 벤의 자기상自己像과는 결코 어울리지 않았다. 마음의 눈으로 본 자신은 여전히 젊었지만, 사진에 찍힌 모습을 볼 때마다 낙담하기 일쑤였다. 전기면도기로 수염을 깎기 시작한 것도 욕실 거울에 비친 자기 모습을 보기 싫어서이니 알 만하지 않은가. 누군가가 자신의 진짜 육체를 빼앗아가고 이런 것으로 바꿔치기했다고 몽상하는 일도 종종 있었다. 빌어먹을. 이미 엎질러진 물이다. 벤은 한숨을 쉬었다.

지금까지 수없이 종사했던 별 볼 일 없는 직업들 중 즐거웠던 것은 단 하나뿐이었다. 지금도 당시의 일을 곰곰이 반추해보곤 한다. 2105년, 데네브* 항성계로 향하는 거대한 식민 우주선에서 배경음악 시스템을 맡아 운영했을 때의 일이다. 벤은 테이프 창고를 뒤지다가 〈카르멘〉의 현악 중주나 들리브**의 가극 사이에 베토벤의 교향곡 전곡이 아무렇게나 쌓여 있는 것을 발견했고, 가장 좋아하는 5번 교향곡을 골라 우주선의 작업 칸막이나 작업 구획 곳곳에 숨겨져 있는 스피커 시스템을 통해 수없이 반복해서 흘려보냈다. 묘하게도 불평하는 사람은 아무도 없었기 때문에 그대로 계속 틀었다. 7번에 마음을 내준 것은 한참 뒤의 일이었고, 여정의 마지막 몇 달에 이르러서야 발작적인 흥분 상태에 빠져 충성의 대상을 9번으로 옮겼다. 이후 그는 꿋꿋이 지조를 지켰다.

---

* 백조자리 알파성.
** Clèment Philibert Lèo Delibes(1836~1891). 프랑스 작곡가.

아마 내게 정말로 필요한 건 잠일지도 모르겠군. 벤은 중얼거렸다. 일종의 황혼 같은 삶에 침잠하는 것이다. 들리는 소리라고는 베토벤뿐이고, 나머지는 모두 흐릿한 안개 속에 잠겨 있는.

아냐. 그는 곧 마음을 고쳐먹었다. 제대로 된 삶을 살고 싶어! 행동에 나서서, 뭔가를 달성하고 싶어. 그런 욕구는 매년 더 절실해졌다. 그리고 매년 희망은 점점 멀어져가기만 했다. '조유신'의 힘은 무엇이든 새롭게 바꿔주는 것이 아니던가. '조유신'은 쇠퇴해가는 것을 완벽한 형상을 가진 새것으로 대체함으로써 쇠퇴 과정을 멈출 수가 있다. 그러면 그 새로운 형상은 또다시 쇠퇴하기 시작한다. '형상 파괴자'가 그 형상을 사로잡기 때문이다— 그러면 '조유신'이 또다시 그것을 새것으로 바꾸는 식이다. 마치 늙은 벌이 날개가 쪼그라들어 죽으면 새로운 벌들이 나타나 그들을 대체하는 것처럼. 그러나 나는 그럴 수가 없어. 나는 쇠퇴할 수밖에 없지. '형상 파괴자'의 수중에 있으니까. 사태는 앞으로도 계속 악화되기만 할 거야.

신이시여. 벤은 생각했다. 도와주십시오.

그러나 나를 다른 것으로 대체하지는 말아주십시오. 우주적인 견지에서 본다면야 좋은 일이겠지만, 존재하기를 멈추는 것은 원하지 않습니다. 아마 내 기도를 들어주셨을 때 그 부분은 이해해주셨을지도 모르겠군요.

스카치를 마셔서인지 졸리다. 겸연쩍게도 꾸벅꾸벅 졸다가 퍼뜩 정신을 차렸다. 다시 한 번 완전하게 각성할 필요가 있다.

그는 벌떡 일어나서 휴대용 전축이 놓인 곳으로 성큼성큼 걸어가, 처음 손에 잡힌 영상 레코드를 턴테이블 위에 올려놓았다. 그러자마자 반대편 벽이 밝아지더니 색색가지 형태들이 교차하기 시작했다. 움직임과 생명력이 약동하는 느낌은 있었지만 부자연스러울 정도로 단조롭다. 반사적으로 깊이 조절 회로를 조정하자 형태들은 조금 더 3차원적인 양상을 띠기 시작했다. 볼륨을 올렸다.

"레골라스 말이 맞아. 어떤 두려움이나 의구심이 우리를 좀 먹더라도, 도전해오지도 않는 노인을 불시에 쏠 수는 없어. 대기하면서 좀 더 상황을 보자고!"

고색창연한 대작의 힘 있는 대사가 벤의 지각에 활력을 불어넣었다. 다시 책상 앞으로 가서 앉은 다음 주임이 주고 간 서류를 집어 들었다. 미간을 찌푸리고 암호화된 정보를 훑어보며 그 의미를 해석해보려고 했다. 이 문서는 숫자와 천공 구멍들과 글자들을 써서 그의 새로운 삶을, 앞으로 경험하게 될 세계를 묘사하고 있었기 때문이다.

"……팡고른을 잘 알고 있는 듯한 말투로군. 그렇지 않나?" 영상 레코드는 계속 돌아갔지만 그는 더 이상 듣고 있지 않았다. 암호화된 메시지의 요점이 보이기 시작했다.

"지난번 집회에서 미처 하지 못한 말이라도 있단 말인가?" 날카롭고 힘찬 목소리가 힐문했다. 고개를 들자 회색 옷을 두른 간달프와 마주쳤다. 마치 간달프 자신이 그에게, 벤 톨치프에게 말을 걸고 있는 듯한 느낌이다. 해명하라는 요구. "그게 아니라면, 혹시 취소하고 싶은 말이라도 있나?" 간달프가 말했다.

벤은 의자에서 일어나 전축이 있는 곳으로 가서 스위치를 껐다. 지금은 당신의 질문에 대답할 준비가 되어 있지 않아, 간달프. 그는 중얼거렸다. 할 일이 많다. 현실에서 할 일이. 아예 존재하지 않았을지도 모르는 신화적인 인물을 상대로 의미심장하고 비현실적인 대화 따위에 몰두할 여유는 없다. 오래된 가치관은 내 입장에서는 갑자기 사라져버렸다. 이 빌어먹을 천공구멍과 글자, 그리고 숫자들의 의미를 알아내는 것이 급선무다.

대충 감이 오기 시작했다. 벤은 신중하게 스카치 병의 뚜껑을 닫고 단단히 잠갔다. 혼자서 노우저를 타고 가야 한다. 여러 입식지에서 선발된 십여 명의 동료들과 합류하게 될 것이다. 기능 범위는 5, C급 임무, K4 호봉. 업무 연한은 최장 2년. 도착하는 즉시 완전한 연금 및 의료보험 혜택을 받는다. 현재 그가 맡은 업무를 무효화하는 최우선 명령을 이미 수령했으므로, 당장이라도 떠날 수 있다. 떠나기 전 업무 인수인계를 할 필요조차도 없다.

게다가 노우저를 살 은화 3달러도 있지. 그는 중얼거렸다. 그러므로 따로 걱정할 일은 전혀 없다. 단지—

새로 어떤 일을 맡게 될지 여전히 알 수가 없었다. 글자와 숫자, 그리고 천공 구멍들은 그런 것을 가르쳐주지는 않는다. 아니, 그것들로 하여금 벤이 필요로 하는 정보, 그가 그토록 간절히 원하는 한 조각의 정보를 뱉어내게 하는 데 실패했다고 하는 편이 더 정확할지도 모르겠다.

그래도 여전히 안 좋은 느낌은 없었다. 마음에 들어. 벤은 되뇌었다. 난 그러고 싶습니다, 간달프. 취소하고 싶은 말 따위는 없어. 기도가 실현되는 것은 결코 흔한 일이 아냐. 그러니까 난 이걸 받아들일 거야. 벤은 큰 소리로 말했다. "간달프, 지금 당신은 인간의 마음속에서나 존재하지만, 내가 받은 명령은 유일무이하고, 진정하게 살아 있는, 완벽하게 현실적인 신으로부터 온 거야. 그런 마당에 내가 더 이상 뭘 바랄 수 있겠어?" 그의 말에 대답한 것은 방 안에 흐르는 정적뿐이었다. 레코드를 껐기 때문에 간달프의 모습은 보이지 않았다. "언젠가는 방금 한 말을 취소할지도 모르겠지. 하지만 아직은 아냐. 지금은 아냐. 무슨 말인지 알겠어?" 그러고는 기다렸다. 정적을 몸으로 느끼며, 전축 스위치에 한 번 손을 대는 것만으로도 그것을 시작할 수도, 끝낼 수도 있다는 사실을 곱씹으며.

02

세스 몰리는 앞에 놓인 그뤼예르 치즈를 플라스틱 자루가 달린 나이프로 깔끔하게 자른 다음 말했다. "난 떠나겠어." V자 모양으로 커다랗게 잘라낸 치즈 한 조각을 그대로 나이프에 얹어 먹는다. "내일 밤 늦게. 테켈 우파르신 키부츠와는 이걸로 작별이야." 그러고는 씩 웃었다. 그러나 거류지의 주임 엔지니어인 프레드 고심은 축하의 말을 건네거나 하지는 않았다. 그러는 대신 한층 더 불만스럽게 얼굴을 찌푸렸다. 못마땅해하는 기색이 사무실에 잔뜩 찰 정도였다.

메리 몰리가 조용히 말했다. "이이는 이미 8년 전에 전근 신청을 했어요. 여기 자리를 잡을 생각은 처음부터 없었다고요. 알잖아요."

"우리도 함께 갈 거야." 마이클 니맨드는 흥분한 나머지 더듬거리며 말했다. "일류 해양생물학자를 불러다놓고 빌어먹을 채석장에서 석재 운반 따위를 시키니 당연하지. 우리도 이젠 신물이 나." 그는 자그마한 몸집의 아내 클레어를 팔꿈치로 슬쩍 찔렀다. "안 그래?"

"이 행성에는 수역水域이라고 할 만한 것이 없잖나." 고심은 신경에 거슬리는 목소리로 말했다. "해양생물학자의 직함에 맞는 일을 시키려고 해도 달리 방도가 없었어."

"하지만 8년 전에 해양생물학자를 구한다는 광고를 냈잖아요." 메리가 지적했다. 그러자 고심은 얼굴을 한층 더 찌푸렸다. "그쪽 잘못이에요."

"그렇긴 하지만 이젠 여기가 당신들 고향이잖아. 당신들 모두의—" 고심은 사무실 입구에 무리지어 있는 키부츠 관리자들을 가리켰다. "우리 모두의 힘으로 이곳을 건설했어."

"그리고 치즈도 만들었지." 몰리가 말했다. "쾌킵, 마치 '**형상파괴자**'가 작년에 입다가 버린 속옷 같은 고약한 냄새를 풍기는 유사 염소들의 젖으로 만든 걸 말이야— 다시는 보고 싶지 않아. 쾌킵도, 치즈도." 몰리는 비싼 수입품인 그뤼예르 치즈를 한 조각 더 잘라내며 니맨드에게 말했다. "자넨 우리와 함께 못가. 노우저를 타고 오라는 지시를 받았거든. 뭐가 문제인지를 굳이 지적하자면 하나, 노우저에는 두 명밖에는 못 타. 이 경우는 나하고 내 아내지. 둘, 자네하고 자네 집사람까지 온다면 두 사람을 추가해야 하는데, 아시다시피 노우저에는 탈 자리가 없어. 고로 자네 부부는 우리를 따라올 수는 없다는 얘기지."

"우리 노우저를 타고 가면 되잖아." 니맨드가 말했다.

"자네는 델맥-O로 전근을 가도 된다는 지시도, 허락도 못 받았잖아." 몰리는 입 한가득 치즈를 우물거리며 대꾸했다.

"우리가 가는 걸 원하지 않는 거로군." 니맨드가 말했다.

"자네가 오기를 원하는 사람은 아무도 없어." 고심이 투덜거렸다. "솔직히 말해서 난 자네가 없는 편이 차라리 나아. 내가 걱정하는 건 몰리 부부야. 망하는 걸 보고 싶지는 않거든."

몰리는 고심을 훑어보면서 신랄한 어조로 쏘아붙였다. "그럼 이번 임무가 '망할' 게 뻔하다고 보는 겁니까."

"모종의 실험적인 임무라고 알고 있어. 내가 알아낸 한에서는 말이야. 소규모 실험인 것 같더군. 열서너 명의 사람을 끌어모은다나. 테켈 우파르신의 초창기 시절로 돌아가는 거나 마찬가지야. 그때처럼 아무것도 없이 무無에서 시작하고 싶어? 우리가 유능하고 기골이 있는 구성원 백 명을 모으는 데 얼마나 오래 걸렸는지 생각해봐. 아까 '형상 파괴자' 얘기를 했지. 자네의 행동이 테켈 우파르신의 형상을 퇴행시킨다는 생각은 안 해봤나?"

"나 자신의 형상은 어떻게 되어도 좋다는 건가." 몰리는 반쯤 혼잣말하듯이 말했다. 이제는 지겨워지기 시작했다. 고심도 신경에 거슬렸다. 고심은 엔지니어 치고는 언제나 놀랄 정도로 언변이 좋았다. 사람들이 자기 업무를 내팽개치지 않고 오랫동안 일해온 것은 오로지 고심의 능란한 언변 덕이었다. 그러나 몰리 부부에 한해서는 이런 언변은 빛이 바랜 지 오래였다. 이제는 옛날 같은 효력은 발휘하지 못한다. 그럼에도 불구하고 과거 영광의 잔재는 아직도 남아 있었다. 육중한 체구를 가진 이 검은 눈동자의 엔지니어를 무시하는 것은 여전히 불가능했다.

그러나 우리는 떠날 거야. 몰리는 생각했다. 괴테의『파우스트』에도 나와 있듯이, "처음에 행위가 있었다"고나 할까. 중요한 건 말이 아니라, 행위다. 20세기의 실존주의자들에 앞서 괴테가 지적했듯이.

"돌아오고 싶어질걸." 고심이 주장했다.

"흐음." 몰리는 말했다.

"그럴 경우 내가 뭐라고 대답할지 알아?" 고심은 큰 소리로 말했다. "만약 두 사람 중에 한 명이라도 테켈 우파르신 키부츠로 돌아오고 싶다는 요청을 내게 보내온다면, 난 이렇게 대답할 거야. '해양생물학자는 전혀 필요 없습니다. 바다조차도 없는 곳입니다. 당신들이 다시 여기서 일할 수 있는 구실을 줄 목적으로 물웅덩이 따위를 만들어줄 생각 또한 추호도 없습니다.' 이렇게 말이야."

"물웅덩이 따위를 만들어달라고 한 적은 없습니다." 몰리는 말했다.

"그래도 있으면 좋을 것 같다는 표정인데."

"무슨 물이라도 좋다는 기분입니다. 중요한 건 바로 그겁니다. 그래서 여기를 떠나고, 다시는 돌아오지 않겠다는 겁니다."

"델맥-O에 수역이 있는 건 확실해?" 고심이 캐물었다.

"아마 있을 거라고—"

몰리가 말하려고 하자 고심이 가로막았다.

"테켈 우파르신에 올 때도 아마 그렇게 생각했잖아. 자네 문제의 근원은 바로 그거야."

"아마 있을 거라고 생각했던 겁니다. 당신이 낸 해양생물학자를 찾는다는 광고를 보고—" 몰리는 한숨을 쉬었다. 피곤했다. 고심을 설득하려고 해보았자 의미가 없다. 이 엔지니어 겸 키부츠의 최고 책임자는 꽉 막힌 위인이었다. "그냥 치즈나 먹게 해주십쇼." 몰리는 이렇게 말하고 한 조각 더 잘라내려고 했다. 그러나 이 맛에도 이제 질렸다. 너무 많이 먹은 듯하다. "염병할." 그는 나이프를 내던졌다. 짜증이 나고 고심도 괘씸했다. 더 이상 대화를 계속할 마음도 없었다. 중요한 것은 고심이 뭐라고 생각하든 간에 전근 명령을 취소할 수는 없다는 점이었다. 그것은 어떤 지시에도 우선하는 최우선 명령이었다. 윌리엄 S. 길버트*의 말을 인용하자면, 장단점을 모두 포함한 요지要旨인 것이다.

"괘씸하기 짝이 없군." 고심이 말했다.

몰리가 말했다. "나도 마찬가지입니다."

"막다른 골목이군요." 니맨드가 말했다. "고심, 당신은 억지로 우리를 여기 머물게 할 수는 없습니다. 기껏해야 고함이나 치는 게 고작이죠."

고심은 몰리와 니맨드에게 상스러운 손짓을 해 보이고 성큼성큼 자리를 떴고, 앞에 있던 군중을 헤치고 반대편 어딘가로

---

* Sir William Schwenck Gilbert(1836~1911). 영국의 극작가, 시인.

사라졌다. 사무실은 곧 조용해졌다. 그러자 몰리의 기분도 나아지기 시작했다.

"당신, 남하고 논쟁을 벌일 때마다 피곤해하는 것 같아." 메리가 말했다.

"응. 정말이지 고심은 사람을 피곤하게 만들어. 지난 8년 동안의 일을 계산에 넣지 않더라도, 지금 나눈 얘기만으로도 녹초가 될 지경이야. 가서 노우저를 골라놓을게." 몰리는 일어서서 사무실을 뒤로 하고 한낮의 햇살 아래로 나갔다.

노우저란 참 묘한 물건이야. 몰리는 주기장(駐機場) 가장자리에 서서, 꼼짝도 않는 우주선들을 둘러보며 생각했다. 우선 황당할 정도로 값이 싸다. 은화 4달러 이하의 가격으로 한 척을 살 수 있을 정도였다. 게다가 일단 출발하면 다시는 돌아올 수 없다. 노우저로는 오로지 편도 비행밖에는 할 수 없기 때문이다. 이유는 물론 단순했다. 워낙 작은 탓에 돌아올 연료를 실을 공간이 없는 탓이다. 더 큰 우주선 또는 행성 표면을 출발해서 목적지에 도착한 다음에는 조용히 폐기되는 것이 노우저의 운명이었다. 그렇지만 나름대로 쓸모는 있었다. 인류나 그 밖의 모든 지적 종족들은 꼬투리를 닮은 이 조그만 우주선을 타고 은하계 전체를 종횡무진으로 누비고 있지 않은가.

테켈 우파르신이여 잘 있거라. 몰리는 되뇌었고, 노우저 주기장 너머에 늘어선 오렌지 관목들을 향해 짧게 묵례했다.

어떤 노우저를 고를까? 그는 자문했다. 모두 녹이 슨 채로 방치되어 있다는 점에서는 엇비슷했다. 지구에 있는 중고차 하치장처럼 말이다. ㅂ으로 시작하는 이름을 가진 것이 나오면 그걸로 하자. 그는 이렇게 결심하고 배들의 이름을 읽기 시작했다.

'병적인 닭'이라. 흠, 찾았다. 그다지 심원하지는 않지만 적절한 이름이라고 할 수 있었다. 그가 병적인 상상력을 갖고 있다고 지적한 사람은 비단 메리뿐만이 아니었다. 모든 사람이 그랬다고 해야 할 것이다. 정확하게는 '신랄한 위트'라고 해야 하지만. 이 두 가지를 제대로 구분할 줄 아는 사람은 거의 없다.

손목시계를 보니 감귤류 제품 공장에 들를 만한 시간 여유가 있었다. 그래서 그리로 갔다.

"AA급 마멀레이드를 1파인트 병으로 열 개 줘."

몰리는 배송 담당자에게 말했다. 지금 여기서 받아두지 않으면 두 번 다시 손에 넣을 수 없을 것이다.

"아직 배급받을 게 열 개나 더 남아 있어?" 담당자는 미심쩍다는 듯이 몰리를 보았다. 예전에도 같은 일로 몰리와 다툰 적이 있다.

"못 믿겠으면 조 퍼서한테 확인해봐." 몰리는 말했다. "자, 거기 전화기가 있으니 직접 물어보라고."

"난 바빠." 담당자는 내뱉듯이 말하고 이 키부츠의 주산물인 1파인트짜리 마멀레이드 병 열 개를 꺼내서 몰리에게 건넸다. 마분지 상자가 아니라 종이 봉지에 넣어서.

"상자 없어?"

"시끄러워."

몰리는 마멀레이드 병을 하나 꺼내서 정말로 AA급인지 확인했다. 맞다.

라벨에는 '테켈 우파르신 키부츠산 마멀레이드!' 라고 쓰여 있었다. '진짜 세빌레오렌지(분류군 3-B 변종 아문)로 만든 순정품입니다. 당신의 주방이나 조리 구획에 스페인의 햇살을!'

"알았어. 고마워." 몰리는 말했다. 육중한 종이봉투를 끌어안고 또다시 한낮의 밝은 햇살 아래로 나왔다.

노우저 주기장으로 돌아온 몰리는 마멀레이드 병을 '병적인 닭'에 싣기 시작했다. 이 키부츠의 생산품 중에서는 유일하게 괜찮은 물건이지. 그는 노우저 화물칸의 자력 고정 필드 안에 마멀레이드 병을 하나씩 집어넣으며 중얼거렸다. 다 먹어버리면 아쉬워질 것이다.

몰리는 목에 건 무전기로 메리를 불러냈다. "노우저를 골랐어. 주기장으로 오면 보여줄게."

"정말 괜찮은 걸 고른 거야?"

"내가 기계라면 빠삭하다는 걸 알면서." 몰리는 퉁명스럽게 대꾸했다. "로켓 엔진, 배선, 조종 계통, 생명 유지 시스템까지 빠짐없이 전부 확인했어." 그는 마지막 마멀레이드 병을 화물칸에 밀어 넣고 단단히 문을 닫았다.

메리는 몇 분 뒤에 도착했다. 날씬하고 볕에 그을린 몸. 카키색 셔츠와 반바지에 샌들 차림이다. "흐음." 그녀는 '병적인 닭'을 훑어보며 말했다. "고물로밖에는 안 보이는데. 하지만 당신이 괜찮다면 괜찮은 거겠지, 아마."

"짐도 좀 실었어."

"짐이라니, 뭐?"

몰리는 화물칸을 열고 마멀레이드 병 열 개를 보여주었다.

오랜 침묵이 흐른 후 메리가 말했다. "하느님 맙소사."

"왜 그래?"

"배선이나 엔진을 점검한 게 아니라, 빌어먹을 마멀레이드를 구걸하며 다녔다. 이거지." 메리는 화가 머리끝까지 난 표정으로 화물칸의 문을 쾅 닫았다. "이따금 당신이 돌아버린 게 아닌가 하는 생각이 들 때가 있어. 이 빌어먹을 노우저에 우리 목숨이 달려 있다는 걸 몰라? 산소 공급 장치가 고장 난다거나 방열 회로가 고장 난다거나 선체에 눈에 안 보이는 구멍이 나 있는지 확인할 생각은 안 하고—"

"당신 오빠한테 봐달라고 해." 그는 메리의 말을 가로막았다. "나보다 훨씬 더 신뢰하고 있는 것 같으니."

"오빠는 바빠. 알잖아."

"아, 와줄 거야. 어떤 노우저를 타고 가면 되는지 골라주겠지. 나 대신에."

메리는 그를 쏘아보면서 마른 몸을 도전적으로 곧추세웠다.

그러더니 갑자기 몸의 힘을 뺐다. 반쯤 재미있어하는, 체념한 듯한 표정이었다. "묘한 얘기지만 당신 운 하나는 정말 좋은 것 같아— 그러니까, 당신의 다른 재능에 비하면 말이야. 이 노우저는 정말로 여기서 제일 나은 건지도 몰라. 그걸 알아차린 건 당신이 아니라 당신의 그 말도 안 되는 행운 덕택이겠지만."

"운이 좋은 게 아니라 판단력이 좋기 때문이야."

"아냐." 메리는 고개를 설레설레 저으며 말했다. "그런 것하고는 전혀 상관없어. 당신한테 판단력 같은 건 없어─ 적어도, 상식적인 의미에서는. 하지만 알 게 뭐람. 이 노우저를 타고, 평소처럼 그놈의 운이 좋기를 바라는 수밖에. 하지만 세스, 어떻게 이런 식으로 살아갈 수가 있어?" 메리는 푸념하듯이 그의 얼굴을 쳐다보았다. "정말이지 견디기 힘들어."

"그럭저럭 잘 살아왔잖아."

"여기, 이 키부츠에 처박혀서 말이지. 8년 동안이나."

"하지만 이젠 떠날 수 있어."

"보나마나 더 안 좋은 데로 가게 되겠지. 새로운 임무가 정확히 뭔지는 알아? 고심한테 들은 걸 제외하면 아무것도 모르잖아. 고심이 그걸 아는 건 다른 사람들의 통신문을 모조리 읽는 게 자기 임무라고 생각하기 때문이야. 당신이 처음 보냈던 기도문도 읽었어. 지금까지 그 얘길 안 한 건, 그걸 알면 당신이 얼마나─"

"개자식." 몰리는 무력감에서 비롯된 시뻘겋고 거대한 분노가 마음속에서 솟구치는 것을 자각했다. "다른 사람의 기도문을 읽는 건 도의에 반하는 일인 걸 모르나."

"여기 책임자잖아. 그래서 모든 게 자기 일이라고 믿고 있어. 하여튼 이젠 그것과도 작별이야. 그건 고마워해야겠지. 세스, 화를 가라앉혀. 어차피 아무 일도 할 수 없잖아. 그걸 읽은 것도 이미 몇 년 전 얘기고."

"그래서, 좋은 기도래?"

"프레드 고심은 결코 그런 말은 안 할 거야. 난 좋은 기도라고 생각했지만 말이야. 이렇게 전근 명령이 떨어진 걸 보면 좋은 기도였던 게 분명해."

"나도 그렇게 생각해. 어차피 신은 고심 같은 유대인의 기도 따위는 잘 들어주지 않아. **'중재신'**이 등장하기 전, **'형상 파괴자'**의 힘이 그토록 강했을 때 유대인들이 맺었던 **'성약聖約'** 탓이겠지. 우리들과 그와의—그러니까, 신과의—관계가 최악이었던 시절에 말이야."

"당신이 그런 시대에 살고 있었다면 **'조유신'**이 무슨 일을 하건 불평불만만 늘어놓았을 게 뻔해."

"위대한 시인이 되었겠지. 다윗처럼."

"보나마나 지금처럼 한심한 직장에서 일하고 있었을걸."

메리는 이렇게 내뱉고 자리를 떴다. 한 손을 화물칸의 마멀레이드들 위에 올려놓고 노우저 문 앞에 우뚝 서 있는 몰리를 남겨두고.

가슴속에서 무력감이 솟구치며 목에 메었다. "가지 마!" 아내의 등에 대고 외쳤다. "가면 그냥 두고 갈 거야!"

메리는 뜨거운 햇살을 받으며 성큼성큼 걸어갔다. 뒤를 돌아보지도 않았고, 대답도 하지 않았다.

몰리는 하루 종일 소유물들을 '병적인 닭'에 옮겨 싣는 일에 몰두했다. 메리는 나타나지 않았다. 저녁때가 다 되어서야 그는 혼자서 모든 일을 하고 있다는 사실을 깨달았다. 도대체 메리는 어디로 간 거지? 그는 자문했다. 이건 공평하지 못해.

우울증이 엄습했다. 식사 시간이 다가오면 보통 이런 상태에 빠진다. 이렇게 해봤자 아무 소용이 없는 것이 아닐까. 한심한 직장에서 다른 한심한 직장으로 전근한들 뭐가 달라진단 말인가. 난 루저[落伍者]다. 메리 말이 맞다. 노우저 하나도 제대로 못 고르는 위인이다. 게다가 이 빌어먹을 짐 실은 꼴 좀 보라지. 몰리는 노우저 안쪽을 훑어보았다. 옷, 책, 레코드, 주방기구, 타이프라이터, 의약품, 사진, 만년 소파 커버, 체스 세트, 자료 테이프, 통신장비. 잡동사니, 잡동사니, 잡동사니의 산이다. 여기서 8년 동안 일하면서 도대체 뭘 모았던 것일까? 몰리는 자문했다. 가치 있는 것이 단 하나도 없다. 게다가 노우저 안에다 들어가지도 않는다. 대부분 버리든지 아니면 누군가 다른 사람이 쓸 수 있도록 두고 가야 한다. 못 쓰게 만드는 편이 낫겠군. 그는 음울한 표정으로 생각했다. 자신의 물건을 다른 누군가가 사용한다는 안은 단호히 배제해야 한다. 몽땅 태워버리자. 메리의 허접한 옷가지들까지. 요란하고 번지르르하기만 하면 어치처럼 닥치는 대로 물고 오는 버릇이 있는 여자다.

메리 것은 밖에 쌓아두고 내 것만 실어야겠군. 몰리는 결심했다. 자업자득이다. 당연히 와서 도왔어야 했다. 그 여자의 잡동사니까지 실어줄 의무는 없다.

옷을 한 아름 안고 서 있었을 때, 어스레한 황혼 속에서 다가오는 사람의 모습이 눈에 들어왔다. 누굴까? 몰리는 의아해하며 그쪽을 주시했다.

메리는 아니다. 사내다. 아니, 사내 비슷한 것이라고 해야 하나. 느슨한 로브 차림에, 긴 머리카락을 검고 우람한 어깨 사이에 늘어뜨리고 있다. 몰리는 두려움을 느꼈다. **'지상을 걷는 자'**다. 나를 막기 위해 온 것일까. 몰리는 몸을 떨며 품에 안은 옷가지를 내려놓기 시작했다. 가슴속에서 맹렬한 죄의식이 솟구쳐 올랐다. 지금까지 저지른 온갖 악행의 무게가 그를 짓눌렀다. 몇 달, 아니 몇 년 만일까— 정말 오랫동안 **'지상을 걷는 자'**를 만나지 않았기 때문에 이런 중하重荷는 한층 더 견디기 힘들었다. 축적된 악행은 언제나 그의 마음속에 응어리를 남겼고, **'중재신'**이 그것을 제거해줄 때까지는 결코 사라지지 않는다.

사내는 눈앞에서 멈춰 섰다. "미스터 몰리." 그는 말했다.

"예." 이렇게 대답하자마자 두피에서 식은땀이 줄줄 흘러나왔다. 얼굴을 따라 뚝뚝 떨어지는 땀을 손등으로 훔쳐내려고 했다. "전 지쳤습니다. 벌써 몇 시간째 이 노우저에 짐을 싣고 있었습니다. 쉬운 일이 아니라서."

'지상을 걷는 자'가 말했다. "자네가 고른 '병적인 닭'은 자네와 자네의 작은 가족을 델맥-O까지 데려다주지 못할걸세. 그래서 이렇게 개입하는 수밖에 없었네, 소중한 친구. 무슨 말인지 알겠나?"

"물론입니다." 몰리는 죄책감으로 헐떡이며 말했다.

"다른 걸 고르게."

"예." 몰리는 황급히 고개를 끄덕였다. "물론 그러겠습니다.

감사합니다. 정말로 감사합니다. 덕분에 우리 부부는 목숨을 건졌습니다." 몰리는 흐릿하게 보이는 '**지상을 걷는 자**'의 얼굴을 응시하며, 책망하는 듯한 표정이 떠올라 있지는 않은지 알아보려고 했다. 그러나 알 수 없었다. 어스레한 저녁 안개에 가려 거의 보이지 않았기 때문이다.

"이토록 오래 헛수고를 한 것은 유감이네."

'**지상을 걷는 자**'가 말했다.

"아니, 방금 말씀드렸듯이—"

"짐을 옮겨 싣는 걸 도와주지." '**지상을 걷는 자**'는 두 팔을 뻗으며 허리를 굽혔고, 상자들을 한 아름 안아 들고 침묵한 노우저들 사이를 걸어가기 시작했다. "이것을 추천하고 싶군." 이윽고 '**지상을 걷는 자**'는 한 노우저 앞에 멈춰 서서 말했다. 손을 뻗어 문을 연다. "겉모습은 별 볼 일 없지만, 기계 상태는 완벽하네."

"어," 서둘러 짐을 들고 따라오던 몰리가 말했다. "그러니까, 감사합니다. 어차피 겉모습은 중요하지 않습니다. 중요한 건 내부이니까요. 그건 사람이든 노우저든 마찬가지가 아닐까요." 이러면서 웃으려고 했지만, 실제로는 귀에 거슬리는 목쉰 소리만 흘러나왔을 뿐이었다. 그 즉시 몰리는 입을 다물었다. 워낙 두려움이 컸던 탓에 목덜미에 맺힌 땀이 금세 차갑게 식었다.

"나를 두려워할 필요는 없네." '**지상을 걷는 자**'가 말했다.

"저도 논리적으로는 그걸 압니다만." 몰리가 말했다.

두 사람은 한동안 묵묵하게 일을 계속했다. '병적인 닭'과 그보다 나은 노우저 사이를 왕복하며 잇달아 상자를 나른다. 몰리는 계속 무슨 말이든 해보려고 했지만 결국 그럴 수 없었다. 마음이 두려움으로 위축되어버린 탓이다. 그가 그토록 자신하고 신뢰하던 날카로운 지성의 불도 지금은 거의 꺼져버린 상태였다.

"정신과 의사와 상담해볼 생각은 하지 않았나?"

마침내 **'지상을 걷는 자'**가 입을 열었다.

"안 했습니다."

"잠시 쉬기로 하세. 얘기를 좀 나누지."

"괜찮습니다."

"왜?"

"아무것도 알고 싶지 않습니다. 아무것도 듣고 싶지 않습니다." 귀에 들린 자신의 목소리는 무지無知에 흠뻑 젖은 약하디약한 푸념이었다. 어리석고, 평소의 그답게 광기를 잔뜩 내포한 푸념이라고나 할까. 듣자마자 몰리 자신도 그 사실을 알아차렸지만 여전히 거기 매달렸다. 그는 말을 이었다. "제가 완벽하지 않다는 사실은 알고 있습니다. 하지만 변할 수가 없습니다. 지금 상태에 만족하고 있으니까요."

"'병적인 닭'을 제대로 점검하지도 않았잖나."

"메리의 지적은 정확합니다. 저는 운이 좋습니다."

"그러다가 메리까지 함께 죽었을 텐데."

"그 얘긴 본인한테 해주십쇼." 나한테 그러지는 말아줘. 제발 그러지 말아줘. 알고 싶지 않아!

'**지상을 걷는 자**'는 잠시 그를 바라보다가 입을 열었다. "뭔가 나한테 하고 싶은 말은 없나?"

"감사합니다. 정말로 감사하고 있습니다. 이렇게 와주셔서."

"과거 몇 년 동안 자네는 다음번에 나를 만나면 무슨 얘기를 할까 곰곰이 생각에 잠기곤 했잖나. 실로 많은 생각이 뇌리를 스쳐갔지."

"그건— 잊었습니다." 몰리는 쉰 목소리로 말했다.

"자네에게 축복을 내려도 될까?"

"물론입니다." 여전히 쉰 목소리였다. 게다가 거의 들리지 않을 정도로 작았다. "하지만 왜? 제가 무슨 일을 했습니까?"

"자네가 자랑스러워서. 단지 그뿐이야."

"하지만 왜?"

이해할 수 없었다. 예상하던 꾸지람도 듣지 않다니.

'**지상을 걷는 자**'가 말했다. "몇 년 전에 자네는 수고양이를 키웠지. 자넨 그 고양이를 정말로 사랑했어. 탐욕스럽고 교활한 놈이었지만 그래도 사랑했어. 어느 날 그 고양이는 위장에 뼛조각이 꽂힌 탓에 죽었어. 쓰레기통에서 화성 뿌리독수리의 시체를 훔쳐 먹다가 그렇게 됐지. 자넨 슬퍼했지만, 여전히 그 고양이를 사랑했어. 그 고양이의 본질, 왕성한 식욕, 그 고양이를 이루고 있던 모든 것이 그걸 죽음으로 몰아갔어. 되살릴 수만 있다면 자네는 아무리 큰 대가라도 치렀겠지. 그것도 예전에 자네가 사랑했던 그대로의, 탐욕스럽고 뻔뻔한 그 고양이를 말이야. 무슨 뜻인지 알겠나?"

"그때 기도를 했습니다. 하지만 아무 도움도 받지 못했습니다. '**조유신**'이었다면 시간을 되돌려서 그놈을 되살릴 수 있었을 텐데."

"지금도 그놈을 되찾고 싶나?"

"예." 몰리는 쉰 목소리로 말했다.

"정신과 의사의 상담을 받겠나?"

"아뇨."

"자네에게 축복을 내리겠네."

'**지상을 걷는 자**'는 이렇게 말하고 오른손으로 어떤 동작을 했다. 느리고 위엄이 있는 축복의 동작이었다. 몰리는 고개를 숙이며 오른손으로 눈가를 눌렀고…… 얼굴의 우묵한 부분에 검은 눈물이 맺혀 있는 것을 발견했다. 지금도 이런 감정을 느끼다니. 그는 놀라웠다. 그 늙고 한심한 고양이 녀석. 이미 오래전에 잊어버렸어야 했어. 아마 그런 일은 결코 잊을 수 없는 것인지도 모르겠다. 마음속에 파묻혀 있다가도, 이런 일이 일어나면 되살아나는 식이다.

"감사합니다." 축복이 끝나자 몰리가 말했다.

"다시 보게 될걸세. 천국에서 모두가 함께 앉을 때."

"정말입니까?"

"그래."

"예전 그대로의 그 녀석을요?"

"그래."

"저를 기억할까요?"

"지금도 기억한다네. 기다리고 있어. 언제까지라도 기다릴 거야."

"고맙습니다. 기분이 훨씬 나아졌습니다."

'지상을 걷는 자'는 떠났다.

키부츠의 구내식당으로 들어가서 몰리는 아내를 찾았다. 메리는 방 가장자리의 그늘진 곳의 테이블에 앉아서 커리 풍미의 양고기 목살 구이를 먹고 있었다. 몰리가 반대편 자리에 앉았지만 그녀는 그저 고개만 까닥했을 뿐이었다.

"저녁을 못 먹었네. 당신답지 않게."

"만났어."

"누구를?"

메리는 날카로운 눈빛으로 몰리를 쳐다보았다.

"**'지상을 걷는 자'**. 내가 고른 노우저를 타고 가면 죽을 거라는 얘기를 해주러 온 거야. 그것으로는 절대로 못 갈 거라고 했어."

"역시나. 그럴 것 같았어. 그런 물건으로는 절대로 목적지까지 못 갔을 거야."

"내 고양이는 아직도 살아 있대."

"고양이 같은 건 안 기르잖아."

몰리는 포크를 움직이는 아내의 팔을 움켜잡았다. "이제 괜찮을 거라고 했어. 델맥-O에 무사히 도착해서 새로운 일을 시작할 수 있을 거라고 했어."

"새로운 일이 뭔지 물어봤어?"

"아니. 미처 못 물어봤어."

"바보 같으니라고." 메리는 그의 손을 뿌리치고 다시 음식을 먹기 시작했다. "**지상을 걷는 자**'가 어떻게 생겼는지 얘기해줘."

"한 번도 본 적이 없어?"

"본 적이 없다는 거 알잖아!"

"아름답고, 친절했어. 손을 내밀어서 나를 축복해줬어."

"그럼 남자 모습으로 현시顯示했던 거네. 재미있어. 여자였다면 당신은 귀를 기울이려고도 하지 않았을 거―"

"난 당신이 안쓰러워. 당신을 구하기 위해서 간섭한 적은 단한 번도 없었지. 아마 당신은 구원할 가치도 없다고 보는 건지도 몰라."

메리는 격하게 포크를 내려놓았다. 야수처럼 광포한 눈으로 그를 쏘아본다. 두 사람 모두 한동안 아무 말도 하지 않았다.

이윽고 몰리가 말했다. "난 혼자서 델맥-O로 가겠어."

"정말로? 정말로 그럴 작정이야? 난 함께 갈 거야. 당신에게서 한시라도 눈을 뗄 생각은 없어. 내가 없으면―"

"알았어." 몰리는 가차 없이 내뱉었다. "따라와도 돼. 내 알바 아니지. 어차피 여기 혼자 오래 놓아두었다가는 고심하고 붙어서 그 녀석의 인생을 망치는 게 고작―" 몰리는 말을 멈추고 숨찬 듯이 헐떡였다.

아무 말 없이, 메리는 계속 양고기를 먹었다.

03

"현재 귀하는 델맥-O의 지표에서 1천 마일 상공을 항행 중입니다." 벤 톨치프의 귀를 덮은 헤드폰이 보고했다. "자동 조종 모드로 변환해주십시오."

"내가 직접 착륙시킬 수 있어." 벤은 마이크에 대고 말했다.

하계下界에 펼쳐진 세상을 응시하며 묘한 색깔이라고 생각했다. 구름이로군. 그렇다면 자연산 대기가 있다는 얘기가 된다. 흐음, 이것으로 여러 의문 중 하나가 풀렸다. 마음이 편해지며 자신감이 솟구친다. 그러자 다른 의문이 떠올랐다. 이곳은 신의 세계일까? 이런 생각을 하자 들뜬 기분이 사라졌다.

별다른 문제없이 착륙했다. 기지개를 켜고, 하품을 하고, 트림을 한 다음 안전벨트를 풀고 일어서서 비틀거리며 해치를 향해 걸어갔다. 해치를 연 다음 다시 조종실로 돌아가서 아직도 분사중인 로켓 엔진을 껐다. 그러면서 공기 공급 장치도 껐다. 이것으로 할 일은 다 한 듯하다. 톨치프는 해치 밖의 쇠사다리를 잡고 내려가서 행성 표면으로 꼴사납게 폴짝 뛰어내렸다.

우주선 발착장 옆에는 평평한 지붕의 건물들이 늘어서 있었다. 이 조그만 입식지를 위한 잡다한 시설들이다. 몇몇 사람이 그의 노우저를 향해 걸어오고 있었다. 마중을 나온 모양이다. 벤은 조종사용 인조 가죽장갑의 감촉을 즐기며 손을 흔들었다. 그와 동시에 커다랗게 부푼 우주복 덕택에 육체적으로도 자신이 크게 확장된 듯한 감각을 맛보았다.

"야호!" 여자 목소리가 외쳤다.

"야호." 벤은 여자를 바라보며 말했다. 검은 작업복 상의에 같은 색 바지 차림이다. 흔해빠진 지급품이지만, 주근깨가 있는 둥글고 청결해 보이는 수수한 얼굴과 잘 어울렸다. "여기는 신의 세계입니까?" 그는 천천히 여자를 향해 걸어가며 물었다.

"그건 아니에요." 젊은 여자가 대답했다. "하지만 저기로 가면 묘한 것들이 있더군요." 그녀는 지평선 쪽을 막연한 동작으로 가리키며 말했다. 친숙한 미소를 떠올리며 손을 내민다. "난 베티 조 범이라고 해요. 언어학자죠. 당신은 톨치프 씨 아니면 몰리 씨겠군요. 다른 사람들은 이미 도착했어요."

"톨치프입니다."

"모두 소개해드리죠. 이 나이 지긋한 신사 분은 이곳의 관리인인 버트 코슬러."

"만나 뵙게 되어서 반갑습니다, 코슬러 씨." 악수.

"나도 반갑네." 노인이 말했다. "여기 이분은 매기 월시라네. 신학자야."

"처음 뵙겠습니다, 월시 양." 악수. 예쁜 여자다.

"처음 뵙겠습니다, 톨치프 씨."

"이그나츠 써그. 플라스틱 공학자."

"여어." 과도하게 힘이 들어간 남성적인 악수. 이 써그라는 작자는 마음에 들지 않는다.

"밀튼 배블 선생님. 이 입식지의 의사죠."

"만나 뵈어 반갑습니다, 배블 선생님." 악수. 키가 작고 뚱뚱한 배블은 알록달록한 반팔 셔츠 차림이었다. 어딘가 불순해 보이는 표정이다. 무슨 생각을 하는지 알기 힘들다.

"토니 덩클웰트. 사진가 겸 토양 샘플 채취 전문가."

"만나서 반갑습니다." 악수.

"여기 이 신사 분은 심리학자인 웨이드 프레이저예요." 벤은 프레이저의 축축하고 불결한 손을 잡고 길고 형식적인 악수를 나눴다.

"글렌 벨스너. 전자기기와 컴퓨터 담당."

"만나서 반갑네." 악수. 건조하고 딱딱한, 유능한 느낌의 손이다.

키가 큰 노파가 지팡이를 짚으며 다가왔다. 고귀한 느낌의 얼굴이었고, 피부는 창백하지만 매우 섬세한 느낌을 준다. "톨치프 씨." 노파는 가늘고 힘없는 손을 내밀며 말했다. "저는 사회학자인 로버타 로킹엄입니다. 뵙게 되어 반갑습니다. 모두들 어떤 분인지 줄곧 궁금해하고 있었답니다."

"그 유명한 로버타 로킹엄?" 실로 뿌듯한 느낌이다. 근거는 없었지만 이 나이 든 위대한 여성은 이미 오래전에 작고했다고 생각하고 있었던 것이다. 그런 상대와 이렇게 직접 수인사를 나누다니 어리둥절한 기분이었다.

"그리고 이분은," 베티 조가 말했다. "우리 사무 타이피스트인 수지 덤*이에요."

"뵙게 되어 반갑습니다, 미스—" 벤은 퍼뜩 말을 멈췄다.

"본명은 스마트**예요." 여자가 말했다. 풍만한 가슴에 멋진 몸매를 가지고 있다. "수잔 스마트. 그런데 다들 수지 덤이라고 부르면서 놀리는 데 재미를 붙였나 보네요." 수지는 그와 악수를 나눴다.

베티 조가 말했다. "근처를 둘러보고 싶어요? 아니면 뭔가 다른 희망 사항이라도 있나요?"

"여긴 어떤 종류의 입식지입니까? 아무 얘기도 못 듣고 와서."

"톨치프 씨." 고령의 저명한 사회학자가 말했다. "저희도 아무 얘기 못 들었답니다." 그녀는 쿡쿡거리며 웃었다. "새로 오는 사람마다 붙들고 물어봤지만 아는 사람은 아무도 없었습니다. 마지막에 도착할 예정인 사람은 몰리 씨인데— 그분조차도 모른다고 하면 도대체 어떻게 될지."

전자기기 담당이라는 사내가 벤에게 말했다. "문제없어. 종속 위성을 띄워놓았더군. 하루에 다섯 번 공전하기 때문에 밤

---

* Dumb. 멍청하다는 뜻도 된다.
** Smart. 똑똑하다.

45

이면 육안으로도 보여. 마지막 참가자인 몰리가 도착하면 위성에 실려 있는 오디오 테이프 장치를 원격 작동시키라는 지시를 받았어. 그 테이프를 들으면 우리 임무는 뭐고 왜 우리가 여기 왔나, 뭐 그런 설명을 들을 수 있을 거라나. '맥주가 뜨뜻해지지 않도록 냉장고 온도를 낮추는 방법은 뭔가' 이런 얘기만 제외하고 말이야. 흥, 아마 그것까지 가르쳐줄지도 모르겠군."

일동은 잡담을 나누기 시작했다. 벤도 어느새 거기 동참하고 있었지만 다들 무슨 얘기를 하고 있는지 잘 이해가 되지 않았다. "베텔게우스 제4행성에는 오이가 자랐어. 게다가 당신 얘기처럼 달빛으로 재배한 것도 아냐. 우선 베텔게우스 제4행성에는 달 따위는 없어. 그것만으로도 명백하지 않나." "만난 적이 없어." "흠, 존재하는 건 확실해. 언젠가는 만나게 될걸." "우리들 사이에 언어학자가 있는 걸 보면 이 행성에 지적 생명체가 있는 건 확실해 보이지만, 아직 비공식적인 탐험밖에는 하지 않았어. 과학적인 조사가 아니었지. 물론 이건 곧 바뀌게 될―" "변하는 건 아무것도 없어. 스펙토프스키의 이론에 의하면 신이 역사 속으로 들어와서 다시 시간을 재개시킨다고 하지만." "그런 얘기를 하고 싶거든 월시 양에게 얘기하십쇼. 난 신학엔 관심이 없습니다." "저도요. 그런데 톨치프 씨, 혹시 인디언 혼혈이신가요?" "흐음, 8분의 1은 인디언 혈통입니다. 이름 때문에 물어보신 건가요?" "이놈의 건물들은 개판으로 지어졌어. 언제 무너져도 이상하지 않을 정도야. 난방이 필요할 때도 난방을 할 수가 없고, 냉방이 필요할 때도 냉방을 할 수가 없어. 내가 무슨 생각을 하고 있는지 알아? 이 시설들은 처음부터 아주 짧은 기간만 버틸 수 있도록 지어진 것 같아. 우리가 이곳에 와 있는 이유가 뭐든 간에 여기 오래 있지는 않을 거야. 행여나 오래 있게 된다면 전기 배선부터 시작해서 처음부터 아예 새로 만들어야 할걸.""밤이면 끽끽거리는 벌레들이 있답니다. 하루 종일 눈 붙이기가 힘들걸요. 여기서 '하루'라는 건 물론 24시간을 의미해요. 물론 '낮'에는 울지 않으니까 해당되지 않지만. 우는 건 밤이에요. 매일 밤. 두고 보면 알 거예요.""어이 톨치프. 수지 '덤'이라고 하면 안 돼. 다른 건 몰라도 절대로 바보는 아니니까.""게다가 예쁘지.""그래서 말인데 자네도 그걸 알아차렸는지―""알아. 하지만 여기서 할 얘기는 아닌 것 같군.""그런데 톨치프 씨, 어떤 업무를 전문으로 하신다고 했죠? 예?""좀 더 큰 소리로 말하라고. 저 할멈은 귀가 좀 어둡거든." "그러니까 제 말은―""이봐, 그러니까 무서워하잖아. 너무 가깝게 서 있지 말라고.""커피 한잔 마실 수 있을까?""매기 월시한테 물어봐. 기꺼이 타줄 테니까.""이 빌어먹을 커피포트가 뜨거워질 때 제대로 끌 수 있으면 좋을 텐데. 커피를 끓이는 게 아니라 아예 달이고 있어.""커피포트가 왜 제대로 작동하지 않는지 모르겠군. 20세기에 이미 완성된 물건이잖아. 커피포트에 관해서 아직 연구해야 할 게 더 남아 있기라도 한 거야?""뉴턴의 색채이론 같은 거라고 생각하면 돼. 색채에 관해 알려진 것들은 1800년에 이미 다 알려져 있었지.""그 뒤에 나타난 랜드*

---

* Edwin Herbert Land(1909~1991). 미국의 과학자. 폴라로이드 필름을 발명.

가 2광원집중이론으로 이미 완결되었다고 생각한 분야를 발칵 뒤집어놓았던 거지.""그래서, 자동 커피포트에 관해서 우리가 아직 모르는 일이 있다고 주장하고 싶은 거야? 알고 있다고 지레짐작하고 있는 일이?""대충 그렇게 말할 수 있겠지." 운운.

벤은 이런 소리에 멍하게 귀를 기울이며, 누군가가 말을 걸 때만 대답했다. 그러던 중에 갑자기 심한 피로를 느끼고 자리를 떴다. 가죽 같은 초록색 거죽을 두른 나무들이 자라 있는 곳으로 향해 걸어간다. 그의 눈에는 마치 정신과 의사의 소파 가죽 커버처럼 편안해 보였기 때문이다.

주위의 공기에서는 희미하긴 하지만 악취가 풍겼다. 마치 가까운 곳에 폐기물 처리 공장이라도 있는 것 같은 느낌이랄까. 그러나 벤은 며칠 지나면 익숙해질 것이라고 자위했다.

이 작자들은 어딘가 이상하다. 뭐라고 해야 하나. 다들 너무…… 그는 적당한 표현을 떠올려보려고 했다. 너무 똑똑해. 맞아, 그거야. 다들 머리 회전이 빠르고, 속내를 내보이고 싶어서 안달하는 듯한 느낌. 그러자 이런 생각이 떠올랐다. 다들 불안해하고 있어. 맞아. 나처럼 이유도 모르고 여기 와 있는 거야. 하지만— 그것만 가지고는 완전히 설명되지는 않는다. 벤은 단념하고 바깥쪽으로 주의를 돌렸다. 그러곤 당당한 초록색 가죽 나무와 흐린 하늘, 발치에 자라 있는 쐐기풀 같은 식물 따위를 관찰했다.

여긴 정말 따분한 장소로군. 갑자기 실망스러워졌다. 우주선보다 별로 나을 게 없다. 처음 왔을 때 느꼈던 매력도 이미 사라졌다. 그러나 베티 조는 입식지의 부지 밖에 기묘한 생명체가 존재한다고 했다. 따라서 이 좁은 지역에서 본 것만을 가지고 다른 곳들까지 똑같을 것이라고 판단하는 것은 옳지 않다. 더 깊숙이, 입식지에서 더 멀리 떨어진 곳으로 가봐야 한다. 그러자 다른 사람들도 이미 그랬을 거라는 데 생각이 미쳤다. 사실 그것 말고 달리 무슨 할 일이 있단 말인가? 적어도 인공위성에서 새로운 지령을 받을 때까지는 말이다.

몰리가 빨리 도착해줬으면 좋겠군. 그럼 모두 행동에 나설수 있어.

벌레 한 마리가 벤의 오른쪽 신발로 기어 올라와서 잠시 멈추더니 조그만 텔레비전 카메라를 뻗었다. 카메라 렌즈가 옆으로 돌더니 똑바로 그의 얼굴을 향했다.

"여어." 그는 벌레를 향해 말했다.

그러자 벌레는 카메라를 다시 집어넣고 다른 곳으로 기어갔다. 만족한 듯하다. 도대체 누가, 또는 무엇이 저런 것으로 염탐하고 있는 것일까? 벤은 오른발을 들어올리고, 이 벌레를 짓밟아버리면 어떨까 잠시 생각해보다가 결국 그만두었다. 그러는 대신 베티 조에게 걸어가서 말했다. "당신이 도착했을 때에도 저런 감시 벌레들이 있었습니까?"

"여기 건물들이 세워진 다음부터 나타나기 시작했어요. 아마 무해할 거라고 생각해요."

"하지만 그렇다는 확실한 증거가 있는 것은 아니지 않습니까."

"어차피 우리가 어떻게 할 수 있는 일이 아니에요. 처음에는 일일이 잡아 죽였지만, 저걸 만든 작자들은 계속 새것들을 보내왔어요."

"당신들 입장에서는 저것들을 어디서 보내왔는지를 알아내서 목적을 확인하는 게 낫지 않습니까."

"'당신들'이 아녜요. 톨치프 씨. '우리들'이죠. 당신도 다른 사람들과 마찬가지로 이번 임무에 참여하고 있잖아요. 이번 일에 관해서는 당신도 우리만큼 알고— 아니, 우리만큼 모른다고 해야 하나. 하여튼 지령을 받으면 이번 임무를 계획한 사람들이 우리가 이곳의 토착 생물을 조사하는 걸 원하는지, 원하지 않는지를 알 수 있을 거예요. 두고 보면 알겠죠. 그건 그렇고, 커피 마실래요?"

"다들 여기 온 지 얼마나 됐습니까?"

벤은 여자와 함께 플라스틱제 미니바 앞에 앉아 거무스름한 플라스틱 컵에 담긴 커피를 홀짝이며 물었다.

"심리학자인 웨이드 프레이저가 가장 먼저 도착했어요. 두 달쯤 전에. 나머지 사람들은 그 뒤로 하나둘씩 도착했어요. 몰리가 빨리 와줬으면 좋겠네요. 도대체 무슨 임무인지 알고 싶어서 다들 안달이니."

"웨이드 프레이저는 그게 뭔지 정말로 모르는 겁니까?"

"뭐라고요?"

베티 조는 어리둥절한 표정으로 눈을 깜박였다.

"처음 도착해서 당신들을 기다리고 있었다고 하지 않았습니까. 그러니까, 우리들을 말입니다. 혹시 이건 우리를 대상으로 한 심리 실험이고, 프레이저가 그걸 시행하고 있는 건지도 모릅니다. 아무한테도 얘기하지 않고."

"그런 걸 두려워하는 사람은 아무도 없어요. 우리가 정말로 두려워하는 건 이거예요. 우리는 아무런 목적도 없이 여기로 파견됐고, 다시는 여기를 떠날 수 없을지도 모른다는 생각. 모두 노우저를 타고 여기 왔잖아요. 그러라는 명령을 받고. 흠, 노우저는 행성에 착륙할 수는 있지만 다시는 이륙할 수 없어요. 외부의 도움 없이는 결코 떠날 수 없다는 얘기죠. 아마 이곳은 감옥일지도 몰라요— 그런 생각은 이미 해봤어요. 아마 우리들 모두 뭔가 저질렀는지도 모르겠군요. 아니면 누군가가 그렇게 믿고 있던가." 여자는 침착한 잿빛 눈으로 벤을 뚫어지게 바라보았다.

"혹시 뭔가 사고를 친 건 아니죠, 톨치프 씨?"

"흠, 왕년에 사고 한번 안 쳐본 사람이 어디 있겠습니까."

"그러니까, 무슨 범죄자나 그런 건 아니죠?"

"내가 아는 한은 아닙니다."

"평범해 보여요."

"고맙습니다."

"그러니까, 범죄자처럼 보이지는 않는다는 뜻이에요." 그녀는 의자에서 일어나서 좁은 방을 가로질러 찬장 쪽으로 갔다.

"시그램 VO 좀 마실래요?"

"좋죠."

아주 좋은 생각이다.

함께 앉아 수입품인 시그램 VO 캐너디언 위스키를 넣은 커피를 마시고 있을 때, 의사인 밀튼 배블이 어슬렁어슬렁 걸어 들어오더니, 그들을 보고는 카운터 앞에 앉았다.

"여긴 2류 행성이야." 그는 대뜸 벤을 향해 말했다. 음침하고 넙적한 얼굴이 불쾌한 듯이 일그러진다. "아무리 좋게 봐줘도 2급 밖에는 안 돼. 고마워." 그는 베티 조에게서 커피 잔을 건네받았다. 한 모금 마시고는 여전히 불쾌한 표정으로 말했다. "뭘 넣었지?" 그는 힐문했고, 곧 시그램 VO 병을 보았다. "염병할. 커피 맛만 이상해졌잖아." 그는 화난 어조로 내뱉고 잔을 내려놓았다. 아까보다 한층 더 마뜩찮은 기색이었다.

"난 좋은 것 같은데요." 베티 조가 말했다.

배블은 대꾸했다. "정말이지 괴상한 얘기야. 우리들이 여기 이렇게 와 있다는 게 말이야. 톨치프, 난 여기 한 달을 와 있었지만 말이 통하는 사람을 아직도 못 만났다네. 정말로 말이 통하는 사람을 말이야. 여기 와 있는 작자들은 전부 자기 자신에게만 몰두하고 있고, 다른 사람들이 어떻게 되든 아예 신경을 안 쓰는 부류들이야. 물론 B.J. 당신은 제외하고 말이야."

베티 조가 말했다. "난 괜찮아요. 사실이니까. 난 당신이 어떻게 되든 상관 안 해요, 배블. 다른 사람들도 마찬가지고. 난 그저 혼자 있고 싶을 뿐이에요." 그녀는 벤을 돌아보았다. "누군가가 새로 착륙하면 다들 처음에는 호기심을 느껴요. 당신의 경우처럼. 하지만 그 뒤에 그 사람을 만나서 좀 얘기를 나눠본 뒤에는—" 그녀는 재떨이에서 담배를 집어 들고 조용히 한 모금 빨았다. "배블처럼 나쁜 뜻으로 한 얘긴 아녜요, 톨치프 씨. 당신도 곧 우리에게 물들어서 똑같아질 거라고 장담할 수 있어요. 한동안 우리와 의사소통을 해보려고 노력하겠지만, 그 뒤에는 자기 안에 틀어박혀서—" 그녀는 주저하며 오른손으로 공중을 더듬는 시늉을 했다. 마치 적당한 단어가 3차원적 물체라도 되고, 그걸 손으로 잡을 수 있다는 듯이. "벨스너를 봐요. 지금 그의 마음속엔 냉각장치밖에는 없어요. 혹시 멈춰버리지는 않을까 하는 강박적인 두려움을 갖고 있는 거죠. 그것 때문에 얼마나 고뇌하고 있는지를 보면 짐작할 수 있겠지만, 모든 게 끝장날 거라고 생각하고 있어요. 냉각장치가 없으면 우리 모두가—" 그녀는 담배를 쥔 손을 흔들어 보였다. "익어버릴 거나."

"하지만 그 작자는 무해해." 배블이 말했다.

"아, 우리들 모두가 무해해요." 베티 조는 그렇게 대꾸하고 벤을 보며 말했다. "내가 뭘 하는지 알아요? 난 알약을 먹어요. 보여드리죠." 그녀는 핸드백을 열고 투명한 약병을 꺼냈다. "봐요." 벤에게 약병을 건넸다. "파란 알약들은 스텔라진이에요. 난 그걸 항抗 구토제로 쓰죠. 하지만 그 약의 본래 용도는 그게 아니에요. 하루에 20밀리그램 이하를 섭취할 경우 스텔라진은 기본적으로는 정신안정제예요. 그보다 더 먹으면 항환각제가 되고. 내가 그런 식으로 쓴다는 건 아니지만. 문제는 스텔라진이 혈관확장제라는 점이에요. 그래서 조금 먹은 뒤에는 제대로 일어서지도 못할 때가 종종 있어요. 혈액 침체라고 불리는 현상이죠."

배블은 끙 하는 소리를 냈다. "그래서 혈관수축제도 같이 먹지."

"그 조그만 흰 알약이 그거예요." 베티 조는 흰 알약들이 모여 있는 부분을 보여주며 말했다. "메타암페타민이죠. 그리고 이 초록색 캡슐은—"

"언젠가는 알약들이 부화해서 괴상한 새들이 태어날걸." 배블이 말했다.

"별 이상한 소리를 다 하시네."

"색을 칠한 새알처럼 보인다는 뜻이야."

"물론 무슨 뜻으로 말한 건지는 알아요. 표현이 이상하다는 뜻이었어요." 그녀는 병뚜껑을 열고 손바닥에 이런저런 알약들을 쏟았다. "이 빨간 캡슐은 물론 펜타바비탈— 수면제고, 이 노란 것은 멜라릴 성분의 중추신경계 억지 효과를 상쇄하기 위한 논프라민이에요. 여기 이 네모난 오렌지색 알약은 신제품인데, 다섯 겹 구조라 이른바 '세류細流 효과'를 이용해서 천천히 녹으면서 약효를 방출하죠. 아주 효과적인 중추신경 흥분제예요. 그리고 이건—"

"중추신경계 억제제겠지." 배블이 끼어들었다. "중추신경 흥분제하고 함께 먹는."

"그럼 서로 상쇄해버리지 않습니까?" 벤이 물었다.

"그렇다고도 할 수 있겠지. 맞아." 배블이 말했다.

"꼭 그렇지도 않아요." 베티 조가 말했다. "그러니까, 주관적으로는 차이를 느끼지 못해요. 먹으면 도움이 되는 건 확실하니까."

"자기가 먹는 약의 설명서를 모조리 읽었거든." 배블이 말했다. "P. D. R.*까지 여기로 가져왔지. 약물의 부작용이나 모순반응, 투약량, 주의 사항 따위가 실려 있는 책 말이야. 알약에 관해서는 나만큼이나 많이 알고 있어. 사실 제조사 못지않게 알고 있다고 해야겠지. 어떤 알약이든 보여주기만 하면 그게 뭔지, 어떤 약효를 갖고 있는지, 또—" 배블은 딸꾹질을 하고, 의자 위에서 고쳐 앉은 다음 웃음을 터뜨렸다. "과용하면 경련에 혼수상태가 오고, 죽음에 이를 수도 있는 약이 하나 있었는데. 설명서를 보니 경련에 혼수상태에 죽음이 어쩌고 하는 경고문 바로 뒤에 이렇게 쓰여 있더군. **'습관성이 있습니다'**라고 말이야. 언제 봐도 맥이 빠지는 글이었어." 그는 또다시 웃음을 터뜨리며 거무스름한 털투성이 손가락으로 코를 꾹꾹 눌렀다. "정말 희한한 세상이야." 그는 중얼거렸다. "정말이지 희한해."

벤은 시그램 VO를 조금 더 마셨다. 익숙한 뜨끈한 기운이 올라왔다. 배블과 베티 조도 이제는 신경이 쓰이지 않았다. 그는 자신만의 마음, 벤 톨치프라는 존재 속으로 가라앉았다. 좋은 기분이다.

사진가 겸 토양 전문가인 토니 덩클웰트가 문가에서 머리를 내밀고 말했다. "노우저 한 척이 착륙했어. 몰리가 틀림없어." 덩클웰트는 망으로 된 문을 쾅 닫고 서둘러 그 자리를 떠났다.

---

* Physicians' Desk Reference. 의사용 탁상 편람.

베티 조가 반쯤 일어서며 말했다. "우리도 가는 게 좋겠어요. 드디어 모든 사람이 한 자리에 모이게 됐으니." 배블도 일어났다.

"빨리 와요 배블." 베티 조가 문 쪽으로 갔다. "8분의 1이 인디언 혈통인 톨치프 씨, 당신도요."

벤은 남은 커피와 시그램 VO를 들이키고 비틀거리며 일어섰다. 잠시 후 그는 문을 지나 햇살 속으로 나갔다.

04

역추진 분사를 끄면서 세스 몰리는 몸을 부르르 떨었고, 이내 안전벨트를 풀기 시작했다. 벨트를 가리키며 메리에게도 그러라고 지시한다.

"안 가르쳐줘도 알아." 메리가 말했다. "내가 무슨 어린앤 줄 알아."

"왜 나한테 신경질을 내?" 몰리가 말했다. "내가 줄곧 완벽하게 조종을 해온 덕택에 이렇게 잘 도착했잖아."

"자동 조종에 맞춰놓고 빔을 따라온 거면서." 메리는 의뭉스럽게 말했다. "하지만 당신 말이 옳아. 고마워해야겠지." 하지만 전혀 고마워하는 말투가 아니었다. 그러나 몰리는 개의치 않았다. 다른 일들을 생각하느라 바빴기 때문이다.

수동으로 해치를 열자 초록색 햇살이 쏟아졌다. 이마에 손을 대고 바라보니 빈약한 나무와 그보다 더 빈약한 덤불이 산재한 황량한 경치가 눈에 들어왔다. 왼쪽에 허름한 건물들이 삐죽빼죽하게 늘어서 있다. 입식지다.

사람들이 무리를 지어 노우저로 다가온다. 몇 명이 손을 흔드는 것을 보고 그도 손을 흔들었다. "여어." 철제 사다리를 붙잡고 내려가서 지면으로 뛰어내렸다. 몸을 돌려 메리를 부축하려고 했지만 그녀는 그 손을 뿌리치고 자기 힘으로 내려왔다.

"안녕하세요." 볕에 그을린 피부를 한 수수해 뵈는 젊은 여자가 다가오며 말했다. "반가워요. 드디어 마지막 분이 도착했군요!"

"세스 몰리라고 합니다. 그리고 이쪽은 아내인 메리입니다."

"알아요." 갈색으로 볕에 그을린 여자가 고개를 끄덕였다. "뵙게 되어서 반가워요. 모두 소개해드릴게요." 그녀는 근처에 서 있던 근육질 청년을 가리켰다. "이그나츠 써그."

"만나 뵙게 되어 반갑습니다." 몰리는 청년과 악수를 나눴다. "난 세스 몰리이고 여기는 아내인 메리입니다."

"난 베티 조 범이라고 해요." 수수해 뵈는 갈색 여자가 말했다. "그리고 이분은—" 그녀는 피곤한 기색으로 구부정하게 서 있는 노인을 가리켰다. "이곳의 관리인인 버트 코슬러 씨랍니다."

"만나 뵈어 반갑습니다. 코슬러 씨." 손을 잡고 열심히 흔들었다.

"나도 반갑네. 두 사람 모두 이곳이 마음에 들면 좋겠군."

"사진가 겸 토양 전문가인 토니 덩클웰트." 베티 조는 코가

삐죽한 10대 청년을 가리켰다. 청년은 음울한 표정으로 쳐다보기만 할 뿐 손을 내밀려고도 하지 않았다.

"안녕하십니까." 몰리는 말했다.

"아 예." 청년은 자기 발끝을 응시했다.

"매기 월시. 신학 전문가랍니다."

"만나 뵈어서 반갑습니다, 월시 양." 열심히 손을 흔들었다. 정말 예쁜 여자다. 아, 저기 또 매력적인 여자가 온다. 푸시업 브라 위에 꽉 끼는 스웨터를 입은. "전문 분야가 뭡니까?" 그는 여자와 악수를 하며 물었다.

"사무와 타이핑. 수잔이라고 해요."

"성은?"

"스마트."

"멋진 이름이군요."

"글쎄요. 다들 수지 덤이라고 불러요. 별로 재미없는 별명이죠."

"정말 재미없는 별명이군요." 몰리가 말했다. 그러자 아내인 메리가 팔꿈치로 그의 옆구리를 세게 찔렀다. 이런 일에 익숙한 몰리는 서둘러 수지 스마트와의 대화를 마치고 비쩍 마르고 쥐처럼 교활한 눈을 가진 사내 쪽으로 몸을 돌렸다. 사내가 내민 손은 마치 갈아서 연마라도 한 것처럼 뾰족하고 날이 선 쐐기 모양을 하고 있었다. 마음속에서 무의식적인 거부감이 솟구쳤다. 악수하고 싶지도 않고, 굳이 소개받고 싶지도 않은 인물이다.

"웨이드 프레이저요." 쥐처럼 교활한 눈을 가진 사내가 말했다. "이 입식지의 심리학자이지. 그건 그렇고, 도착한 사람들 모두에게 예비적인 T. A. T.*를 시행했는데, 당신들도 그래줬으면 좋겠군. 가급적 오늘 중에라도."

"물론입니다." 몰리는 내키지 않는 투로 말했다.

"여기 이분은 우리 의사 선생님이에요." 베티 조가 말했다.

"알파 5 행성에서 온 밀튼 G. 배블 선생님을 소개합니다."

"뵙게 되어 반갑습니다, 선생님." 몰리는 악수를 했다.

"자네 좀 과체중이로구먼." 배블이 말했다.

"흐으음." 몰리는 말했다.

키가 껑충하고 허리가 꼿꼿한 노파가 사람들 사이에서 지팡이를 짚으며 걸어 나왔다. "몰리 씨." 그녀는 가볍고 힘없는 손을 내밀었다. "저는 사회학자인 로버타 로킹엄입니다. 만나게 되어 정말 반갑습니다. 별 문제 없이 편하게 오셨는지요?"

"덕분에 편하게 왔습니다." 몰리는 노파의 조그만 손을 잡고 살짝 흔들었다. 겉모습으로는 110살은 되어 보이는군. 그는 속으로 생각했다. 이렇게 살아 있는 것만 해도 대단해. 도대체 어떻게 여기까지 올 수 있었던 걸까? 그는 이 노파가 노우저를 조종해서 행성들 사이의 우주공간을 가로지르는 광경은 상상하기 힘들었다.

"이 입식지는 무슨 목적으로 만들어졌나요?" 메리가 물었다.

"두 시간쯤 뒤에 알 수 있을 거예요." 베티 조가 말했다. "전자기기 및 컴퓨터 담당자인 글렌, 글렌 벨스너가 이 행성을 공

---

* Thematic Apperception Test. 주제 통각 검사.

전하는 자동 위성과 연락을 취하면요."

"그럼 지금은 모른다는 겁니까?" 몰리가 말했다. "오기 전에 아무 얘기도 못 들었습니까?"

"아뇨, 몰리 씨. 못 들었답니다." 로킹엄은 노인 특유의 낮고 거친 목소리로 말했다. "하지만 모두가 그토록 오래 기다렸던 대답을 곧 듣게 되겠지요. 우리 모두가 왜 여기로 왔는지를 알게 되다니 정말 기쁘군요. 그렇게 생각하지 않으세요, 몰리 씨? 그러니까, 모두가 자기 목표를 알 수 있게 된다는 사실이?"

"예."

"그럼 몰리 씨도 제 말에 찬성해주시는 것이로군요. 우리 모두의 의견이 일치하다니 정말로 멋진 일이라고 생각해요." 노파는 몰리에게 낮고 의미심장한 목소리로 말했다. "유감이지만 그게 문제랍니다. 우리에게는 공통의 목적이 없다는 점 말이에요. 여기서는 인간적인 교류가 바닥을 치고 있었지만, 이제는 개선될 거라고 생각—" 갑자기 고개를 숙이더니 조그만 손수건에 대고 짧게 기침했다. "하여튼 정말로 좋은 일이에요." 이렇게 겨우 말을 끝맺었다.

"나는 찬성하지 않아, 몰리." 프레이저가 말했다. "예비 테스트에 의하면 이들은 본질적으로 자기중심적인 그룹이라는 결과가 나왔거든. 전체적으로 보면 각자가 책임을 회피하려는 경향을 타고났다고도 할 수 있겠지. 몇몇 사람들은 도대체 왜 선발되었는지도 이해가 안 될 정도야."

추레한 작업복 차림의 건장한 인물이 말했다. "'우리'가 아니라 '이들'이라고 말하는 게 걸리는군."

"우리든, 이들이든." 심리학자는 경련하는 듯한 동작으로 그들을 가리켰다. "다들 강박적인 성향을 갖고 있어. 그룹 전체가 보이는 또 하나의 비정상적인 통계적 특징이지. 당신들 모두가 극도로 강박적 성격을 갖고 있다는 뜻이야."

"난 그렇게 생각 안 해." 추레한 인물은 침착하지만 단호한 어조로 말했다. "요컨대 자네 머리가 돈 것에 불과해. 만날 남들을 상대로 그런 테스트나 하고 있으니 맛이 간 거겠지."

이 말을 계기로 모두가 와자지껄하게 떠들기 시작했다. 어떤 질서도 찾아볼 수 없었다. 몰리는 베티 조에게 가서 말했다.

"누가 이 입식지를 관할하고 있습니까? 당신인가요?" 그녀가 알아들을 때까지 같은 말을 두 번이나 되풀이해야 했다.

"아무도 책임자로 임명되지 않았어요." 그녀는 시끄러운 말다툼 소리 사이로 외치듯이 말했다. "문제 중 하나는 그거예요. 그래서 그걸 해결하려고─" 그녀가 하려던 말은 소음 속에 묻혀 사라졌다.

"베텔게우스 제4행성에는 오이가 자랐어. 게다가 당신 얘기처럼 달빛으로 재배한 것도 아냐. 우선 베텔게우스 제4행성에는 달 따위는 없어. 그것만으로도 명백하지 않나." "만난 적도 없고, 만나고 싶지도 않아." "언젠가는 만나게 될걸." "우리들 사이에 언어학자가 있다는 걸 감안하면 이 행성에는 지적 생명체가 있다는 얘기가 되겠지만, 아직 아는 게 전혀 없어. 비공식적이고 소풍과 별로 다르지 않은 탐험밖에는 하지 않았기 때문이야. 전혀 과학적이지 못했지. 물론 이건 곧 바뀌게 될―""변하는 건 아무것도 없어. 스펙토프스키의 이론에 의하면 신이 역사 속으로 들어와서 다시 시간을 재개시킨다고 하지만.""아니, 그 생각은 틀렸어. '중재신'이 등장하기 전의 모든 투쟁은 시간, 그것도 아주 오랜 시간 속에서 일어났던 일이거든. 단지 그 이후로 모든 일이 너무나도 빨리 일어났고, 또 스펙토프스키 시대에 해당하는 현재는 신의 '현시顯示'와 직접 접촉하는 것이 상대적으로 훨씬 쉬워졌기 때문에 그런 거야. 그런 의미에서 우리의 시간은 '중재신'이 처음 등장하고 나서 흐른 2천 년과도 다르다고 할 수 있어.""그런 얘기를 하고 싶거든 매기 월시한테 얘기하십쇼. 난 신학엔 관심이 없습니다.""저도요. 그런데 몰리 씨, 혹시 '현시'와 한 번이라도 접촉해본 적이 있나요?""예. 실은 있습니다. 일전에, 그러니까, 테켈 우파르신 시간으로는 지난 수요일에 '지상을 걷는 자'가 다가오더니 내가 할당받은 노우저에 결함이 있다는 사실을 알려줬습니다. 그걸 그대로 탔더라면 나나 아내는 목숨을 잃었겠지요.""그렇다면 당신을 구해준 거로군요. 당신을 위해서 그런 식으로 중재를 해주다니 정말로 기뻤겠어요. 정말 멋진 일이 아닌가요.""이놈의 건물들은 개판으로 지어졌어. 언제 무너져도 이상하지 않을 정도야. 난방이 필요할 때도 난방을 할 수가 없고, 냉방이 필요할 때도 냉방을 할 수가 없어. 내가 무슨 생각을 하고 있는지 알아? 이 시설들은 처음부터 아주 짧은 기간만 버틸 수 있도록 지어진 것 같아. 우리가 이곳에 와 있는 이유가 뭐든 간에 여기 오래 있지는 않을 거야. 행여나 오래 있게 된다면 BX 케이블부터 시작해서 처음부터 아예 새로 만들어야 할걸." "벌레인지 식물인지는 모르겠지만 밤이면 끽끽거리는 것들이 있답니다. 하루 종일 눈 붙이기가 힘들걸요. 예, 몰리 씨와 몰리 부인, 당신들에게 얘기하고 있는 거예요. 주위가 너무 시끄러워서. 여기서 '하루'라는 건 물론 24시간을 의미해요. 물론 백주대낮에는 울지 않으니까 해당되지 않지만. 두고 보면 알 거예요." "어이 몰리, 다른 녀석들처럼 수지 '넘'이라고 부르면 안 돼. 다른 건 몰라도 절대로 바보는 아니니까." "게다가 예쁘지." "그래서 말인데 자네도 그걸 알아차렸는지ㅡ" "알아. 하지만 아내가 들으면 별로 좋아할 것 같지 않으니 이 얘긴 더 이상 하지 말자고." "알았어. 그러지. 그런데 몰리, 자넨 전문 분야가 뭐야?" "정식으로 훈련을 받은 해양생물학자." "예? 아, 방금 저한테 뭐라고 하셨나요 몰리 씨? 뭐라고 하셨는지 잘 들리지 않아서. 다시 한번 말해주시겠어요?" "맞아. 좀 더 큰 소리로 말하라고. 저 할멈은 귀가 좀 어둡거든." "그러니까 제 말은ㅡ" "이봐, 그러니까 무서워하잖아. 너무 가깝게 서 있지 말라고." "커피나 우유한잔 마시고 싶은데 어디 있을까요?" "매기 월시한테 물어봐. 기꺼이 타줄 테니까. 베티 조에게 물어봐도 되고." "하느님 맙소사. 이 빌어먹을 커피포트가 뜨거워질 때 제대로 끌 수 있으면 좋을 텐데. 커피를 끓이는 게 아니라 아예 달이고 있어." "우리 커피포트는 왜 제대로 작동하지 않는지 모르겠군. 20세기 초에 이미 완성된 물건이잖아. 커피포트에 관해서 연구해야 할

게 더 남아 있기라도 한 거야?" "뉴턴의 색채이론 같은 거라고 생각하면 돼. 색채에 관해 알려진 것들은 1800년에 이미 다 알려져 있었지." "아. 또 그 얘기를 되풀이하는군. 강박적으로 집착하고 있어." "그 뒤에 나타난 랜드가 2광원집중이론으로 이미 완결되었다고 생각한 분야를 다시 산산조각 냈던 거지." "그래서, 전자동 커피포트에 관해서 우리가 아직 모르는 일이 있다고 주장하고 싶은 거야? 알고 있다고 지레짐작하고 있는 일이?" "대충 그렇다고 할 수 있겠지." 운운.

몰리는 신음을 흘렸다. 그는 사람들 사이에서 빠져나와 물의 침식 작용으로 둥글둥글해진 거대한 바위들이 어지러이 널려 있는 곳으로 갔다. 적어도 수역水域이 이 근처에 있었던 것만은 확실해 보인다. 지금은 완전히 사라져버린 것 같지만.

예의 추레한 작업복 차림의 호리호리한 사내가 사람들에게서 떨어져 나와 몰리를 따라왔다.

"글렌 벨스너라고 하네." 손을 내민다.

"몰리입니다."

"정말이지 저 패거리는 구제불능이야. 난 프레이저 바로 다음에 왔는데, 그때부터 이미 저랬어." 벨스너는 근처의 잡초를 향해 침을 뱉었다. "프레이저가 뭘 하려고 했는지 알아? 자기가 제일 먼저 왔다는 이유로 그룹의 지도자가 되려고 획책했어. 직접 우리한테—이를테면 나한테—이런 얘기까지 하더군. '내가 받은 지시는 내가 책임자라는 사실을 가리키고 있어' 라고 말이야. 다들 거의 믿기 직전까지 갔어. 어느 정도는 말이

됐거든. 제일 먼저 도착한 건 사실이고, 다른 사람들이 올 때마다 그놈의 얼어 죽을 검사를 한 다음에 우리가 '통계적으로 비정상적'인 그룹이다 어쩌고 주절대기까지 했으니. 재수 없는 녀석이지."

"유능하고 신뢰할 만한 심리학자라면 검사 결과를 대놓고 발표하거나 하지는 않을걸." 아직 소개받지 못한 사내가 몰리에게 걸어와서 손을 내밀었다. 사십대 초반으로 보였고, 조금 큰 턱과 튀어나온 이마와 겹게 번들거리는 머리카락을 가지고 있었다. "벤 톨치프라고 하네. 자네가 오기 직전에 도착했어." 어째 조금 비틀거리는 듯한 느낌이다. 두어 잔 걸친 것 같군, 하고 몰리는 생각했다. 손을 내밀고 악수를 나눴다. 왠지 마음에 드는 친구다. 두어 잔 걸쳤다고 해도 말이다. 다른 사람들과는 뭔가 분위기가 다르다. 다른 사람들도 여기 오기 전에는 정상이었지만, 이곳에 있는 무엇인가가 그들을 저렇게 바꿔놓았는지도 모르겠다.

그렇다면 우리도 변해버릴지도 모른다. 벤 톨치프도, 메리도―, 그리고 나도. 언젠가는.

별로 달가운 생각이 아니었다.

"몰리입니다. 해양생물학자이고, 전에는 테켈 우파르신 키부츠의 직원이었습니다. 당신의 전문 분야는―"

벤 톨치프가 말했다. "난 B클래스의 박물학자야. 우주선에서는 할 일이 없는데다가 10년이나 걸리는 항해였어. 그래서 난 배의 송신기를 통해서 기도를 올렸고, 그걸 중계 네트워크가 포착해서 '**중재신**'에게 전달했던 거야. 혹은 '**조유신**'이었는지도 모르겠군. 하지만 전자가 맞는 것 같아. 시간이 뒤로 감기거나 하지는 않았거든."

"기도 덕에 여기에 왔다니 흥미롭군요." 몰리가 말했다. "제 경우에는 여기까지 타고 올 괜찮은 노우저를 찾느라고 정신이 없었을 때 '**지상을 걷는 자**'의 방문을 받았습니다. 눈에 띈 걸 하나 고르기는 했지만 적절한 노우저가 아니었습니다. '**지상을 걷는 자**'는 제가 고른 노우저로는 메리와 내가 결코 여기 오지 못할 거라고 했습니다." 배가 고프다. "우주복을 벗고 요기를 좀 하고 싶습니다만." 몰리는 벤 톨치프에게 말했다. "오늘은 아직 아무것도 못 먹었습니다. 지난 26시간 동안 줄곧 노우저를 조종해야 했거든요. 유도 빔은 막판이 다 되어서야 포착했습니다."

벨스너가 말했다. "매기 월시라면 기꺼이 여기서 음식이라고 불리는 걸 찾아줄 거야. 냉동 콩이라든지, 대용 송아지고기로 만든 냉동 스테이크 같은 걸 말이야. 거기에 그 빌어먹을 비非 자동 커피머신으로 만든 커피. 그건 처음부터 제대로 작동하지도 않더군. 그런 거라도 좋겠어?"

"그런 거라도 좋습니다." 몰리는 음울한 기분을 느끼며 대꾸했다.

"마법은 금세 사라지기 마련이야." 벤 톨치프가 말했다.

"예?"

"이 장소에 깃든 마법 말이야." 벤 톨치프는 팔을 휘둘러 손

바위와 옹이 투성이의 초록색 나무, 이 거류지를 이루는 다 무너져가는 듯한 느낌의 낮은 건물들을 가리켜 보이며 말했다. "보시다시피 여긴 전부 이런 식이라네."

"저것들만 가지고 전부 그렇다고 지레짐작하지는 마." 벨스너가 끼어들었다. "저것들은 이 행성에 있는 유일한 건축물이 아니니까."

"이 행성에 토착 문명이 있다는 뜻입니까?" 몰리는 흥미를 느끼고 되물었다.

"우리가 이해 못하는 것들이 있다는 뜻이야. 건물을 하나 목격했어. 부지 근처를 어슬렁거리다가 흘끗 보았는데, 나중에 돌아가서 다시 보니 없더군. 커다란 잿빛 건물이었어. 정말로 거대했고, 작은 탑이나 창문 따위가 여러 개 달려 있더군. 높이는 8층쯤 되어 보였어. 그걸 목격한 건 나 혼자가 아냐." 벨스너는 변명하듯이 덧붙였다. "베티 조도 보았고, 매기 월시도 보았어. 프레이저는 자기도 봤다고 주장하지만 아마 우리 말에 편승하고 있는 거라고 생각해. 왕따가 되지 않으려고 말이야."

"그 건물에 누가 살고 있던가요?" 몰리가 물었다.

"글쎄. 우리가 있던 위치에서는 그런 것까지는 알 수 없었어. 정말로 가까이서 본 사람은 아무도 없어. 뭐랄까……." 벨스너는 손짓을 해 보였다. "가까이하기 힘든 분위기였어."

"직접 이 눈으로 보고 싶군요."

"오늘은 아무도 부지 밖으로 나가면 안 돼." 벨스너가 말했다. "이제야 겨우 위성과 접촉해서 지시를 받을 수 있게 됐으니까 말이야. 그게 제일 중요한 일이니, 그걸 최우선시해야 해."
그러고는 잡초 위에 침을 뱉었다. 의식적이고 사려 깊게. 정확하게 겨냥해서.

밀튼 배블은 손목시계를 보고 생각했다. 4시 30분. 피곤해. 저혈당 탓인가 보군. 늦은 오후에 피로를 느낀다는 것은 언제나 저혈당의 징후다. 증세가 더 심각해지기 전에 포도당을 섭취할까. 적당한 혈당이 없으면 뇌는 제대로 돌아가지 않아. 혹시 당뇨병이 되어가고 있는 것인지도 모르겠군. 그럴 수도 있겠어. 유전적으로도 있을 법한 얘기니까.

"왜 그래요?" 초라한 거류지의 간소한 회의실에서 곁에 앉아 있던 매기가 말했다. "또 어디가 아픈 거예요?" 그러면서 윙크를 해 보인다. 그러자마자 배블은 화가 솟구치는 것을 자각했다. "혹시 춘희椿姬처럼 결핵으로 죽어가고 있다든지?"

"저혈당증이야." 배블은 의자 팔걸이에 올려놓은 손을 내려다보며 말했다. "거기에 약간의 추체외錐體外 신경근 운동이 덧붙여졌지. 긴장성 운동 실조를 겪고 있는 탓에 아주 불쾌해." 이 느낌은 정말 싫다. 엄지손가락이 경련하며 이제는 익숙해진 환약을 굴리는 듯한 동작을 하고, 입 안의 혀가 뒤로 말리고, 목이 바싹 마른다― 하느님. 이런 일이 언제까지 계속되어야 합니까?

그래도 지난주에 그를 괴롭히던 단순 헤르페스성 각막염은 나았다. 천만다행히도. (하느님 감사합니다.)

"여자가 자기 집 보듯이 자기 몸을 보는군요. 육체를 자기를 에워싼 환경처럼 느낀다고나 할까. 그건 마치—"

"신체 환경은 우리가 직면한 가장 현실적인 환경 중 하나야." 배블은 성마른 어조로 말했다. "우리는 유아기에 자기 몸을 첫 번째 환경으로 경험해. 그러다가 나이가 들어서 쇠약해지고 **'형상 파괴자'**가 우리의 활력과 형태를 침식하기 시작하지. 그렇게 우리의 육체적 본질이 위험에 처했을 때, 소위 바깥세상에서 벌어지는 일들은 별로 중요하지 않다는 사실을 다시 깨닫게 되는 거지."

"그래서 의사가 된 건가요?"

"그런 식의 인과관계로 설명할 수 있는 단순한 문제가 아냐. 인과관계는 이원성二元性을 전제로 하고 있어. 내가 이런 직업을 선택한 건—"

"거기 좀 조용히 해." 글렌 벨스너가 손을 멈추고 소리쳤다. 그의 앞에는 거류지의 송신기가 놓여 있었다. 벌써 몇 시간째 이것을 작동시키려고 노력하던 참이었다. "잡담을 하고 싶거든 나가서 하라고." 실내에 있던 몇 명이 큰 소리로 동의했다.

"배블." 의자에 몸을 뻗고 누워 있던 이그나츠 써그가 말했다. "딱 맞는 이름*이로군." 그러고는 개가 짖는 것 같은 웃음소리를 냈다.

토니 덩클웰트가 써그에게 말했다. "사돈 남말하고 있네."**

---

* babble이라는 영어 단어에는 '쓸데없이 지껄이다'라는 뜻이 있다.
** Thugg라는 이름은 영어로 불한당, 깡패 따위를 의미하는 thug와 발음이 같다.

"제발 조용히 해!" 송신기 내부를 건드리고 있던 글렌 벨스너가 시뻘겋게 상기된 얼굴로 씩씩거리며 말했다. "안 그러면 빌어먹을 인공위성에서 결코 원하는 정보를 얻을 수 없을 거야. 당장 아가리를 닥치지 않으면 이 송신기를 분해하는 대신에 그리로 가서 너희들을 요절내주겠어. 그럼 내 기분은 좋아지겠지."

배블은 일어서서 회의실 밖으로 나갔다.

늦은 오후의 차갑고 비스듬한 햇살 아래에서 배블은 파이프로 담배를 피우며(위의 유문 운동을 유발하지 않도록 주의하며) 그들이 놓인 상황에 관해 생각했다. 우리 인생 전체가 벨스너 같은 소인물小人物의 손에 달려 있다니. 여기서는 그런 작자들이 왕이니까. 외눈박이들의 나라야. 그는 신랄하게 생각했다. 왕은 장님이고. 뭐 이런 인생이 다 있나.

나는 왜 여기 왔을까? 그는 자문했다. 해답은 즉각 떠오르지는 않았다. 단지 마음속에서 혼란에 찬 한탄이 솟구쳤을 뿐이었다. 흐릿한 그림자들이 자선병원에 억지로 수용된 환자들처럼 불만을 늘어놓고, 소리를 지른다. 비명을 지르는 그림자들이 그를 붙들고 과거로, 오리오누스 17에서 보낸 불안정한 마지막 몇 년으로 끌고 간다. 마고와 지냈던 나날로. 마고는 병원 간호사들과 길고 꼴사나운 정사를 거듭했던 배블이 고용한 마지막 간호사였다. 마고와의 불장난은 두 사람 모두에게 불행을 가져다준 복잡한 희비극喜悲劇으로 끝났다. 마지막에 그녀는 그를 버렸고…… 아니, 정말로 버린 것일까? 그토록 한심하고 충동적인 관계가 종말을 맞을 때는 이미 누가 누구를 버리고 어

71

찌고 할 계제가 아니지 않는가. 그때 그런 식으로 빠져나올 수 있었다니 운이 좋았다. 마고는 원한다면 훨씬 더 큰 소동을 일으킬 수도 있었으니까 말이다. 굳이 그렇게까지 하지 않더라도 그의 육체적 건강을 심각하게 악화시킨 여자가 아니던가. 단백질 결핍만으로도.

맞아. 맥아유麥芽油를 마시고 비타민E를 보급할 시간이다. 내 방으로 돌아가야 한다. 돌아가서, 포도당 정제를 몇 알 삼키고 저혈당증에 빠지는 것을 막자. 가는 길에 기절하지 않는다면 얘기지만. 만약 정말로 기절한다면, 누가 신경을 써줄까? 실제로 무슨 일을 하려고 할까? 그 작자들이 알든 모르든 나는 여기 있는 사람들의 생존에 필수 불가결한 인물이다. 나는 절대로 필요한 인재이지만, 내 입장에서 다른 작자들이 절대로 필요하다고 할 수 있을까? 흠, 글렌 벨스너가 필요한 것과 같은 맥락에서는 모두 필요하다고 할 수 있을 것이다. 이곳에서 우리가 살고 있는 이 멍청하고 조그만 밀집촌을 유지하기 위한 숙련 작업을 시행할 수 있거나, 혹은 시행할 수 있다고 주장하는 작자들이기 때문이다. 이런 의사擬似 가족 따위는 아무리 애를 써도 가족으로서 기능하지는 않지만. 모두 외부에서 참견하려는 작자들 탓이다.

톨치프와—이름이 뭐더라?—그렇다, 몰리, 그리고 몰리의 아내—상당히 괜찮은 용모를 가진 여자다—에게 얘기해줘야 한다. 외부 개입자들과 내가 목격한 그 건물에 관해서…… 현관 위에 쓰인 글자를 읽을 수 있을 정도로 가까이서 내가 본 것에

72

대해. 내가 아는 한 그토록 다가간 사람은 나밖에 없다.

배블은 자기 방으로 이어지는 자갈길을 따라 걸어가기 시작했다. 거주 구획의 플라스틱제 포치까지 왔을 때 네 사람이 모여 있는 것을 보았다. 수지 스마트, 매기 윌시, 벤 톨치프와 세스 몰리다. 마치 서혜부鼠蹊部 탈장처럼 툭 튀어나온 똥배를 가진 몰리가 세 사람에게 말하고 있는 중이다. 도대체 뭘 먹으면 저렇게 되는 걸까. 감자, 석쇠에 구운 스테이크. 무엇에든 케첩을 잔뜩 뿌리고, 보나마나 맥주를 즐겨 마실 것이다. 맥주를 마시는 작자들은 보면 금세 안다. 얼굴 피부에 송송 구멍이 뚫려 있고, 모공이 열리고 눈 아래가 처져 있다. 몰리가 그렇듯이 마치 부종浮腫으로 부풀어 오른 듯한 몸을 가지고 있다. 신장도 망가진 경우가 많다. 물론 불그스름한 피부도 빼놓을 수가 없다.

몰리처럼 방종한 사내는 자기 몸에 독을 쏟아붓고 있다는 사실을 이해하려고 하지도 않고, 이해하지도 못한다. 미세한 색전증塞栓症에 걸렸거나…… 뇌의 중요 부분에 손상을 입은 탓이다. 그럼에도 불구하고 저런 구순성口脣性 인간들은 결코 생활 태도를 바꾸려 하지 않는다. 현실 직시가 가능한 이전의 단계로 퇴행해버리는 것이다. 아마 생존 메커니즘이 잘못 발현發顯된 것일지도 모르겠다. 인류라는 종족 전체를 위해서 쓸모없는 자기 자신을 솎아내는 식으로. 그렇게 해서 더 유능하고 더 진취적인 남자들에게 여자들을 남기고 가는 것이다.

배블은 네 사람에게 다가가서 호주머니에 손을 넣고 귀를 기울였다. 몰리는 자기가 직접 겪은―혹은 겪었다고 주장하는―

신학적 체험을 상세하게 묘사하는 중이었다.

"…… '소중한 친구,' 하고 말하더군요. 그가 나를 소중하게 여기고 있다는 점은 명백합니다. 짐을 다시 싣는 걸 도와줬는데…… 한참을 그렇게 일하면서 얘기를 나눴습니다. 정말 나직한 목소리였지만 완벽하게 이해할 수 있었습니다. 쓸데없는 말은 단 한 마디도 안 했고, 그럼에도 불구하고 자기 자신을 완벽하게 표현하더군요. 종종 듣곤 하는 모호한 표현은 전혀 쓰지 않았습니다. 하여튼 간에, 그렇게 짐을 실으면서 얘기를 나눴습니다. 그러고는 나한테 축복을 내리고 싶다고 하더군요. 왜냐고요? 왜냐하면―그가 한 말에 의하면―나야말로 자기가 중요하게 여기는 종류의 인간이기 때문이랍니다. 너무나도 당연하다는 어조로, '자네야말로 내가 중요하다고 생각하는 종류의 인물일세' 뭐 이런 취지의 말을 했습니다. '난 자네가 자랑스러워'라고도 했죠. '동물을 깊이 사랑하는 마음, 하등 생물들에 대한 연민이 자네의 마음을 가득 채우고 있네. 그런 자비로운 감정이야말로 '저주'의 틀에서 탈출한 인간의 증거라네. 우린 바로 자네 같은 인격형을 찾고 있었어'라고 말입니다." 몰리는 문득 말을 멈췄다.

"계속 얘기해봐요." 매기 월시가 매료된 표정으로 재촉했다.

"그러고는 묘한 얘기를 했습니다. '내가 나의 자비심으로 자네를, 자네의 생명을 구한 것처럼, 자네의 내부에 있는 그 자비심을 써서 다른 사람들의 생명을 구할 수 있을 거라고 확신하네. 육체적으로도, 정신적으로도 말이야.' 아무래도 이곳 델맥-O

74

얘긴 것 같군요."

"하지만 실제로 그렇게 얘기한 건 아니잖아요."

"그럴 필요가 없었습니다. 나는 그가 무슨 뜻으로 그랬는지 알고 있었으니까요. 나는 그가 한 모든 말을 이해했습니다. 사실 지금까지 만난 대다수의 사람들보다 오히려 그와 더 명확하게 의사소통을 할 수 있었다는 생각이 듭니다. 여러분과 말이 안 통한다는 얘긴 물론 아닙니다. 만난 지 얼마 되지도 않았으니까요. 하지만 무슨 얘긴지는 다들 이해하시겠죠. 스펙토프스키가 그 **'책'**을 쓰기 전에 사람들이 곧잘 입에 올리던 초월적인 상징 문구라든지 형이상학적 헛소리는 전혀 없었습니다. 스펙토프스키의 말이 옳았습니다. **'지상을 걷는 자'**와 직접적인 교감들을 가졌던 내가 보증합니다."

"그럼 한 번만 만났다는 얘기가 아니네요." 매기 월시가 말했다.

"여러 번 만났습니다."

배블이 입을 열고 말했다. "난 일곱 번 봤어. **'조유신'**과도 한 번 마주쳤지. 따라서 이것들을 모두 합치면 나는 **'유일하고 진정한 신'**을 여덟 번 경험했다는 얘기가 돼."

네 사람은 얼굴에 이런저런 표정을 떠올리며 배블을 응시했다. 수지 스마트는 믿기 힘들다는 표정이었다. 매기 월시는 전혀 믿지 않는 기색이었다. 그에 비해 벤 톨치프와 세스 몰리는 비교적 흥미를 느낀 듯했다.

"그리고 **'중재신'**하고 두 번." 배블이 말했다. "따라서 도합 열 번 경험했다는 얘기가 되는군. 물론 지금까지 줄곧 살아오면서 그랬다는 얘기야."

"당신의 경험도 방금 몰리가 한 얘기와 비슷합니까?" 벤 톨치프가 물었다.

배블은 포치 위에 떨어져 있던 자갈돌을 걷어찼다. 돌은 통통 튕기며 날아가다가 근처 벽을 맞추고 바닥으로 떨어졌다.

"상당히 비슷하군. 어느 정도까지는 말이야. 맞아, 부분적으로는 몰리가 한 말을 사실로 받아들여도 될 거야. 하지만—" 그는 의미심장하게 망설였다. "정말이라고 믿지는 못하겠어. 그게 정말로 '**걷는 자**'였다는 확신이 있나, 몰리? 혹시 지나가던 뜨내기 노동자가 '**걷는 자**'라며 자네를 속이려고 했을 가능성은 없나? 그런 생각은 안 해봤어? 아, 물론 '**걷는 자**'가 거듭해서 우리들 사이에 나타난다는 점은 부정하지 않네. 나 자신의 경험이 그걸 증명하고 있으니까 말이야."

"'**지상을 걷는 자**'가 맞습니다." 몰리는 화난 표정으로 말했다. "내 고양이 얘기를 했으니까요."

"아, 고양이라." 배블은 겉으로 씩 웃었고, 속으로도 씩 웃었다. 온몸의 순환계를 근사한 기분이 휘감는 느낌을 받았을 정도였다. "그래서 그 '**하등 생물들에 대한 연민**' 얘기가 나온 거로군."

몰리는 한층 더 신경이 곤두서고 분개한 표정으로 말했다. "지나가던 뜨내기가 어떻게 내 고양이에 관해 알 수 있단 말입니까? 게다가 테켈 우파르신을 지나가는 뜨내기 노동자 따위는 없습니다. 키부츠란 모든 사람이 일하는 곳이니까요." 몰리는 크게 마음을 상한 기색이었다.

글렌 벨스너의 목소리가 뒤쪽의 어둑어둑한 공간에 울려 퍼졌다. "다들 들어와! 방금 빌어먹을 인공위성하고 접촉했어! 이제 음성 테이프를 작동시킬 거야!"

배블은 그쪽을 향해 걸어가며 말했다. "설마 성공할 거라고는 생각 못했어." 너무 기분이 좋다. 이유는 알 수 없었지만 말이다. 아마 몰리와 '지상을 걷는 자'와의 외경심을 불러일으키는 조우 얘기를 들은 덕인지도 모르겠다. 이제는 그리 외경심을 불러일으키지 않지만 말이다. 일단 나처럼 성숙하고 비판적인 판단력을 가진 사람의 용의주도한 검증을 받은 뒤에는 대개 그렇게 되는 법이다.

다섯 사람은 회의실 건물로 들어가서 다른 사람들 사이에 자리를 잡고 앉았다. 벨스너의 통신 장비에 달린 스피커에서 날카로운 잡음이 들려왔다. 알아들을 수 없는 목소리 같은 것이 간간히 섞여 있었다.

너무 시끄러워서 골치가 아플 지경이었지만 배블은 아무 말도 하지 않았다. 그러는 대신 기술자의 요구대로 주의 깊게 귀를 기울였다.

"지금 수신하고 있는 건 산란散亂 전파야." 벨스너가 요란스러운 잡음 위로 말했다. "테이프는 아직 작동하지 않았어. 내가 올바른 신호를 보낼 때까지는 작동하지 않아."

"그럼 테이프를 작동시켜." 프레이저가 말했다.

"맞아 글렌, 테이프를 작동시켜." 방 여기저기에서 같은 목소리가 들려왔다.

"알았어." 벨스너는 이렇게 대꾸하고 손을 뻗어 눈앞에 있는 계기반의 제어 노브들을 건드렸다. 여기저기서 불빛이 깜박이면서 인공위성에 실린 서보servo 보조장치들이 작동을 개시했다.

스피커에서 목소리가 흘러나왔다. "안녕하십니까, 델맥-O 입식지에 계신 여러분, '**행성간서방연합**'의 트리튼 장군입니다."

"저거야." 벨스너가 말했다. "저 테이프가 맞아."

"조용히 해 벨스너. 안 들리잖아."

"몇 번이든 다시 재생할 수 있으니까 걱정 마."

"현재 여러분은 집합을 완료했습니다." '**행성간서방연합**'의 트리튼 장군이 말했다. "본부에서는 지구 표준 시간으로 9월 14일 이전에 완료되었기를 기대하고 있습니다. 우선 델맥-O 입식지가 누구에 의해, 또 어떤 목적으로 건설되었는지를 설명하겠습니다. 그 입식지는 기본적으로—" 느닷없이 말이 끊겼다. "위이이이이이이잉." 스피커가 울렸다. "우어어어어어억. 이아아아아아아아아악." 벨스너는 동요한 나머지 말도 못하고 수신기를 빤히 쳐다보았다. "우우우우우웁." 스피커가 이렇게 말하더니 갑자기 잡음이 울려 퍼졌고, 벨스너가 다이얼을 돌리자 멀어지더니, 곧— 사라졌다.

잠시 침묵이 흐른 뒤에 이그나츠 써그가 폭소를 터뜨렸다.

"뭐가 어떻게 된 겁니까, 글렌?" 토니 덩클웰트가 말했다.

벨스너는 탁한 목소리로 말했다. "인공위성에 실리는 종류의 송신기에는 단지 두 개의 테이프 헤드밖에는 달려 있지 않아.

테이프는 우선 소거消去 헤드를 지나가고, 그다음에는 재생 및 녹음 헤드를 지나가게 되어 있어. 그리고 방금 후자의 작동 모드가 재생에서 녹음으로 바뀌었어. 테이프가 돌아가는 동안 소거 헤드가 1인치 앞쪽에서 자동으로 테이프를 지우고 있다는 뜻이야. 여기서 그걸 끌 방법은 없어. 지금은 녹음 모드에 고정되어 있고, 앞으로도 아마 그런 상태를 유지할 거야. 테이프 전체가 다 지워질 때까지 말이야."

"테이프를 지우면 원래 녹음되었던 부분은 영영 사라지지 않나?" 프레이저가 말했다. "여기서 무슨 일을 하든 간에 말이야."

"맞아. 단지 지우기만 하고 아무것도 녹음하고 있지 않은 상태야. 하지만 녹음 모드를 끌 수가 없어. 자, 보라고." 벨스너는 몇몇 스위치를 껐다 켰다 해 보였다. "아무 일도 일어나지 않아. 헤드가 고정됐어. 이젠 아무 소용도 없어." 그는 주主 계전기를 때리듯이 차단했고, 욕설을 내뱉으며 의자 위에서 고쳐 앉았다. 안경을 벗더니 이마의 땀을 닦는다. "하느님 맙소사. 이젠 어쩔 수 없어."

스피커가 잠시 지직거리는 혼선음을 내더니 다시 조용해졌다. 회의실 안에서는 침묵이 흘렀다. 달리 할 말이 없었기 때문이다.

05

"그럼 이렇게 하자고." 글렌 벨스너가 말했다. "중계 네트워크를 통해서 지구로 메시지를 보내는 거야. **'행성간서방연합'**의 트리튼 장군한테 무슨 일이 일어났는지를 설명하고, 장군이 내린 지령이 우리에게 제대로 전달되지 않았다는 걸 알리는 거지. 사정이 이러니까 틀림없이 이쪽을 향해 통신 로켓을 쏴줄 수 있을 거고, 그렇게 해줄 거야. 그 로켓에 실려 오는 두 번째 테이프를 이 기계로 다시 재생하면 돼." 그러면서 통신기 안에 설치된 테이프 덱을 가리켰다.

"얼마나 오래 걸리는데?" 수지가 물었다.

"여기서 중계 네트워크에 직접 연결해보지는 않았어." 벨스너가 말했다. "직접 해봐야 알 수 있을 거야. 지금 당장 될지도 몰라. 아무리 오래 걸려도 이틀이나 사흘이면 결과가 나오겠지. 한 가지 마음에 걸리는 점이 있다면—"그는 수염으로 꺼끌 꺼끌해진 턱을 문질렀다. "통신 보안이겠지. 트리튼 장군은 우리 요청이 중계 네트워크를 타는 걸 원치 않을지도 몰라. 1종 수신기만 있다면 누구든 수신할 수 있으니까 말이야. 그런 이유를 들어 우리 요청을 묵살할 가능성도 있어."

"그쪽에서 그렇게 나온다면," 배블이 끼어들었다. "우리도 짐을 싸서 떠나야 해. 지금 당장."

"뭘 타고?" 이그나츠 써그가 히죽거리며 말했다.

노우저. 몰리는 생각했다. 이 행성에 남아 있는 탈 것이라고는 작동을 멈춘, 연료 한 방울도 남아 있지 않은 노우저들밖에는 없다. 설령 모든 노우저의 연료 탱크 바닥에 조금씩 남아 있을지도 모르는 연료를 뽑아내서 한 척의 연료 탱크에 몽땅 옮겨 넣는다고 해도, 노우저에는 항법 장치가 실려 있지 않으므로 항로를 지정할 방법이 없다. 결국 기본 좌표를 델맥-O로 하는 수밖에 없지만, 델맥-O는 '**행성간서방연합**'의 우주 항행도에는 포함되어 있지 않기 때문에 항로를 지정하는 데는 아무 도움도 안 된다. 우리들을 모두 노우저에 태워서 보낸 것은 혹시 이런 것을 염두에 두었기 때문일까?

놈들은 우리를 실험 재료로 쓰고 있어. 이런 생각을 하니 분통이 터졌다. 맞아. 이건 실험이었던 거야. 인공위성의 테이프에는 애당초 지령 따위는 들어 있지 않았을지도 모른다. 모두 계획적이었던 것이다.

"시험 삼아 중계 네트워크 쪽에 송신을 해보면 어떨까." 벤 톨치프가 말했다. "의외로 금세 연결이 될지도 몰라."

"그렇군." 벨스너는 이렇게 대꾸하고는 다이얼을 조종했고, 한쪽 귀에 이어폰을 끼운 다음 해당 회로를 열고, 다른 것들을 닫았다. 일동은 숨을 죽이고 이 광경을 주시했다. 마치 자기들 목숨이 걸리기라도 한 것 같군, 하고 몰리는 생각했다. 그건— 아마 사실일지도 모르겠다.

"뭔가 잡혀?" 베티 조가 참지 못하고 일을 열었다.

벨스너가 말했다. "아무것도 안 잡혀. 영상 쪽을 볼까." 느닷없이 조그만 스크린이 켜졌다. 줄무늬밖에는 안 나온다. 영상 노이즈에 불과하다. "이건 중계 네트워크의 주파수야. 잡혀야 정상인데."

"안 잡히잖나." 배블이 말했다.

"응. 안 잡히는군." 벨스너는 계속 다이얼을 돌렸다. "옛날처럼 신호가 잡힐 때까지 가변 축전기를 조정하는 것하고는 달라. 이건 훨씬 더 복잡하다고." 벨스너가 느닷없이 주主 전원을 차단했다. 스크린이 꺼졌고, 스피커에서 들리던 잡음도 멈췄다.

"왜 그래요?" 메리가 물었다.

"전혀 송신이 안 돼." 벨스너가 대꾸했다.

"뭐?"

주위 사람들 대다수가 깜짝 놀라며 되물었다.

"송신이 안 되고 있어. 중계 네트워크하고 접속이 안 돼. 우리 쪽에서 전파를 발사할 수 없으면 그쪽에서 수신하고 싶어도 할 수가 없어." 벨스너는 뒤로 몸을 젖히며 분통을 터뜨렸다. "이건 음모야. 빌어먹을 음모라고."

"그거 진심으로 하는 소리야?" 프레이저가 힐문했다. "누군가가 의도적으로 송신을 방해하고 있다고 말하고 싶은 거야?"

"송신기를 조립한 건 내가 아냐. 수신 장치를 설치한 것도 내가 아냐. 실은 지난 달에 여기 도착한 뒤로 시험 삼아 전파를 주고받아봤어. 이 항성계에서 발신된 전파를 몇 개 포착했고, 답신도 보낼 수 있었어. 모든 게 제대로 작동하는 것처럼 보였지. 그런데 갑자기 이런 일이 일어난 거야." 벨스너는 생각에 잠긴 표정으로 아래를 내려다보다가 갑자기 "그렇군"이라고 말하며 고개를 끄덕였다. "맞아. 무슨 일이 일어났는지 알겠어."

"상황이 안 좋아?" 벤 톨치프가 물었다.

벨스너가 대답했다. "내가 오디오 테이프 장치하고 송신기를 작동시키라는 신호를 보냈을 때, 인공위성은 어떤 신호를 되돌려보냈어. 여기, 이 장치를 향한 신호를." 그는 눈앞에 거치되어 있는 수신기와 송신기를 가리켰다. "그 신호가 모든 걸 꺼버렸어. 내가 보낸 지령까지 모두 무효화해버린 거야. 이 고물을 상대로 어떤 명령을 내리든 지금은 수신도, 송신도 안 돼. 아예 작동하지 않는 상태야. 아마 인공위성에서 새로 신호가 오지 않는 한 영영 작동하지 않겠지." 그는 고개를 절레절레 흔들었다. "두 손 들었다고 하는 수밖에 없겠군. 이쪽에서 인공위성을 향해서 처음 명령을 보냈고, 그걸 받은 그쪽에서 답신을 보냈어. 마치 장기에서 장군 멍군하는 것처럼 말이야. 그리고 그걸 시작해버린 건 나야. 우리에 갇힌 채로 먹을 걸 떨어뜨리는 지렛대를 찾으려는 쥐처럼. 그러다가 전기 충격을 주는 지렛대를 눌러버린 거지." 벨스너의 목소리는 비통했고 패배감으로 가득 차 있었다.

"송신기하고 수신기를 분해해보면 어떨까요." 몰리가 말했다. "무효 명령을 제거함으로써 그걸 무효화하는 겁니다."

"아마―빌어먹을, 보나마나―자기 파괴 장치가 달려 있을 거 야. 중요 부분은 이미 파괴되었거나, 아니면 내가 그걸 찾으려는 즉시 파괴될 게 틀림없어. 예비 부품도 없어. 회로 여기저기가 파괴되면 수리하려고 해도 방법이 없어."

"내가 여기로 올 때 따라온 자동 항행 빔 말인데," 몰리가 말 했다. "거기에 통신문을 실어서 보낼 수는 없을까요?"

"자동 항행 빔의 유효거리는 8만에서 9만 마일쯤 되고, 그 뒤 로는 점차 약해지다가 소멸해. 자네도 그 정도 거리에서 빔을 포 착하지 않았어?"

"대충 그 정도 거리였습니다." 몰리는 시인했다.

"우린 완전히 고립됐어. 그것도 단 몇 분 만에." 벨스너가 말 했다.

"함께 모여서 합동기도를 올려야 해." 매기가 말했다. "아마 송과선에서 방사되는 기도만으로도 어떻게든 연락이 닿을지도 몰라. 짧은 기도라면."

"그런 기준을 쓸 거라면 내가 도울 수 있을지도 몰라." 베티 조가 말했다. "난 정식으로 훈련받은 언어학자이니까."

"최후의 수단이 필요하다는 거로군." 벨스너가 말했다.

"최후의 수단이 아냐." 매기 월시가 말했다. "효율성이 증명된 구조 요청 수단이야. 예를 들어 톨치프는 기도한 덕에 여기로 왔잖아."

"하지만 그 기도는 중계 네트워크에 실렸기 때문에 전달된 거야." 벨스너가 반박했다. "여기서는 중계 네트워크에 접속할 방법이 아예 없잖아."

"자네는 기도를 안 믿나?" 프레이저가 악의적인 어조로 물었다.

"전자적으로 증폭되지 않은 기도는 안 믿어. 스펙토프스키조차도 시인했잖아. 기도가 효력을 발휘하려면 신의 세계의 네트워크를 통해 전자적으로 송신되는 방식으로 모든 **'현신'**에게 도달해야 한다고."

"일단 우리의 합동기도를 자동 항행 빔에 실어서 최대한 먼 곳까지 송신하면 어떨까요?" 몰리가 말했다. "8만 내지 9만 마일 너머까지 보낸다면 **'신'**도 쉽게 그걸 포착할 수 있을 겁니다. 중력은 기도의 힘에 반비례하니까 말입니다. 바꿔 말해서, 기도를 행성에서 충분히 먼 곳까지―이를테면 9만 마일 떨어진 곳까지―보낸다면 이런저런 **'현시'**들이 그걸 청취할 확률은 수학적으로 상당히 커집니다. 스펙토프스키의 글에도 그렇게 쓰여 있는데, 정확히 어느 대목이었는지는 기억이 안 나는군요. 아마 책 뒤에 부록으로 들어 있었던 것 같습니다."

웨이드 프레이저가 말했다. "기도의 힘을 의심하는 건 지구의 법에 반하는 행위야. **'행성간서방연합'**의 세력권에 포함된 모든 점유지의 민법전民法典을 위반하는 행위지."

"그래서 고자질하겠다는 거로군." 이그나츠 써그가 말했다.

"기도의 효력을 의심하는 사람은 아무도 없어." 벤 톨치프는 살벌한 눈으로 프레이저를 쏘아보며 말했다. "단지 그걸 가장 효율적으로 쓰는 방법에 관해서 의견이 갈렸을 뿐이잖아." 그는 일어섰다. "한잔해야겠군. 다들 잘 있으라고." 벤은 조금 비틀거리며 방에서 나갔다.

"좋은 생각인 것 같아. 나도 가야지." 수지는 자리에서 일어나며 몰리를 향해 기계적으로 미소를 던졌다. 감정이 결여된 미소였다. "정말 끔찍하지 않아요? 트리튼 장군이 이런 일을 고의적으로 명령했다고는 도저히 믿을 수가 없어요. 틀림없이 무슨 착오일 거예요. 전자회로가 고장 난 걸 그쪽에서 모를 수도 있잖아요. 안 그래요?"

"지금까지 들어본 바로는 트리튼 장군은 매우 훌륭한 인물이라고 합니다." 몰리는 말했다. 실은 트리튼 장군 따위는 들어본 적도 없지만, 빈말로라도 수지를 격려하고 싶었다. 모두들 격려가 필요했고, 트리튼 장군이 정말로 훌륭한 인물이라고 믿음으로써 격려를 받을 수 있다면 사실이든 아니든 상관없지 않은가. 신학적인 것들뿐만 아니라 속세의 일에도 믿음이 필요한 법이다. 그런 믿음이 없다면 살아갈 수가 없다.

배블이 매기에게 말했다. "'신'의 어떤 상相을 상대로 기도를 올려야 할까?"

"우리가 이번 임무를 명받기 직전의 순간으로 시간을 되돌리고 싶다면 **'조유신'**에게 기도를 올려야겠죠." 매기가 대꾸했다. "신이 우리를 위해 개입함으로써 난감한 상황에 빠진 우리 모두를 구원해주기를 원한다면 **'중재신'**에게 기도를 해야겠고. 각자 개별적으로 이 상황에서 탈출하고 싶다면—"

"세 가지 모두야." 코슬러가 떨리는 목소리로 말했다. "어느 부분을 현시할지는 **'신'**의 판단에 맡기자고."

"어느 부분도 쓰고 싶어 하지 않을지도 몰라요." 수지가 쏘아붙였다. "우리 힘으로 정해야 해요. 기도할 때는 원래 그래야 하는 거 아닌가요?"

"맞아." 매기가 말했다.

"그럼 누군가가 받아써줘." 프레이저가 말했다. "우선 이렇게 시작해야겠군. '과거에 저희들에게 내려주신 모든 원조에 대해 감사드립니다. 다른 일들로 바쁘신 와중에 또 귀찮게 해드리는 것은 마음이 내키지 않지만, 저희가 놓인 상황을 설명하자면 다음과 같습니다.'" 프레이저는 말을 멈추고 잠시 생각에 잠겼다.

"우린 어떤 상황에 놓여 있지?" 그는 벨스너에게 물었다. "송신기만 고치면 되는 거야?"

"그것만 가지고서는 안 돼." 배블이 말했다. "완전히 여기서 빠져나가고, 다시는 델맥-O로 돌아오는 일이 없기를 빌어야 해."

"송신기만 제대로 작동한다면 우리 힘으로도 할 수 있는 일이야." 벨스너가 말했다. 그는 주먹 쥔 오른손의 손가락 관절을 갉작였다. "기도는 송신기의 교환 부품을 내려달라는 정도로 만족하고, 나머지는 우리 힘으로 해결하는 편이 나아. 기도는 조촐하면 조촐할수록 좋으니까. '**책**'에도 그렇게 나와 있지 않아?" 그는 매기를 돌아보았다.

"158쪽에 나와 있어." 매기가 대꾸했다. "스펙토프스키 가라사대, '간결함─우리의 짧은 삶─의 정수는 기지機智다. 기지에 찬 기도라는 맥락에서, 기지의 훌륭함은 그 길이에 반비례한다.'"

벨스너가 말했다. "그럼 이렇게 말하자고. '**지상을 걷는 자**'여, 송신기의 예비 부품을 입수할 수 있도록 도와주십시오' 라고 말이야."

"톨치프한테 기도문을 써달라고 하면 어떨까." 매기가 말했다. "최근 올렸던 기도가 큰 성공을 거둔 걸 보면, 적절한 기도가 어떤 건지 잘 알고 있을 것 같아."

"그를 데려와." 배블이 말했다. "노우저에 싣고 온 물건들을 자기 방으로 옮기고 있을 거야. 누가 가서 데리고 오라고."

"내가 가겠습니다." 몰리는 이렇게 말하고 회의실 문을 지나 저녁의 어둠 속으로 나갔다.

"아주 좋은 의견이었어, 매기."

배블이 이렇게 말하자 다른 사람들이 찬동하는 소리가 들렸다. 급기야는 회의실 안에 있는 사람들 모두가 합창하듯이 동의했다.

몰리는 앞쪽을 확인하며 조심스럽게 걸어갔다. 아직 익숙하지 않은 거류지 안에서 길을 잃고 싶지는 않았다. 나 말고 다른 사람에게 맡기는 편이 나았을지도 모르겠군. 전방의 건물 창문에서 빛이 흘러나왔다. 아마 저기 있는지도 모르겠다. 몰리는 이렇게 되뇌고, 빛을 향해 걸어갔다.

벤 톨치프는 술을 모두 들이켜고 하품을 한 다음 목을 긁적였고, 다시 하품을 한 다음 비틀거리며 일어섰다. 슬슬 이삿짐을 옮겨야겠군. 어둠 속에서 헤매지 않고 내 노우저를 찾아낼 수 있어야 할 텐데.

밖으로 나가서 발의 감촉만으로 자갈길을 찾아낸 다음 노우저들이 있을 법한 방향을 향해 움직이기 시작했다. 이곳에는 왜 유도등이 없는 것일까? 그는 자문했고, 그제야 다른 일에 몰두하고 있는 동료들이 불 켜는 걸 잊었다는 사실을 깨달았다. 모두 고장 난 송신기에만 정신이 팔려 있다. 따져보면 당연한 일이다. 그런데 왜 나만 혼자서 이러고 있는 것일까? 집단의 일원으로 행동하지 않는 이유는 무엇일까? 문제의 집단 자체가 제대로 기능하지 못하는 탓이다. 집단이 아니라, 몇몇 이기적인 개인들이 모여서 아옹다옹하고 있는 것에 불과하다. 그런 작자들과 함께 있으면 뿌리를 내렸다든지, 공통된 기반 따위를 갖고 있다는 느낌을 전혀 받을 수가 없다. 오히려 빨리 다른 곳으로 이주하고 싶어 하는 유목민 같은 기분을 느끼는 것이 고작이다. 지금 이 순간 무엇인가가 나를 부르고 있는 것처럼. 회의실에 있던 그를 방으로 돌아오게 한 것도 그것이었고, 지금 이렇게 노우저를 찾아서 어둠 속을 터벅터벅 걷게 만든 것도 그것이었다.

어둡고 흐릿한 물체가 앞을 가로막았고, 그것은 비교적 덜 어두운 하늘을 배경으로 사람의 그림자로 변했다.

"톨치프 씨?"

"응. 누구지?"

벤은 그쪽을 응시했다.

"몰리입니다. 다들 당신을 데리고 오라고 해서요. 불과 며칠 전에 올린 기도가 그렇게 성공적이었으니까, 우리가 보낼 기도문도 당신이 지어줬으면 좋겠다고 하더군요."

"기도는 이제 안 해." 벤은 쓰디쓴 표정으로 이를 악물었다. "지난번에 기도한 덕택에 지금 내가 어떻게 됐는지 보라고— 자네들하고 여기 갇혔잖아. 아, 나쁜 뜻으로 한 소리는 아냐. 난 단지—" 벤은 손을 흔들었다. "이곳의 상황을 감안한다면, 내 기도를 들어준 건 잔인하고 비인간적인 행위였어. 어떻게 될지 뻔히 알면서 그랬던 거야."

"어떤 기분인지 이해합니다."

"그러니까 자네가 기도를 하면 어때? 최근에 '지상을 걷는 자'를 만났다며. 자네를 쓰는 편이 훨씬 더 영리한 선택일 거라고 생각해."

"나는 기도에는 재능이 없습니다. '지상을 걷는 자'도 이쪽에서 부른 것이 아닙니다. 그쪽에서 먼저 와줬죠."

"한잔할까? 그런 다음 내 짐을 방으로 옮기는 걸 도와줬으면 좋겠군."

"내 짐도 옮겨야 합니다."

"지극히 협조적인 태도로군."

"이쪽의 협조 요청에 먼저 응해줬더라면—"

"그럼 나중에 보세." 벤은 이렇게 말하며 양팔로 어둠 속을 더듬으며 걸어갔다. 발이 금속 외각에 부딪치며 쩡 하는 소리가 울려 퍼졌다. 노우저다. 방향은 제대로 잡은 듯하다. 이제 내 배를 찾아내면 된다.

뒤를 돌아보았지만 몰리의 모습은 없었다. 그는 혼자였다.

왜 나를 도와주지 않고 가버린 것일까? 벤은 자문했다. 이 상자 대부분은 두 사람이 힘을 합쳐야 옮길 수 있는 것들이다. 어디 보자. 그는 곰곰이 생각에 잠겼다. 노우저의 착륙등을 켜면 주위를 밝힐 수 있다. 그는 해치의 잠금 핸들을 찾아내서 푼 다음 개방했다. 안전등이 자동으로 들어온다. 이제 밝아졌다. 그냥 옷가지하고 세면도구하고 '책'만 가져가기로 하자. 졸릴 때까지 '책'을 읽고 있으면 된다. 피곤하다. 여기까지 노우저를 몰고 오느라고 완전히 녹초가 됐다. 게다가 송신기는 고장 났다. 엎친데 덮친 격이다.

애당초 왜 그런 작자에게 도와달라고 했던 것일까? 누군지 아예 모르고, 그쪽에서도 나를 모르는데. 내 짐을 옮기는 건 내 문제잖아. 상대방에게는 상대방의 문제가 있고.

벤은 책이 든 상자를 집어 들고 주기駐機된 노우저에서 자기 방이 있다고 추정되는 방향으로 걸어가기 시작했다. 회중전등이 필요해. 그는 뒤뚱뒤뚱 걸어가면서 생각했다. 빌어먹을, 착륙등을 끄고 오는 걸 잊었잖아. 뭐 하나 제대로 되는 일이 없군. 차라리 회의실로 돌아가서 다른 작자들에게 합류하는 편이 나을지도 몰라. 혹은 이 상자 하나만 옮기고, 방에서 한잔 더

하든가. 그때쯤이면 다들 회의실에서 나와서 내가 짐 옮기는 것을 도와줄지도 모르겠군. 벤은 끙끙거리고, 땀을 뻘뻘 흘리면서 자갈길을 따라 거주 구획을 형성하고 있는 검고 둔중한 건물을 향해 갔다. 건물에 불은 들어와 있지 않았다. 모두가 여전히 적절한 기도문을 작성하는 일에 몰두하고 있는 듯했다. 그런 생각을 하니 절로 웃음이 나왔다. 보나마나 밤이 새도록 결론을 내리지 못하고 이러쿵저러쿵 논쟁을 벌이겠지. 벤은 또다시 웃음을 터뜨렸다. 이번에는 분노와 혐오감에서 비롯된 웃음이었다.

문이 열려 있던 덕에 벤은 자기 방을 찾아냈다. 안으로 들어가서 방바닥에 책이 든 상자를 내려놓는다. 한숨을 쉬면서 허리를 펴고, 방 안의 불을 모두 켰다. 그리고 그 자리에 서서 옷장과 침대밖에 없는 작은 방을 둘러보았다. 침대는 마음에 들지 않았다. 너무 작은데다가 딱딱해 보인다. "맙소사." 벤은 이렇게 내뱉고 침대 위에 앉았다. 상자에서 책 몇 권을 끄집어낸 다음 뒤적거리다가 피터 도슨 스카치 병을 찾아냈다. 뚜껑을 돌려서 연 다음 음울한 표정으로 병나발을 불었다.

열린 문 사이로 밤하늘을 올려다본다. 대기요란大氣擾亂 탓에 별들이 흐릿해지는가 싶더니 다시 뚜렷해졌다. 행성 표면의 굴절된 대기를 통해 별을 관찰하는 것은 정말이지 쉽지 않군.

커다란 잿빛 그림자가 문간에 나타나서 별들을 가로막았다.

그것은 관管을 하나 가지고 있었고, 그것으로 그를 겨냥했다. 벤은 그 관에 망원 조준경과 방아쇠가 달려 있는 것을 알아차렸다. 저건 누굴까? 무엇일까? 눈을 가늘게 뜨고 응시했을 때 희미하게 푹 하는 소리가 들렸다. 잿빛 그림자가 뒤로 물러나더니 또다시 별들이 나타났다. 그러나 이번에는 모양이 달랐다. 두 별들이 충돌해서 붕괴하고 신성新星이 형성되었다. 신성은 불타올랐지만 그가 바라보는 동안에도 점점 스러져갔다. 격렬하게 반짝이는 고리였던 것이 거무스름하게 죽은 철핵鐵核으로 변했고, 그것이 식어서 검게 변했다. 그와 동시에 다른 별들도 식어갔다. **'형상 파괴자'**의 도구인 엔트로피의 힘이 별들을 어둡고 불그스름한 석탄 덩어리로 퇴행시키고, 먼지처럼 고요한 정적 속으로 몰아넣는 것을 보았다. 열 에너지의 장막이 세계 위를 균일하게 뒤덮고 있다. 그가 애착을 갖고 있지도, 관심을 느끼지도 않는 이 기묘하고 조그만 세계 위를.

죽어가고 있어. 이 우주는. 열에 의해 발생한 아지랑이가 점점 확산하더니 마침내 우주의 유일한 교란물이 되어버렸다. 하늘은 그 빛으로 약하게 빛나다가 이내 점멸하기 시작했다. 균일한 열 분포조차도 사라지기 시작한 것이다. 실로 기이하고 섬뜩한 장면이다. 벤은 일어서서 문을 향해 한 걸음 내디뎠다.

그리고 그 장소에서, 선 채로 죽었다.

그는 한 시간 뒤에 발견되었다. 몰리는 아내와 함께 작은 방 안에 몰려든 사람들 끄트머리에 서서 중얼거렸다. **우리 기도를 돕지 못하게 하려고 이런 거야.**

"송신기를 부순 것하고 같은 힘이야." 이그나츠 써그가 말했다. "놈들은 알고 있었어. 이 친구가 기도문을 작성했다면 틀림없이 전달되리라는 걸 알고 있었던 거야. 중계 네트워크의 도움 없이도 말이야." 핏기가 가시고 거무죽죽해진 얼굴에는 공포가 깃들어 있었다. 모든 사람들의 얼굴이 그렇다는 사실을 몰리는 깨달았다. 실내등 아래에서 그들의 얼굴은 모두 납처럼 무겁고 돌처럼 딱딱해 보였다. 마치 천 년이나 된 석상들처럼.

시간이 우리들 주위에서 종말을 맞이하고 있는 것일까. 마치 우리들의 미래가 다 사라져버린 듯한 느낌이다. 이것은 비단 벤 톨치프에게만 한정된 일이 아니다.

"배블, 부검할 수 있어요?" 베티 조가 물었다.

"그럭저럭 할 수 있어." 배블은 벤의 시체 옆에 앉아서 여기저기를 촉진해보고 있었다. "출혈은 없고, 외상外傷도 없어. 자연사일 수도 있다는 건 모두 알지. 심장병이 있었던 건지도 몰라. 혹은 근거리에서 열선총으로 살해당했을지도 모르지만…… 그게 사실이라면, 탄흔이 남아 있어야 해." 그는 벤의 옷깃을 풀고 손을 뻗어 가슴 부분을 만져보았다. "그게 아니라면 우리들 중 누군가가 한 짓일지도 모르겠군. 그 가능성을 무시해선 안 돼."

"놈들이 그런 거예요." 매기가 말했다.

"그랬을 수도 있겠지." 배블이 말했다. "일단 할 수 있는 일을 해봐야겠군." 그는 써그와 프레이저 그리고 벨스너를 향해 고개를 까닥했다. "진료실로 이 친구를 옮기는 걸 도와줘. 당장 부검을 해봐야겠어."

"아직 제대로 얘기도 못 나눠봤는데." 메리가 말했다.

"아마 내가 마지막으로 그를 본 사람일 겁니다." 몰리가 말했다. "노우저에 신고 온 짐을 꺼내서 자기 방으로 옮기고 싶어 했습니다. 나중에 시간이 생기면 돕겠다고 약속했죠. 뭔가 아주 언짢아하는 듯한 느낌이었습니다. 기도문을 짓는 걸 도와달라고 요청했지만 아무 흥미도 보이지 않더군요. 단지 자기 짐을 옮기고 싶어 했을 뿐이었습니다." 몰리는 날카로운 양심의 가책을 느꼈다. 내가 짐을 옮기는 것을 도와줬으면 지금도 살아 있을지도 모른다. 배블이 말했듯이 무거운 상자들을 옮기다가 심장 발작을 일으킨 것인지도 모른다. 그는 책이 담긴 상자를 걷어차며 혹시 이 상자가 범인이 아닐까 생각했다— 이 상자와, 내가 돕기를 거부했다는 사실이 그를 죽인 것일까. 도와달라는 얘기를 들었어도 돕지 않은 것은 사실이지 않는가.

"혹시 자살 징후 같은 건 못 느꼈나?" 의사가 물었다.

"못 느꼈습니다."

"정말이지 묘하군." 배블은 지친 표정으로 고개를 절레절레 흔들었다. "알았어. 이 친구를 진료실로 데려가자고."

06

네 사내는 벤 톨치프의 시체를 들고 밤의 어둠이 깔린 시설 부
지를 가로질렀다. 차가운 바람이 불어오자 그들은 몸을 떨었다.
델맥-O에 잠복해 있는 악의로 가득 찬 존재—벤 톨치프를 죽인
악의적인 존재—에 대항하려는 듯이, 가깝게 몸을 맞댄 채로.

배블이 진료실 여기저기의 불을 켰다. 잠시 후 그들은 높다란
금속 탁자 위에 벤의 시체를 올려놓았다.

"이제 각자의 방에 돌아가서 배블 선생님의 검시가 끝나는 걸
기다리는 편이 낫지 않을까요." 수지가 부르르 몸을 떨며 말했다.

프레이저가 입을 열었다. "함께 있는 편이 나을걸. 적어도 배
블의 부검 결과가 나올 때까지는. 불시에 이토록 끔찍한 일이 우
리 눈앞에서 일어났다는 점을 감안하면, 한시라도 빨리 리더를
선출할 필요가 있어. 우리 모두를 하나의 그룹으로 통괄해줄 수

있는 지도자를 말이야. 지금은 도저히 그룹이라고 부를 수 있는 상태가 아니지만, 그래도 리더는 있는 편이 나아. 아니, 반드시 있어야 해. 모두들 그렇게 생각하지 않아?"

잠깐 망설이다가 글렌 벨스너가 말했다. "응."

"민주적으로 투표하면 돼." 베티 조가 말했다. "하지만 신중을 기해야 해." 그녀는 잠시 입을 다물고 적당한 말을 찾는 기색이었다. "리더한테 너무 큰 권력을 주면 안 돼. 선출된 리더의 행동이 불만족스럽다면, 즉각 불신임 투표에 회부해서 리더 자리에서 쫓아내고 다른 사람을 뽑을 수도 있어야 하고. 하지만 그 사람이 리더인 동안에는 그 지시를 따르는 거야— 너무 약한 리더는 없느니만 못하니까 말이야. 별다른 권한이 없는 탓에 우리를 제대로 장악하지 못한다면 지금 상황하고 하나도 다를 게 없잖아. 지금 우린 따로따로 노는 개인들의 집합에 불과해. 죽음의 위기가 닥쳐왔는데도 제대로 힘을 합치지도 못하는."

"그럼 자기 방으로 가지 말고 모두 회의실로 돌아가자고." 덩 클웰트가 말했다. "투표를 하는 거야. 리더를 고르기 전에 살해당하면 의미가 없어. 더 이상 시간을 끌지 말자고."

그들은 배블의 진료실에서 나와 무리를 지어 회의실로 이동했다. 모두 음울한 표정이었다. 회의실에 들어가자 낮고 단조롭게 웅웅거리는 소리가 들려왔다. 송신기와 수신기가 여전히 켜져 있는 것이다.

"크기만 했지 아무 소용도 없는 고물이야." 매기가 송신기를 응시하며 말했다.

"각자 무장하는 편이 나을 것 같나?" 코슬러가 몰리의 소맷자락을 잡아당기며 말했다. "누군가가 우리 모두를 죽이려고 하는 게 사실이라면—"

"부검 결과가 나올 때까지 기다립시다." 몰리가 말했다.

프레이저가 의자에 앉으며 사무적인 어조로 말했다. "지금부터 거수 투표를 시행하겠어. 모두 조용히 앉아줘. 내가 차례로 이름을 읽고 득표수를 셀게. 모두 이의 없지?" 프레이저의 목소리에는 어딘가 냉소하는 듯한 기색이 깃들어 있었고, 몰리는 그것이 마음에 들지 않았다.

써그가 말했다. "넌 안 뽑혀, 프레이저. 아무리 리더가 되고 싶어 해도 말이야. 이 방에 있는 사람들 중에서 네 명령을 받고 싶어 하는 사람은 아무도 없을걸." 써그는 의자에 털썩 앉아 다리를 꼬고는 웃옷 호주머니에서 담배 한 대를 꺼내들었다.

프레이저가 사람들의 이름을 호명하고 득표수를 세기 시작하자 몇몇 사람들도 직접 자기 손으로 득표수를 기록했다. 프레이저를 믿지 못해서 그런다는 사실을 몰리는 깨달았다. 그럴 만도 하다.

모든 사람의 이름이 호명되자 프레이저가 말했다. "최대 득표자는 글렌 벨스너야." 그러고는 노골적으로 냉소를 지으며 집계 용지를 바닥에 떨어뜨렸다. 몰리의 눈에는 마치 이렇게 얘기하고 싶어 하는 것처럼 비쳤다. '이런 식으로 자멸하고 싶으면 너희들 마음대로 해. 어차피 너희 목숨이니까 버리든 말든 너희 자유야.'

그러나 몰리가 보기에 벨스너는 좋은 선택 같았다. 극히 제한된 지식밖에는 없었음에도 불구하고 몰리 역시 이 전자기기 엔지니어에게 표를 던졌던 것이다. 프레이저는 불만인 듯했지만 몰리는 투표 결과에 만족했다. 안도한 듯이 웅성거리는 소리가 들리는 것으로 미루어보건대 대다수가 같은 기분인 듯했다.

매기가 말했다. "배블의 부검 소견이 나오기를 기다리는 동안, 톨치프 씨의 영혼이 즉시 영생을 얻을 수 있도록 모두 합동기도를 올리면 어떨까."

"그럼 스토코프스키의 **'책'**을 낭독해." 베티 조는 이렇게 말하고 호주머니에서 자기 것을 꺼내 매기에게 넘겼다. "70쪽에 있는 **'중재신'**에 관한 부분을 읽어줘. **'중재신'** 한테 기도할 거 잖아?"

매기는 모두가 잘 알고 있는 구절을 암송하기 시작했다. "**'중재신'**은 역사와 창조 과정에서 모습을 드러냄으로써 자기 자신을 대속자로서 제공했고, 그 결과 **'저주'**는 부분적으로 무효화되었다. 스스로의 현시를 통해 피조물의 구속救贖을 행한다는 행위로 상징되는 위대한—그러나 부분적인—승리에 만족한 **'신'**은 '죽었고', 스스로를 다시 현시함으로써 그가 **'저주'**를, 나아가서는 죽음을 극복했다는 사실을 보여주었으며, 이 모든 일이 끝난 뒤에는 신성한 동심원을 지나 **'신'** 자신에게로 다시 돌아갔다.' 이것과 관련된 부분을 내가 하나 더 추가할게. '그다음에—마지막에—오는 시기는 **'결산의 날'**이며, 그때 하늘은 두루마리처럼 되말리고, 생명을 가진 존재들은—인류뿐만이 아니라

자의식을 보유한 비지구 생명체들도—통일된 존재로서 (아마 **'형상 파괴자'**를 제외하고) 만물의 원천이 된 본래의 **'신'**와 융합하게 된다.'" 매기는 잠시 침묵했다가 다시 말을 이었다. "모두 지금부터 내가 하는 말을 따라 해. 소리 내어 말해도 되고, 머릿속으로 해도 돼."

일동은 고개를 들고 관습에 따라 위를 우러러보았다. 이렇게 하면 **'신'**이 더 쉽게 들을 수 있기 때문이다.

"저희는 톨치프를 그리 잘 알지 못했습니다."

모두가 복창했다. "저희는 톨치프를 그리 잘 알지 못했습니다."

"하지만 그는 훌륭한 사람인 것처럼 보였습니다."

모두가 복창했다. "하지만 그는 훌륭한 사람인 것처럼 보였습니다."

매기는 잠시 주저하며 생각에 잠겼다가, 곧 말했다. "그를 시간의 흐름 밖으로 내어주시고, 그에게 영생을 허락해주십시오."

"그를 시간의 흐름 밖으로 내어주시고, 그에게 영생을 허락해주십시오."

"**'형상 파괴자'**가 개입하기 전에 그가 소유하고 있던 형상을 재생시켜주십시오."

"**'형상 파괴자'**가 개입하기 전에—" 일동은 갑자기 입을 다물었다. 배블이 동요한 얼굴로 회의실에 들어왔기 때문이다.

"기도를 끝내야지." 매기가 말했다.

"그런 건 나중에 끝내." 배블이 말했다. "사인이 뭔지 알아냈어." 그는 들고 온 종이 몇 장을 뒤적이며 읽기 시작했다. "혈액

내에 비정상적으로 다량 존재하는 히스타민이 기관지 전체에 극심한 염증을 일으켰고, 그것이 기도 협착으로 이어졌어. 직접적인 사인은 이종異種 알레르겐 반응에 의한 질식이야. 노우저에서 짐을 옮겨 실을 때 벌레에 쏘였거나 어떤 식물에 살갗이 스쳤던 것 같아. 그 벌레나 식물에 극심한 알레르기 반응을 유발하는 성분이 함유되어 있었던 거지. 수지 스마트가 여기 도착한 첫째 주에 그 쐐기풀을 닮은 덤불을 건드렸다가 앓아누웠던 거 기억나? 코슬러도 그랬지." 그는 나이 든 관리인 쪽을 가리켜 보였다. "즉시 나한테 오지 않았더라면 저 친구도 죽었을 거야. 톨치프의 경우에는 상황이 안 좋았군. 밤에 혼자서 돌아다닌 탓에, 그런 일을 당했을 때 곁에서 도와줄 사람이 없었어. 결국 혼자 죽어버린 거지. 우리들이 곁에 있었더라면 살릴 수 있었을 텐데."

잠시 침묵이 흐른 후, 커다란 무릎 덮개를 하고 앉아 있던 로킹엄이 입을 열었다. "흐음, 그래도 처음 했던 억측에 비하면 훨씬 낫군요. 누군가가 우리를 죽이려고 하는 것은 아니라는 얘기가 되니까…… 따져보면 정말로 기쁜 일입니다. 안 그래요?" 그녀는 주위 사람들을 둘러보며 대답을 기대하듯이 귀를 기울였다.

"그렇지." 프레이저는 멍한 어조로 말하며 슬그머니 얼굴을 찡그렸다.

"배블." 써그가 말했다. "당신이 없을 때 투표를 해버렸어."

"맙소사." 베티 조가 말했다. "그러네. 다시 투표해야 하나."

"우리들 중 한 사람을 리더로 뽑은 거야?" 배블이 말했다. "내가 투표권을 행사할 기회도 주지 않고? 누굴 뽑았는데?"

"나야." 벨스너가 말했다.

배블은 잠시 생각하는 기색이었다. 이윽고 그는 말했다. "글렌이 리더라면 난 별다른 이의가 없어."

"세 표 차이로 이겼어요." 수지가 말했다.

배블은 고개를 끄덕였다. "어쨌든 난 결과에 만족해."

몰리는 배블에게 다가가서 상대방의 얼굴을 똑바로 바라보았다. "방금 말한 사인 말인데, 확실합니까?"

"의심의 여지가 없네. 내가 갖고 있던 장비로도 충분히—"

"몸에 벌레 물린 자국 같은 건 있었습니까?"

"아니. 그건 없었어."

"그럼 식물의 잎사귀 같은 것에 찔린 자국은?"

"없어. 하지만 사인을 확정하는 데 그런 것은 사실 별로 중요하지 않았어. 이 행성의 벌레 중 어떤 것들은 너무 작아서, 사람을 쏘거나 물더라도 현미경이 없으면 그런 흔적을 찾아낼 수 없을 정도거든. 현미경으로 확인하려면 며칠은 걸릴 거고."

"하지만 자네는 그 판단에 만족한다는 거로군." 벨스너는 이렇게 말하고 배블에게 다가오더니, 팔짱을 끼고 몸을 건들거렸다.

"완전히 만족해." 배블은 강조하듯이 고개를 끄덕였다.

"그 판단이 틀렸을 경우 어떤 결과가 나올지 알지."

"무슨 결과? 영문을 모르겠군."

"하느님 맙소사." 수지가 끼어들었다. "불을 보듯 뻔하잖아요.

누군가가, 또는 무엇인가가 고의적으로 톨치프를 죽이려고 했다면 우린 그 사람만큼이나 위험한 상황에 맞닥뜨릴 가능성이 있어요. 하지만 단지 벌레에 쏘였을 뿐이라면—"

"벌레에 쏘인 게 확실해." 배블이 말했다. 완고하고 신경질적인 분노로 귀까지 시뻘겋게 물들어 있었다. "내가 부검을 해본 게 이번이 처음이라고 생각해? 성인이 된 이래 줄곧 써왔던 병리病理 측정 도구를 제대로 쓸 줄 모른다고 주장하고 싶은 거야?" 그는 수지를 쏘아보았다. "왜 다들 미스 덤이라고 부르는지 알 것 같군."

"작작해둬, 배블." 덩클웰트가 말했다.

"배블 선생님이라고 불러, 애송이." 배블이 내뱉었다.

하나도 바뀐 것이 없군. 몰리는 생각했다. 예전 그대로의 우매한 무리가 열두 명. 그리고 그 때문에 우리는 자멸할지도 모른다. 각자 뿔뿔이 흩어진 상태에서 영원히 끝장나는 것이다.

"정말이지 천만다행이군요." 몰리와 메리 곁으로 온 수지가 말했다. "실은 모두 피해망상에 빠져 있던 건지도 몰라요. 누군가가 우리를 노리고, 죽이려고 한다는"

벤 톨치프 생각을 하자—그와 마지막으로 만났을 때를 떠올리자—몰리는 수지의 이런 태도에 아무런 공감도 느낄 수 없었다.

"사람이 하나 죽지 않았습니까."

"잘 모르는 사람이었어요. 사실 거의 안면이 없었잖아요."

"사실입니다." 몰리는 말했다. 아마 개인적인 죄책감 때문에 이런 기분이 드는 것인지도 모르겠다. "따지고 보면 내 탓일지도 모르겠군요." 그는 수지를 향해 커다란 목소리로 말했다.

"벌레가 그랬다잖아." 메리가 말했다. "이제 아까 하던 기도를 마치죠?"

몰리가 대꾸했다. "간원기도는 행성 표면에서 8만 마일이나 떨어진 곳까지 발사해야 하는데, 이런 종류의 기도는 전자기기의 도움 없이도 보낼 수 있는 이유가 뭡니까?" 해답은 알고 있다. 방금 한 기도는—상대방이 듣든 말든 우리 입장에서는 상관이 없기 때문이다. 이 기도는 단순한 의식에 불과하므로. 하지만 간원기도는 다르다. 벤 톨치프를 위해 올리는 것이 아니라, 우리가 뭔가를 필요로 하기 때문에 올리는 기도이다. 이런 생각을 하니 기분이 한층 더 가라앉았다. "나중에 보자고." 그는 큰 소리로 메리에게 말했다. "난 노우저에서 꺼낸 짐을 풀고 있을게."

"하지만 노우저들 가까이로는 가지 마." 메리가 경고했다. "내일 무슨 해로운 식물이나 벌레가 없는지 확인하기 전까지는—"

"밖으로는 안 돌아다녀. 방으로 곧장 갈게." 몰리는 회의실을 떠나 부지로 나왔고, 잠시 후에는 아내와 함께 쓰는 방으로 이어지는 포치 계단을 오르고 있었다.

'**책**'에게 물어보기로 하자. 몰리는 되뇌었다. 잠시 상자들을 뒤지다가 자기 것인 『나는 여가 시간을 활용해서 죽은 자 가운데서 다시 살아났고, 당신 역시 그럴 수 있다』를 찾아냈다. 몰리는 무릎 위에 책을 올려놓고, 그 위에 양손을 갖다 댄 다음 질끈 눈을 감고 말했다. "누가, 혹은 무엇이 벤 톨치프를 죽였습니까?"

그런 다음 눈을 감은 채로 아무 페이지나 펼치고 손가락 끝을 갖다 댔다. 눈을 떴다.

손가락은 '**형상 파괴자**'라는 단어 위에 머물러 있었다.

이런 해답은 별로 도움이 안 되잖아. 모든 죽음은 '**형상 파괴자**'의 활동이 야기하는 형상의 쇠퇴에 기인해.

그래도 이 해답은 두려웠다.

벌레나 식물을 의미하는 것 같지는 않군. 그는 암울한 기분으로 생각했다. 뭔가 전혀 다른 것을 가리키고 있는 것 같아.

문을 똑똑 두드리는 소리가 들렸다.

몰리는 조심스레 일어나서 천천히 문으로 다가갔다. 곧바로 열지 않고 문에 달린 작은 창문의 커튼을 한쪽으로 걷어내고는 밤의 어둠 속을 응시했다. 누군가가 포치에 서 있다. 작은 몸집에 긴 머리카락. 푸시업 브라, 꼭 맞는 스웨터, 팽팽하고 짧은 스커트. 맨발. 수지 스마트로군. 몰리는 자물쇠를 풀었다.

"안녕하세요." 수지는 쾌활한 어조로 말하고 그를 올려다보았다. "들어가서 얘기를 좀 해도 될까요?"

몰리는 여자와 함께 '**책**'이 놓인 곳으로 돌아왔다. "방금 무엇이, 또는 누가 톨치프를 죽였는지를 물어봤습니다."

"그래서 무슨 대답이 나왔는데요?" 수지는 자리에 앉아 맨살이 드러난 다리를 꼬고는 몰리의 손가락이 가리킨 부분을 보았다. "'**형상 파괴자**'." 그녀는 가라앉은 어조로 말했다. "하지만 대답은 언제나 '**형상 파괴자**'잖아요."

"하지만 난 이게 뭔가를 의미한다고 생각합니다."

"벌레가 아니었다는 뜻인가요?"

몰리는 고개를 끄덕였다.

"뭔가 먹을 거나 마실 거 없어요? 과자 같은 거라도?"

"'**형상 파괴자**'가 밖을 돌아다니고 있습니다."

"겁주지 말아요."

"겁을 주려고 한 얘깁니다. 우리는 이 행성 밖으로 기도를 송신해서 중계 네트워크에 실어야 합니다. 외부의 도움 없이는 결코 살아남지 못할 겁니다."

"'**지상을 걷는 자**'는 기도 안 해도 그쪽에서 오잖아요."

"베이비 루스 캔디바가 있군요. 자, 여기."

몰리는 메리의 여행 가방을 뒤져서 그것을 찾아냈고, 수지에게 건넸다.

"고마워요." 그녀는 캔디바의 둥그런 끄트머리에서 포장지를 뜯어내며 말했다.

"우린 죽을 운명이라고 생각합니다."

"누구든 언젠가는 죽어요. 산다는 게 그런 거 아닌가요."

"당장 죽는다는 얘깁니다. 추상적인 죽음이 아니라— 내가 '병적인 닭'에 짐을 실으려고 했을 때 나와 메리 앞에 가로놓여 있던 운명이죠. Mors certa, hora incerta.* 자기가 언젠가는 죽을 거라는 사실을 아는 것하고, 한 달 이내에 죽을 거라는 사실을 아는 것은 전혀 다른 얘깁니다."

"당신 부인은 아주 매력적이더군요."

---

* 죽음은 확실하고, 현재는 불확실하다.

몰리는 한숨을 내쉬었다.

"결혼한 지 얼마나 됐어요?"

수지는 그를 뚫어지게 바라보았다.

"8년."

수지는 재빨리 일어섰다. "내 방으로 와요. 이렇게 작은 방도 어떻게 하면 멋지게 꾸밀 수 있는지 보여줄게요. 빨리요— 이런 데 있으니까 자꾸 우울해지기만 하잖아요." 이러면서 어린아이 처럼 그의 손을 잡아끌었다. 몰리는 얼떨결에 그녀를 따라갔다.

두 사람은 포치를 뛰어올라갔고, 문 몇 개를 지나 마침내 수지 의 방문 앞까지 왔다. 문은 잠겨 있지 않았다. 수지는 문을 열고 따스하고 밝은 방으로 그를 안내했다. 그녀의 말은 거짓이 아니 었다. 괜찮은 방이다. 우리 방도 여기처럼 잘 꾸밀 수 있을까? 몰리는 주위를 둘러보며 생각했다. 벽에는 그림이 걸려 있었고 바닥에는 깔개가 깔려 있었다. 알록달록한 꽃을 화려하게 피운 화분과 재배 용기도 여기저기 놓여 있었다.

"멋지군요."

수지는 문을 쾅 닫았다. "기껏 그런 말밖에 못해요? 이렇게 꾸 미는 데 한 달이나 걸렸다고요."

"'멋지다'는 건 당신이 쓴 표현이었습니다. 내가 아니라."

수지는 웃음을 터뜨렸다. "나야 '멋지다'라고 해도 되지만, 당신은 손님이니까 좀 더 열심히 칭찬을 해줘야 하는 거 아닌 가요."

"알았습니다. 정말 근사하군요."

"그나마 좀 낫네요." 수지는 의자에 앉아 검은 캔버스 천 등받이에 등을 기댔고, 잠깐 두 손을 비비더니 다시 그에게로 주의를 돌렸다. "나 기다리고 있어요."

"뭘?"

"당신이 날 유혹하는 걸."

"내가 왜 그래야 합니까?"

"난 이 거류지의 공식 갈보예요. 당신, 나 때문에 거기가 계속 서서 못 견딜 거라는 얘기 못 들었어요?"

"난 오늘 도착했습니다."

"하지만 누군가한테 얘긴 들었을 거 아녜요."

"그랬더라면 그렇게 말한 작자 얼굴에 주먹이 날아갔겠죠."

"거짓말도 아닌데 뭐."

"왜 이러는 겁니까?"

"배블 선생님 말로는 내 간뇌間腦에 장애가 있어서 그렇다네요."

"배블이라. 내가 '지상을 걷는 자'의 방문을 받은 얘기를 했을 때 그 작자가 뭐라고 했는지 압니까? 내가 한 얘기 대부분은 사실이 아니라고 하더군요."

"배블은 원래 좀 못돼먹었어요. 누구든 무엇이든 닥치는 대로 물고 뜯는 게 취미죠."

"그걸 알고 있다면 그런 작자가 한 말 따위에 신경 쓸 필요가 없잖습니까."

"내가 왜 이런 식인지 설명해준 것뿐이에요. 실제로 이런 식이고. 난 이 거류지에 있는 남자들 거의 모두와 잤어요. 프레이저,

그 인간만 빼고." 여자는 고개를 절레절레 흔들며 오만상을 찌푸렸다. "그 인간은 정말 최악이야."

몰리는 호기심을 느꼈다. "프레이저는 당신에 관해 뭐라고 했는데요? 따지고 보면 그 친구는 심리학자 아닙니까. 적어도 본인은 그렇게 주장하고 있습니다."

"그 작자 말로는—" 수지는 곰곰이 생각하는 표정으로 천장을 올려다보았다. 아랫입술을 자근자근 씹고 있다. "난 위대한 세계-아버지의 원형元型을 찾고 있대요. 융이라면 그렇게 말했을 것 같네요. 융 알아요?"

"압니다." 이렇게 대답하기는 했지만, 실제로는 이름만 들어보았을 뿐이다. 그나마 기억나는 것은 융이 여러 의미에서 지식인과 종교 사이의 화해를 위한 기반을 닦았다는 부분이었다. 그러나 몰리의 지식은 여기까지였다. "그랬군요."

"융은 우리가 진짜 어머니나 아버지에 대해 보이는 태도는 그들이 내포한 남성적, 여성적 원형에 의해 규정된다고 했어요. 위대하고 사악한 대지의 신, 선한 대지의 신, 파괴하는 대지의 신, 하는 식의 원형 말이에요. 여신인 경우도 마찬가지죠. 우리 어머니는 나쁜 대지의 여신이었어요. 그래서 나의 모든 심리 에너지는 아버지를 향했던 거죠."

"흐으음." 몰리는 갑자기 메리 생각을 하기 시작했다. 딱히 그녀가 두려운 것은 아니었지만, 방으로 돌아온 메리가 남편이 거기 없다는 사실을 발견하면 어떻게 생각할까? 게다가 내가—하느님 맙소사—이 거류지의 공식 갈보를 자처하는 수지 덤과 함께 여기 있는 것을 발견한다면?

수지가 말했다. "성행위가 사람을 불순하게 만든다고 생각해요?"

"경우에 따라서는 그렇겠죠." 그는 반사적으로 대답했다. 여전히 아내 생각을 하고 있던 중이었다. 심장이 뛰고 맥박이 빨라지는 것을 자각했다. "스펙토프스키의 **'책'**은 그 부분에 관해서는 별다른 얘기를 하지 않았지만." 그는 중얼거렸다.

"산책하러 가요." 수지가 말했다.

"지금? 당신하고? 왜?"

"지금 가자는 게 아니에요. 내일 낮에 가자는 얘기죠. 거류지 밖으로 데려가서 진짜 델맥-O를 구경시켜줄게요. 괴상한 것들, 시야 가장자리에서 휙휙 움직이는 것들을 볼 수 있는 곳으로 말예요— **'건물'**도 봐야겠고."

"**'건물'**은 나도 보고 싶군요." 몰리는 말했다. 진심이었다.

수지가 느닷없이 일어났다. "슬슬 자기 방으로 돌아가시죠, 세스 몰리 씨."

"왜?"

몰리는 혼란을 느끼며 일어섰다.

"이렇게 여기 죽치고 있다간 당신의 그 매력적인 아내가 우리를 찾아내서 혼돈스러운 상황을 만들어낼 거고, 지금 밖을 돌아다니면서 우리 모두를 노리고 있다는 **'형상 파괴자'**를 위한 길을 열어줄 게 뻔하니까요." 수지는 웃음을 터뜨렸다. 희고 가지런한 이가 드러났다.

"메리도 내일 함께 가도 됩니까?"

110

"안 돼요." 수지는 고개를 가로저었다. "당신만 와요. 알았죠?"

그는 주저했다. 이런저런 생각이 마음을 어지럽혔다. 그것들이 그를 여기저기로 몰아갔다가 떠나버리자 겨우 대답할 여유가 생겨났다. "가급적 시간을 내보죠."

"부탁이니 그렇게 해줘요. 이런저런 장소들과 생물들뿐만 아니라, 내가 발견한 것들을 보여줄 수 있으니까."

"아름다운 것들입니까?"

"흠, 일부는 그래요. 왜 그렇게 나를 빤히 쳐다보는 거죠? 불안해지잖아요."

"난 당신이 제정신이 아니라고 생각합니다."

"그저 솔직할 뿐이에요. 이를테면 나는 주저하지 않고 '남자란, 정자가 새로운 정자를 만들어내기 위한 도구다'라고 말할 수 있어요. 실용적이랄까."

"융의 정신분석에 관해서는 그리 잘 아는 건 아니지만, 그런 얘기는 읽은 적이—" 그는 말을 멈췄다. 무엇인가가 시야 가장자리에서 움직였기 때문이다.

"왜 그래요?"

몰리는 재빨리 몸을 돌렸다. 이번에는 뚜렷하게 보았다. 화장대 위에서 조금씩 이쪽으로 다가오는 조그만 잿빛 물체. 다음 순간 그것은 몰리의 시선을 눈치챈 듯이 움직임을 멈췄다.

몰리는 단 두 걸음 만에 그곳으로 가서 그 물체를 집어 올리고 꼭 쥐었다.

"아무 해도 안 끼치니까 거칠게 다루지 말아요." 수지가 말했

111

다. "자, 나한테 줘요." 그녀가 손을 내밀자 몰리는 마지못해 손을 폈다.

손바닥 위에 출현한 것은 조그만 건물을 닮은 물체였다.

"그래요." 수지는 몰리의 얼굴에 떠오른 표정을 보고 말했다. "그 **'건물'**에서 온 거예요. 일종의 새끼 같은 거라고 생각해요. 하여튼 모양은 **'건물'**과 똑같고, 단지 크기만 작을 뿐이에요." 수지는 그것을 집어 들고 잠시 훑어보다가 다시 화장대 위에 올려놓았다. "살아 있어요."

"압니다." 몰리가 말했다. 아까 손에 쥐고 있었을 때 마치 살아 있는 것처럼 꿈틀거렸던 것이다. 그의 손가락들을 밀치고 손아귀 밖으로 빠져나오려고 했다.

"잔뜩 널려 있어요. 밖으로 가면." 그녀는 모호한 몸짓으로 밖을 가리켰다. "내일이 되면 당신한테도 하나 찾아줄 수 있을지도 몰라요."

"난 그런 건 필요 없습니다."

"한동안 여기 있다 보면 마음이 바뀔걸요."

"왜?"

"애완동물 같은 거라고 생각해요. 따분한 일상을 달래주는. 어렸을 적에 뜰에서 가니메데산 두꺼비를 발견한 적이 있어요. 타는 듯 반짝이고, 길고 부드러운 털을 가진—"

"톨치프를 죽인 건 이런 물건 중 하나일지도 모릅니다."

"글렌 벨스너가 한번 분해해봤어요. 글렌 말로는—" 그녀는 잠시 생각에 잠겼다. "하여튼 아무 해도 없대요. 다른 얘기도 했지만 모두 전자기기와 관계된 거라서 아무도 제대로 이해 못했어요."

"벨스너는 이해한다, 이겁니까?"

"그래요." 수지는 고개를 끄덕였다.

"당신들의—우리들의—리더는 우수한 것 같군요."

충분히 우수한 것 같지는 않지만 말이야. 그는 속으로 생각했다.

"잘래요?"

"뭐라고?"

"당신하고 자고 싶어요. 일단 자봐야 사내의 됨됨이를 판단할 수 있으니까."

"그럼 여자는 어떻게 판단합니까?"

"아예 판단 못해요. 설마 여자하고도 잘 거라고 생각한 건 아니죠? 그렇게까지 타락하지는 않았어요. 매기 월시라면 그럴지도 모르지만. 그 여자 레즈비언인거 알고 있어요? 어머, 몰랐어요?"

"그런 데는 관심 없습니다. 아니, 그런 건 우리가 이러쿵저러쿵할 일이 아닙니다." 몰리는 동요했고, 불안감을 느꼈다. "수지. 혹시 정신과 상담을 받을 생각은 없습니까." 그러자마자 테켈 우파르신에서 '지상을 걷는 자'가 그에게 한 말이 뇌리에 떠올랐다. 아마 우리 모두에게 정신과 상담이 필요한지도 모르겠다. 그러나 프레이저와의 상담은 논외다. 그럴 생각은 추호도 없다.

"나하고 자기 싫은 거예요? 처음에는 그렇게 점잔을 빼도, 결국은 좋아서 미칠걸요. 난 아주 잘해요. 당신은 들어본 적도 없을 체위들도 많이 알죠. 내가 직접 고안한 것들이에요."

"오랜 경험을 통해서 고안했다, 이건가."

"맞아요." 그녀는 고개를 끄덕였다. "열두 살 때부터 시작했으니까."

"말도 안 돼."

"말이 돼요." 수지는 이렇게 말하고 그의 손을 움켜쥐었다. 몰리는 그녀의 얼굴에 필사적인 표정이 떠올라 있는 것을 보았다. 마치 목숨을 건 듯한. 그녀는 혼신의 힘을 다해 그를 끌어당겼다. 그러나 그는 움직이지 않고 버텼다. 수지는 그를 잡아당기려는 헛된 노력을 계속했다.

수지 스마트는 사내가 뒤로 물러나는 것을 느꼈다. 아주 힘이 세잖아. "어떻게 그렇게 힘이 셀 수가 있어?" 그녀는 헐떡이며 말했다. 거의 숨이 막힐 지경이었다.

"바위 옮기는 일을 했거든." 사내가 히죽 웃으며 말했다.

난 이 남자를 원해. 크고, 사악하고, 강력한…… 나를 갈가리 찢을 수 있는 남자야. 그를 향한 욕망이 점점 부풀어올랐다.

"이리 와." 그녀는 헐떡였다. "당신은 내 거야." 당신을 가지고 싶어. 나를 무거운 그림자처럼 뒤덮어서, 햇살과 다른 사람들의 시선을 가려줄 수 있는 남자. 더 이상 찾아 헤매고 싶지 않아. 날 꽉 눌러줘. 그리고 당신 자신을 보여줘. 옷 따위에 가려지지 않은, 진짜 당신을 보여줘. 그녀는 자기 등 뒤로 손을 돌려 푸시업

114

브라의 후크를 풀었다. 기민한 손놀림으로 브라를 스웨터 밑에서 잡아당겨 빼낸 다음 힘겹게 의자 위에 걸쳐놓았다. 그것을 보고 사내는 웃음을 터뜨렸다. "왜 웃는 거야?" 그녀는 힐문했다.

"깔끔 떠는 게 웃겨서. 바닥에 떨어뜨리지 않고, 의자에 올려놓았잖아."

"나쁜 새끼." 이 작자도 다른 사람들과 마찬가지로 그녀를 비웃고 있다. "이리 와." 그녀는 으르렁거리며 혼신의 힘을 다해 사내를 잡아당겼다. 이번에는 침대 쪽으로 몇 걸음 비틀비틀 다가오게 할 수 있었다.

"어이, 작작해줘." 사내는 항의했지만, 그녀는 또다시 몇 걸음 더 끌어올 수 있었다. "멈춰!" 사내가 이렇게 말하자마자 그녀는 그를 침대 위로 쓰러뜨렸다. 한쪽 무릎으로 사내의 몸을 누르고, 지극히 숙련된 동작으로 재빨리 치마를 벗은 다음 침대 밖으로 밀쳐냈고, 치마는 바닥으로 떨어졌다.

"봤지?" 그녀는 말했다. "난 그렇게 깔끔 안 떨어." 그러고는 사내에게 달려들었다. 두 무릎으로 사내의 몸을 꽉 눌렀다. "그렇게 강박적이지도 않아." 이렇게 말하며 마지막 남은 옷을 벗었다. 그러고는 사내의 셔츠를 풀어헤치기 시작했다. 뜯겨 나온 단추 하나가 조그만 바퀴처럼 침대 위를 굴러 방바닥에 떨어졌다.

그것을 본 그녀는 웃음을 터뜨렸다. 너무 기분이 좋아. 이 대목에서는 언제나 흥분을 느낀다— 사냥의 마지막 단계를 연상시키기 때문이다. 이번 사냥감은 땀과 담배 연기, 그리고 지리멸렬한 두려움의 냄새를 풍기는 커다란 짐승이다. 어떻게 나를 두려워할 수 있는 걸까? 그녀는 자문했다. 그러나 이것 또한 사냥의 일부였고— 이제는 그녀도 그 사실을 받아들이고 있었다. 사실, 좋아하게 되었다는 편이 더 정확하다.

"날— 놓아— 줘." 사내는 헐떡이며 자기 몸을 짓누르는 그녀를 밀어내리려고 했다. "당신 뭐가 이렇게— 미끌미끌한 거야." 사내가 가까스로 이렇게 말한 순간 그녀는 양 무릎으로 그의 머리를 죄었다.

"난 성적으로 엄청난 만족을 줄 수 있어." 그녀는 말했다. 언제나 이렇게 말하는 버릇이 있었고, 이따금 효과를 보기도 했다. 이런 말을 들은 사내들은 눈앞에 펼쳐진 광경에 종종 굴복하곤 했다. "자, 빨리." 그녀는 탄원하듯 잇달아 신음을 발했다.

방문이 콩하고 열렸다. 그러자마자 그녀는 본능적으로 사내에게서, 침대로부터 떨어져 나와 벌떡 일어섰고, 격한 숨을 몰아쉬면서 문간에 서 있는 사람을 응시했다. 사내의 아내인 메리 몰리였다.

수지는 황급히 옷가지를 집어 들었다. 이 대목만은 언제나 마음에 안 든다. 그녀는 메리를 향해 엄청난 증오가 솟구치는 것을 자각했다. "당장 나가." 수지는 헐떡이며 말했다. "여긴 내 방이야."

"세스!" 메리는 새된 소리로 외쳤다. "하느님 맙소사, 당신 제정신이야? 어떻게 나한테 이런 짓을 할 수 있어?" 메리는 경직된 동작으로 침대 쪽으로 다가왔다. 창백한 얼굴이었다.

"맙소사." 몰리는 가까스로 몸을 일으키고 앉아 손으로 흐트

116

러진 머리를 훑었다. "이 여자는 돌았어." 푸념하는 듯한, 애처로운 목소리였다. "내 탓이 아냐. 난 여기서 도망치려고 했어. 당신도 봤잖아? 내가 여기서 도망치려고 하는 걸 못 봤어? 정말 못 본 거야?"

메리는 날카롭게 내뱉었다. "정말로 도망치고 싶었다면 진즉에 그랬을 거면서."

"아냐." 몰리는 간원하듯 말했다. "정말이야. 이 여자는 하느님께 맹세코 나를 침대에 완전히 못 박았다고. 하지만 가까스로 몸을 빼던 중이었어. 당신이 안 왔더라도 결국은 혼자 힘으로 빠져나왔을 거야."

"죽여버리겠어." 메리는 이렇게 내뱉고 몸을 홱 돌렸고, 큰 원을 그리듯이 방 안을 돌아다니기 시작했다. 뭔가 집어던질 물건을 찾고 있는 것이다. 수지는 한눈에 상대의 의도를 간파했다. 흉포하고 불신에 가득 찬 퀭한 표정으로, 뭔가를 찾는 듯한 저 동작. 마침내 메리는 꽃병 하나를 발견해서 낚아챘고, 화장대 옆에 우뚝 서서는 가슴을 들먹이며 남편을 마주 보았다. 경련하는 듯한 동작으로 한쪽 팔을 뒤로 젖히며 꽃병을 던지려고 했다.

화장대 위에 있던 모형 건물의 표면에서 조그만 패널 벽이 스르르 열리며 작은 대포가 튀어나왔다. 메리는 못 보았지만, 수지와 몰리는 보았다.

"조심해!" 몰리는 헐떡였다. 그는 무턱대고 손을 내밀어 아내의 손을 움켜잡고 자기 쪽으로 홱 잡아당겼다.

꽃병이 바닥에 떨어지며 산산조각났다. 대포 포신이 회전하며 다시 목표를 조준했다. 그러자마자 포구에서 메리를 향해 광선이 발사되었다. 수지는 깔깔 웃으며 광선을 피해 뒤로 물러났다.

광선은 메리를 빗나갔다. 방 반대편 벽에 구멍이 나며 살을 에는 듯이 차갑고 검은 밤바람이 세차게 흘러들어왔다. 메리는 비틀거리며 한 걸음 뒤로 물러섰다.

몰리는 욕실로 뛰어들어 갔다가 물이 든 유리잔을 들고 다시 뛰쳐나왔다. 화장대 쪽으로 달려가서 건물 모형 위에 물을 끼얹는다. 그러자 포신의 회전이 멈췄다.

"죽은 것 같아." 몰리가 천식환자처럼 헐떡이며 말했다.

조그만 모형 건물에서 한줄기 잿빛 연기가 피어올랐다. 잠시 윙윙거리는 소리가 들리는가 싶더니 그리스를 닮은 끈적끈적한 액체가 새어 나오며 주위에 고인 물과 섞였다. 건물 모형은 덜커덕거리더니 핑그르 돌았다. 갑자기 모든 움직임이 멈췄다. 몰리 말이 옳았다. 죽은 것이다.

"죽여버리다니." 수지는 비난하듯이 말했다.

몰리가 말했다. "이게 톨치프를 죽인 거야."

"그럼 나까지 죽이려고 한 거야?" 메리는 힘없는 목소리로 물었다. 몸을 휘청거리며 주위를 둘러보는 그녀의 얼굴에 아까 보인 광적인 분노는 없었다. 메리는 조심스레 의자에 앉았고, 창백하고 멍한 눈으로 조그만 물체를 응시하다가 남편에게 말했다. "빨리 여기서 나가야 해."

"글렌 벨스너에게 이 일을 보고하겠어." 몰리는 수지에게 이렇게 말하면서 신중하게, 최대한 조심스러운 동작으로 조그만 모형을 집어 올렸다. 손바닥 위에 올려놓은 다음 한참을 응시했다.

"그걸 길들이는 데 3주나 걸렸는데." 수지가 말했다. "덕분에 목숨을 걸고 또 하나를 찾으러 가야 하잖아. 얼마나 힘들게 길들였는지 알아." 수지는 가슴속에서 엄청난 비난의 파도가 차오르는 것을 자각했다. "어떻게 나한테 이런 일을 할 수 있어." 그러고는 재빨리 자기 옷을 챙겼다.

몰리와 메리는 문간을 향해 갔다. 몰리는 아내의 등에 손을 얹고 밖으로 데려갔다.

"둘 다 죽어버려!" 수지는 뒤에서 욕설을 퍼부었다. 그러더니 옷을 걸치는 둥 마는 둥 하고 부부 뒤를 따라간다. "내일은 어떻게 할 거야?" 몰리에게 말했다. "산책 갈 생각 있어? 내가 보여주고 싶은 건—"

"없어." 몰리는 거칠게 내뱉었다. 그는 고개를 돌려 음울한 눈으로 한참 동안 수지를 응시했다. "방금 무슨 일이 일어났는지 정말로 이해를 못 하는 거로군."

"그짓을 하기 일보 직전까지 갔다는 건 이해해."

"꼭 누가 죽어야지 정신을 차릴 거야?"

"그런 건 아냐." 수지는 침착함을 잃었다. 사내의 험악하고 날카로운 눈에 깃든 표정이 마음에 들지 않았다. "알았어. 그 조그만 장난감이 그렇게 중요하다고 생각한다면—"

"'장난감'이라." 그는 조롱하듯이 말했다.

"그 '장난감'이 그렇게 중요하다고 생각한다면," 수지는 같은 말을 되풀이했다. "거류지 밖에 뭐가 있는지 관심을 가져야 하잖아. 무슨 얘긴지 모르겠어? 그건 진짜 **'건물'**의 모형에 불과해. 진짜를 보고 싶지 않아? 난 그걸 아주 가까이서 봤어. 출입문 위에 달린 표지판에 뭐라고 쓰여 있는지도 안다고. 트럭이 들락거리는 종류의 출입문이 아니라, 현관 위에 달린—"

"뭐라고 쓰여 있었는데?"

수지가 말했다. "같이 가줄 거야?" 그러고는 메리를 향해 최대한 상냥한 어조로 말했다. "당신도 가요. 두 사람 모두 함께 가자고요."

"혼자 가겠어." 몰리는 이렇게 말하고 아내를 쳐다보았다. "당신이 가기엔 너무 위험한 곳이야. 안 가는 게 나을 거야."

"내가 안 가기를 바라는 거로군." 메리가 말했다. "속이 뻔히 들여다보여." 그러나 메리의 목소리에는 힘이 없었고, 두려움이 가득했다. 마치 그녀를 아슬아슬하게 빗나간 열선이 모든 감정을 추방해버리고, 생생하고 끈질긴 공포만이 남은 듯한 느낌이었다.

몰리가 말했다. "현관문 위에 뭐라고 쓰여 있었냐니까?"

잠시 후 수지는 말했다. "'채찍'이라고 쓰여 있었어."

"그게 무슨 뜻이지?"

"나도 잘 모르겠어. 하지만 뭔가 대단한 것 같지 않아? 이번에는 어떻게든 안으로 들어갈 수 있을지도 몰라. 난 건물 벽을 만질 수 있을 정도로까지 가깝게 가봤어. 하지만 옆문을 찾을 수가

120

없었어. 이유는 모르겠지만, 현관문으로 들어가는 건 왠지— 두려웠거든."

몰리는 말이 없었다. 망연자실한 표정을 한 아내를 이끌고 밤 속으로 걸어 나간다. 수지는 그제야 자신이 방 한복판에 반나체 상태로 우두커니 서 있다는 사실을 깨달았다.

"쌍년!"

그녀는 두 사람을 향해 큰 소리로 외쳤다. 물론 메리 들으라고 한 소리였다.

두 사람은 계속 걸어갔고, 곧 시야에서 사라졌다.

07

"허튼 소리 하지 마." 글렌 벨스너가 말했다. "그놈이 자네 와이프를 쏜 게 사실이라면 그건 그 수지 덤인가 스마튼가 하는 머리가 돈 여자가 그러라고 시켰기 때문이야. 그렇게 가르쳤겠지. 훈련시킬 수가 있거든." 벨스너는 자리에 앉아서 조그만 물체를 내려다보고 있었다. 길고 홀쭉한 얼굴이 한층 더 음울해진다.

"내가 와이프를 뒤로 잡아당기지 않았더라면 오늘밤에 두 번째 사망자가 나왔을걸."

"아마 그랬겠지. 아니었을 수도 있겠지만. 워낙 출력이 약하니까 기껏해야 잠시 기절하고 말았을지도 몰라."

"광선은 벽을 관통했어."

"싸구려 플라스틱으로 만든 벽이야. 그것도 한 겹밖에는 안 된다고. 주먹으로 갈겨도 구멍을 뚫을 수 있을 정도로 얇아."

"그럼 별로 큰일이 아니라는 거로군."

벨스너는 생각에 잠긴 표정으로 아랫입술을 잡아당겼다. "이번 사건 전체가 큰일이야. 도대체 자넨 수지 방에서 뭘 하고 있었나?" 그러고는 손을 들어 올렸다. "됐어. 얘기 안 해도 알아. 수지는 성적으로 맛이 간 여자야. 그러니까 자세한 얘긴 안 해줘도 돼." 벨스너는 멍한 표정으로 **'건물'**의 축소 모형을 만지작거렸다. "쏘려면 차라리 수지를 쏠 일이지." 그는 혼잣말을 하듯 중얼거렸다.

"당신들은 다들 어딘가 좀 이상해." 몰리가 말했다.

벨스너는 덥수룩한 머리를 들어 올리고 몰리를 찬찬히 훑어보았다. "어떤 식으로 이상하다는 거야?"

"확실하게는 모르겠어. 일종의 우매함이라고나 할까. 다른 사람들에게는 전혀 신경을 쓰지 않고, 각자가 자신만의 닫힌 세계 안에 살고 있는 것 같아. 당신들은 오로지―" 그는 생각에 잠겼다. "오로지 혼자 있고 싶어 한다는 느낌을 받았어."

"그건 사실이 아냐. 우린 단지 여기서 나가고 싶을 뿐이야. 그걸 제외하면 전혀 공통점이 없을지도 모르지만, 적어도 그 점에서만은 모두 똑같아." 벨스너는 부서진 모형을 몰리에게 돌려주었다. "기념품 삼아서 갖고 있으라고."

몰리는 그것을 바닥에 내팽개쳤다.

"내일 수지하고 탐험하러 갈 거야?" 벨스너가 물었다.

"응." 몰리는 고개를 끄덕였다.

"그럼 또 자네를 덮치려고 할걸."

"난 관심 없어. 걱정도 안 되고. 이 행성에는 실제로 우리의 적이 있고, 거류지 밖에서 뭔가를 획책하고 있다고 생각해. 톨치프를 죽인 것도 그것들 또는 그들이야. 배블 생각은 다른 것 같지만."

"자넨 신참이야. 톨치프도 신참이었지. 그리고 톨치프는 죽었어. 아무래도 뭔가 관련이 있을 것 같군. 톨치프는 이 행성의 환경에 익숙치 않아서 죽었을지도 모른다는 생각이 들어. 따라서 자네도 그 친구와 마찬가지로 위험에 처해 있어. 하지만 남은 우리들은—"

"가지 않는 편이 낫다고 생각하는군."

"가는 건 상관없어. 하지만 신중해야 해. 뭐를 보든 만지지도 말고, 집어 올리지도 말고, 그냥 두 눈을 크게 뜨고 관찰만 하라고. 수지가 가본 곳으로만 가고, 새로운 지역을 탐험할 생각은 하지 마."

"함께 갈 생각은 없나?"

벨스너는 몰리를 뚫어지게 바라보며 말했다. "그래줬으면 좋겠어?"

"이제 거류지의 리더는 자네잖아. 그래, 함께 가줬으면 좋겠어. 무기를 가지고."

"그건—" 벨스너는 생각에 잠겼다. "나는 여기 남아서 송신기 수리를 해야 한다는 의견이 있을 수도 있어. 무턱대고 황야를 돌아다니기보다는 여기서 기도 문구를 고안하는 쪽이 낫다는 의견도 있겠지. 현 상황의 모든 국면을 고찰할 필요가 있으니까 말이야. 이를테면—"

"자네의 그 '있을 수 있는 의견들' 때문에 모두 죽어버릴 거라는 의견도 있을 수 있어."

"자네의 그 '의견'이 옳을지도 모르겠군." 벨스너는 마치 혼자만의 은밀한 현실을 바라보는 듯한 표정으로 미소를 떠올렸다. 유머라고는 전혀 찾아볼 수 없는 이 미소는 그대로 벨스너의 얼굴에 들러붙었다. 들러붙은 채로, 냉소로 변했다.

"밖의 생태계에 관해 얘기해줘."

"우리가 텐치라고 부르는 생명체가 있어. 세어보니 대여섯 마리쯤 되더군. 아주 고령이야."

"하는 일이 뭔데? 예의 인공물들을 만들어?"

"몇 마리는 쇠약해서 아무 일도 하지 않아. 그냥 들판 한복판에 옹기종기 드러누워 있을 뿐이야. 하지만 덜 쇠약한 놈들은 프린트를 해."

"프린트?"

"우리가 가져가는 물건을 복제한다는 뜻이야. 손목시계나 컵, 전기면도기 같은 작은 물건들을 말이야."

"그런 복제품들을 실제로 사용할 수 있어?"

벨스너는 자기 웃옷 호주머니를 툭툭 쳐 보였다. "내가 쓰고 있는 펜은 복제품이야. 하지만—" 그는 펜을 꺼내 들고 몰리에게 건넸다. "열화劣化한 부분이 보여?" 펜의 표면은 먼지가 들러붙은 것처럼 꺼끌꺼끌했다. "분해되는 속도가 무척 빨라. 며칠 더 쓸 수는 있겠지만, 그다음에는 오리지널을 가져가서 또 프린트해야 해."

"왜?"

"펜이 모자라니까. 게다가 그나마 남아 있는 것들도 잉크가 떨어져가고 있어."

"이렇게 복제된 펜으로 쓴 글은 어떻게 되는데? 며칠 지나면 잉크도 사라지는 거 아냐?"

"그러지는 않아." 벨스너는 이렇게 대꾸했지만 어딘가 불안한 기색이었다.

"확신이 없는 거로군."

벨스너는 일어서더니 뒷 호주머니에서 지갑을 끄집어냈다. 작게 접은 종이 조각들을 꺼내서 잠시 훑어본 다음 그중 한 장을 몰리 앞에 내려놓는다. 글자는 뚜렷하고 선명했다.

매기가 회의실로 들어와서 두 사람을 보고 다가왔다. "여기 있어도 괜찮을까?"

"물론." 벨스너가 멍한 목소리로 말했다. "의자를 가져오라고." 그러고는 몰리를 흘끗 보았고, 여자를 향해 느리고 딱딱한 목소리로 말했다. "수지 스마트의 장난감 건물이 조금 전에 몰리의 와이프를 쏘려고 했어. 빗나갔고, 몰리는 그 위에 물을 부었어."

"그것들이 안전하지 않다고 수지한테 경고했는데." 매기가 말했다.

"충분히 안전했어." 벨스너가 말했다. "안전하지 않은 건 수지야…… 방금 몰리한테 그 얘기를 하던 중이었어."

"그 애를 위해서 기도를 올려야 해." 매기가 말했다.

"봤지?" 벨스너는 몰리에게 말했다. "우리도 서로를 걱정해준다고. 매기는 수지 스마트의 불멸의 영혼을 구원하고 싶어 해."

"다른 건물 모형을 잡아서 그것을 훈련시키는 일이 없도록 기도하는 편이 나을걸." 몰리가 말했다.

"몰리." 벨스너가 말했다. "아까 자네는 우리 모두가 이상하다 어쩌네 했는데, 생각해보니 어떤 의미에서는 자네 말이 맞는단 생각이 들어. 우리들 각자에겐 어딘가 좀 문제가 있어. 하지만 자네가 생각하는 것하고는 달라. 우리들 사이의 공통점은 우리가 낙오자라는 거야. 톨치프를 생각해봐. 그 친구가 알코올 중독인 건 알지? 그리고 수지— 수지 머릿속에는 오로지 성적으로 정복하는 것밖에는 없어. 자네에 관해서도 대충 알 것 같아. 과체중인 걸 보니 과식하는 게 분명해. 그런데 혹시 먹기 위해 사나, 몰리? 아니면 그런 생각은 해본 적도 없어? 배블은 히포콘드리증*이야. 베티 조는 강박적인 알약 중독이고. 조그만 플라스틱 약병이 그녀 인생의 전부지. 그리고 그 어린놈, 토니 덩클웰트는 신비적인 통찰을 추구하면서 정신분열증적인 황홀경에 빠져서 살아…… 배블하고 프레이저는 그걸 긴장성 혼수상태라고 부르지만 말이야. 여기 있는 매기는—" 벨스너는 몸짓으로 그녀를 가리켰다. "기도와 단식으로 점철된 환상 세계에 살고 있어. 자기를 상대해주지도 않는 신에게 봉사하면서 말이야." 벨스너가 매기에게 말했다. "'**중재신**'을 본 적이 한 번이라도 있어, 매기?"

---

* hypochondriac. 심기증心氣症. 건강염려증.

그녀는 고개를 가로저었다.

"그럼 **'지상을 걷는 자'**는?"

"없어."

"**'조유신'**도 못 봤겠지." 벨스너는 말했다. "그리고 웨이드 프레이저, 그 작자의 세계는—"

"자네는 어떤데?" 몰리가 물었다.

벨스너는 어깨를 으쓱했다. "내게도 나 자신만의 세계가 있어."

"발명을 하지." 매기가 말했다.

"하지만 난 그 무엇도 발명한 적이 없어." 벨스너가 말했다.

"지난 2세기 동안 발명된 것들은 모두 몇백에서 몇천 명에 달하는 연구자들이 종사하는 합동 연구소에서 나온 거야. 지금 세상에 세기의 발명가 같은 건 존재하지 않아. 결국 나는 전자 부품들을 가지고 사사로이 게임을 즐기는 건지도 모르겠군. 하여튼 즐기는 것은 맞아. 결과적으로는 아무 쓸모도 없는 전자회로를 만드는 일이 이 세상에서 내가 느끼는 즐거움의 전부는 아니더라도, 대부분인 것은 사실이니까."

"유명인이 되고 싶은 거겠지." 매기가 말했다.

"아냐." 벨스너는 고개를 가로저었다. "어떤 식으로든 사회에 공헌하고 싶기 때문이야. 여기 와 있는 사람들처럼 그저 소비만 하며 살아가고 싶지는 않아." 차갑고 단호하며 매우 진지한 어조였다. "지금 우리가 사는 세계는 몇백만 명이나 되는 사람의 노력에 의해 창조되고, 제조되었어. 그리고 그런 사람들 대다수는 이미 고인이 되었지. 실질적으로 아무런 명성도, 보상도 얻지 못한 채로 말이야. 난 내가 창조하는 것들로 인해 내 이름이 알려지든 말든 개의치 않아. 가치가 있고 유용하다는 평가를 받으면 족해. 사람들이 생활의 일부로 당연하게 받아들이는 것, 이를테면 안전핀처럼 말이야. 그걸 발명한 사람이 누군지 알게 뭐야? 하지만 이 빌어먹을 은하계에 사는 사람들 모두가 안전핀 덕을 보고 있어. 그게 발견된 건—"

"안전핀은 크레타 섬에서 발명되었어." 몰리가 말했다. "기원전 4, 5세기에."

벨스너는 몰리를 쏘아보았다. "기원전 1천 년쯤 전이야."

"결국 당신도 언제, 어디서 발명되었는지 신경을 쓴다는 얘기잖아." 매기가 말했다.

"한 번은 정말로 쓸모 있는 발명을 하기 직전까지 간 적이 있어. 차단 회로였지. 약 50피트 거리 안에 있는 모든 도체導體 안 전자의 흐름을 방해할 수 있는 장치였으니까, 방어 무기로는 꽤 유용했을 거야. 하지만 난 그 역장의 사정거리를 50피트까지 늘 릴 수가 없었어. 1.5피트 안에서 작동시키는 것이 고작이었지. 결국 실패했어." 벨스너는 여기까지 말하고 침묵했다. 무겁고 음울한 침묵. 자기 내부로 틀어박힌 표정이다.

"그래도 우린 당신을 좋아하잖아." 매기가 말했다.

벨스너는 고개를 들고 매기를 쏘아보았다.

"'**신**'은 그런 것조차도 받아들여줄 거야." 매기가 말했다. "아 무 성과도 못 내고 끝난 시도조차 말이야. '**신**'은 당신의 동기를 알고 있으니까. 동기야말로 그 어떤 것보다 중요한 거잖아."

"우리 모두가 전멸한다고 해서 이 거류지에 무슨 문제가 생기는 건 아냐." 벨스너가 말했다. "사회에 공헌하는 사람은 아무도 없으니까. 우린 은하계에 서식하는 기생충에 불과해. 우리가 여기서 뭘 하든 바깥세상의 기록이나 기억에 길이 남는 일은 없을걸."

몰리가 매기를 보며 말했다. "이런 친구가 리더라니. 우리 모두를 살아남게 해주는 게 아니었어?"

"살아남을 수 있도록 최선을 다할 작정이야." 벨스너가 말했다. "유체 회로를 이용한 장치를 만들어서 우리의 생존에 공헌할 수 있을지도 모르겠군. 그게 있으면 장난감 대포는 모두 무력화할 수 있어."

"단지 작다는 이유만으로 장난감이라고 부르는 건 별로 현명한 생각이 아냐." 매기가 말했다. "그렇다면 톡실랙스 인공 신장도 장난감이게?"

"그럼 **'행성간연합'**의 우주선에서 쓰이는 회로의 80퍼센트가 모두 장난감이겠군." 몰리가 말했다.

"그래. 그게 바로 내 문제인지도 모르겠군." 벨스너는 쓴웃음을 지었다. "뭐가 장난감이고, 뭐가 장난감이 아닌지를 모르는 거야…… 바꿔 말해서 뭐가 진짜인지 모른다는 얘기지. 장난감 우주선은 진짜 우주선이 아냐. 장난감 대포는 진짜 대포가 아니고. 하지만 그런 대포가 사람을 죽일 수 있다고 한다면―" 곰곰이 생각하는 표정이었다. "아마 내일 모두에게 거류지를 조직적으로 수색하라고 하는 게 나을지도 모르겠군. 장난감 건물들뿐만 아니라 외부에서 온 모든 것들을 찾아내서 쌓아놓고, 불을 붙여서 태워버리자고."

"그 모형 건물들 말고 거류지 안으로 뭐가 들어와 있는데?" 몰리가 물었다.

"우선 인공 파리가 있어." 벨스너가 말했다.

"몰래 사진이라도 찍어 가는 거야?"

"아냐. 사진을 찍어 가는 건 인공 벌들이야. 인공 파리는 단지 주위를 날아다니면서 노래할 뿐이야."

"'노래'한다고?" 몰리는 잘못 들은 것이 아닌가 하고 생각했다.

"한 마리 갖고 있어." 벨스너는 호주머니들을 뒤지다가 곧 조그만 플라스틱 상자를 꺼냈다. "그 상자에 한 마리 들어 있으니, 귀에 대고 들어봐."

"어떤 노래를 부르는데?" 몰리는 상자를 한쪽 귀에 갖다 대고 정신을 집중했다. 그러자 먼 곳에서 마치 현악 합주 같은 감미로운 선율이 들려왔다. 멀리서 날개가 윙윙거리는 것 같은 느낌이다. "들어본 적이 있는 음악인데. 하지만 제목이 생각 안 나." 확실하게는 말할 수 없지만, 예전에 좋아하던 고대 음악이다.

"듣는 사람이 좋아하는 걸 연주해." 매기가 말했다.

그제야 생각났다. 그라나다*였다. "세상에, 이렇게 놀라울 수가." 몰리가 큰 소리로 말했다. "정말로 파리가 연주하고 있는 거야?"

"상자 안을 들여다보라고." 벨스너가 말했다. "하지만 도망치

---

* Granada. 스페인 음악가 이사크 알베니스Isaac Albèniz(1860~1909)의 피아노곡.

지 않도록 조심해. 희귀한데다가 잡기도 힘드니까."

몰리는 최대한 신중을 기해 상자 뚜껑을 조금 밀어 올렸다. 상자 안에는 검은 파리가 한 마리 갇혀 있었다. 프록시마 제6행성의 테이프 파리처럼 크고 털투성이다. 진짜 지구산 파리처럼 날개를 붕붕거렸고, 복안複眼을 가지고 있었다. 몰리는 이에 만족하고 상자를 닫았다. "놀랄 노자로군. 일종의 수신기처럼 기능하는 거야? 행성 어딘가에 있는 중앙 송신기가 보내오는 신호를 포착하고 있는 건가? 이건 라디오야— 그렇지?"

"한 마리 분해해봤는데, 수신기는 아니었어." 벨스너가 말했다. "음악은 스피커에서 나오지만 그 신호는 파리 내부에서 나오는 거야. 신호는 극미極微 발전기에서 전기 임펄스의 형태로 발생하는데, 유기 생물의 신경 임펄스와 크게 다르지 않아. 발전기 앞쪽에 조금 축축한 부분이 있어서 전기 도전율을 복잡한 패턴으로 변화시키기 때문에, 아주 복잡한 신호를 만들어낼 수 있는 거야. 자네를 위해서 무슨 노래를 해주던가?"

"그라나다." 몰리가 말했다. 이 파리를 갖고 싶었다. 함께 있으면 위안이 되어줄 것이다.

"혹시 나한테 팔 생각은 없어?"

"자기 손으로 한 마리 잡으라고."

벨스너는 파리가 든 상자를 건네받아 다시 호주머니에 집어넣었다.

"이 거류지 밖에는 또 뭐가 있어?" 몰리는 물었다. "벌, 파리, 프린터, 미니 **'건물'**들 말고 말이야."

매기가 말했다. "벼룩만큼이나 작은 일종의 프린터도 있었어. 하지만 그건 단 한 가지밖에는 복제하지 못해. 거듭해서, 쉬지도 않고, 끊임없이 똑같은 걸 뱉어내고 있어."

"뭐를?"

"스펙토프스키의 '**책**'." 매기가 말했다.

"그게 다야?"

"우리가 아는 한은 그게 다야. 아직 우리가 모르는 것들이 있을 수도 있겠지만." 매기는 이렇게 정정하고는 날카로운 눈으로 벨스너를 흘끗 보았다.

벨스너는 아무 말도 하지 않았다. 또다시 자신만의 세계 속으로 빠져들었기 때문이다. 이제 곁에 있는 두 사람은 안중에도 없는 기색이었다.

몰리는 파괴된 모형 건물을 집어 올리고 말했다. "만약 텐치들이 어떤 물체의 복제만을 찍어내는 거라면 이건 그놈들이 만든 게 아냐. 이건 고도로 발달한 과학기술을 가진 자들이 만든 물건이야."

"이미 이 행성에서 사라져버린 종족에 의해 몇 세기나 전에 만들어진 것일 수도 있어." 벨스너가 퍼뜩 정신을 차리고 말했다.

"그 뒤로 계속 복제되었다는 거야?"

"응. 아니면 우리가 여기 도착한 뒤부터 복제되기 시작한 건지도 모르겠군. 우리들을 위해서 말이야."

"이 모형 건물들은 얼마나 오래 유지되는데? 자네의 그 펜보다 더 오래 가나?"

"무슨 얘긴지 알겠어. 아냐. 빠르게 열화되거나 하지는 않아. 아마 복제된 물체가 아닐지도 모르겠군. 그렇다고 해서 뭔가 중요한 의미가 있는 건 아니지만. 이것들이 필요해질 경우에 대비해서 지금까지 온존해놓았을 가능성도 있어. 거류지가 건설된다든지, 뭐 그런 사태에 대비해서 말이야."

"이 거류지에 현미경은 있나?"

"물론 있지." 벨스너는 고개를 끄덕였다. "배블이 하나 가지고 있어."

"그럼 배블을 만나보고 오겠네."

몰리는 회의실 문을 향해 갔다. "잘 자." 그는 어깨 너머로 고개를 돌리고 말했다.

두 사람 모두 대답하지 않았다. 방금 몰리가 한 말에도 아무런 관심도 보이지 않았다. 나도 한 2주쯤 지나면 저치들처럼 되는 것일까? 몰리는 자문했다. 좋은 질문이다. 그 해답은 곧 알게 될 것이다.

"그래." 배블은 말했다. "내 현미경을 써도 좋아." 의사는 잠옷과 양모 대용품으로 만든 줄무늬 가운 차림에 실내화를 신고 있었다. "이제 자려던 참이었어." 그는 몰리가 호주머니에서 모형 건물을 꺼내는 것을 보며 말했다. "아, 그거였군. 거류지 전체에 널려 있지."

몰리는 현미경 앞에 앉아 조그만 모형을 분해하는 일에 착수했다. 외피를 뜯어내고 내부의 부품 덩어리를 현미경 재물대載

物臺 위에 올려놓은 다음 저해상도 렌즈를 써서 600배 배율로 관찰했다.

복잡하게 얽힌 내부는…… 물론 모듈화된 인쇄 회로다. 저항에, 콘덴서, 밸브 따위가 보인다. 동력원으로는 초소형 헬륨 배터리를 쓰고 있었다. 포신의 회전대와, 광선의 에너지원인 게르마늄 아크처럼 보이는 것도 있었다. 그리 강력한 광선은 아니겠군. 몰리는 생각했다. 어떤 의미에서는 벨스너 말이 옳았다. 광선의 출력을 에르그* 단위로 환산하면 극히 미미할 것이다.

포신을 좌우로 움직이는 모터에 초점을 맞췄다. 포신을 고정하는 금속 부품 위에 글자가 인쇄되어 있었다. 어떻게든 읽어보려고 했다— 현미경의 초점을 미조정微調整하자, 글자들이 눈에 들어왔다. 그가 가장 두려워하고 있던 사실을 확인해주는.

MADE AT TERRA 35082R

이 기계는 지구에서 만들어진 것이다. 외계 종족이 발명한 것이, 델맥-O의 토착 생명체들로부터 나온 것이 아니라는 얘기다. 그 가능성은 이제 부인되었다.

트리튼 장군. 몰리는 암울한 어조로 되뇌었다. 우리를 죽이려는 자는 결국 당신이었군. 송수신기를 부수고, 우리에게 반드시 노우저를 타고 와야 한다는 명령을 내린 것도 당신이었어. 벤 톨치프를 죽이라고 명령한 것도 당신이 맞지? 틀림없다.

---

* erg. 에너지의 단위. 기호 e.

"뭘 알아냈나?" 배블이 물었다.

"트리튼 장군이 우리의 적이고, 우리에겐 전혀 승산이 없다는 걸 알아냈습니다." 몰리는 현미경 앞에서 물러났다. "직접 보십쇼."

배블은 현미경의 접안렌즈에 눈을 갖다 댔다. "이럴 거라고는 상상도 못했어." 잠시 후 그는 말했다. "지난 두 달 동안 그럴 생각만 있었다면 얼마든지 이걸 조사해볼 수도 있었는데. 누구도 그런 생각을 떠올린 사람이 없었으니." 배블은 현미경에서 눈을 떼고 머뭇거리며 몰리를 쳐다보았다. "이제 어떻게 하지?"

"우선 이것들을, 거류지 밖에서 온 것들을 모조리 찾아내서 파괴해야 합니다."

"결국 이 **'건물'**은 지구에서 만든 거란 얘기였군."

"그렇죠." 몰리는 고개를 끄덕였다. 명명백백하다. "우린 어떤 실험의 일부였던 겁니다."

"이 행성에서 탈출해야겠군."

"절대로 탈출 못할 겁니다."

"이것들 모두가 **'건물'**에서 온 게 틀림없어. 그걸 파괴할 방법을 찾아내야 해. 하지만 어떻게 해야 할지 모르겠군."

"톨치프의 부검 결과를 정정하고 싶습니까?"

"정정하고 싶어도 그럴만한 근거가 없어. 이 시점에서 내가 말할 수 있는 건 그 친구가 우리가 전혀 모르는 모종의 무기로 살해당했다는 정도야. 혈류에 치사량의 히스타민을 만들어낼 수 있는 물건이지. 그 결과, 호흡기 부전에 의한 자연사 비슷한 것

136

이 일어난 거야. 그것 말고도 가능성이 하나 더 있군. 사건 자체가 위장이었을 수도 있어. 지구 전체가 거대한 정신병원이 되어 버렸으니."

"지구에는 군사 연구소가 여러 개 있습니다. 일반인들은 전혀 그 존재를 모르는 극비 시설들입니다."

"자네는 어떻게 그런 일을 알고 있나?"

"테켈 우파르신에서 키부츠의 해양생물학자로 근무했을 때 그 작자들하고 접촉한 적이 있습니다. 무기를 매입한 적도 있죠." 엄밀하게 말하자면 이것은 사실이 아니었고, 실제로는 소문을 들은 것에 불과했다. 그러나 몰리는 그 소문이 사실이라고 확신하고 있었다.

"그런데 말이지." 배블이 그를 훑어보며 말했다. "자네 정말로 **'지상을 걷는 자'**를 봤나?"

"봤습니다. 하여튼 지구의 비밀 군사 연구소에 관해서는 잘 알고 있습니다. 이를테면—"

"누군가를 본 것 말인데, 그 부분은 나도 믿을 수 있어. 자네와는 안면이 없는 누군가가 다가와서, 자네가 진즉에 알아차렸어야 할 사실을 지적했던 거야. 자네의 경우는 자네가 고른 노우저가 우주비행에는 적합하지 않다는 사실을 지적했지. 하지만 자네 마음속에는 소싯적부터 계속 주입받았던 선입견이 이미 자리 잡고 있었어— 부탁하지도 않았는데 낯선 사람이 다가와서 도움을 주겠다고 자청하면, 그 낯선 인물은 **'신'**의 현시 중 하나가 틀림없다는 생각 말이야. 실상은 자네가 기대한 것을 본 것에 불과해. 스펙토프스키의 **'책'**이 실질적으로 전 우주에서 받아들여졌다는 이유 하나만으로, 그 인물이 **'지상을 걷는 자'**라고 생각했던 거야. 하지만 나는 그걸 믿지 않아."

"안 믿는다고요?" 몰리는 놀란 얼굴로 되물었다.

"전혀 안 믿어. 낯선 사람이―전혀 안면이 없는, 보통 사람이―나타나서 조언을 해주는 경우야 있을 수 있겠지. 세상사람 대다수는 착하니까. 내가 자네 곁을 지나갔더라도 참견했을 거야. 자내의 우주선이 우주비행을 할 상태가 아니라고 알려주려고 말이야."

"그럴 경우 당신은 **'지상을 걷는 자'**과 접신接神하고 있었다는 얘기가 됩니다. 일시적으로 **'걷는 자'**가 된 거죠. 그런 일은 누구에게든 일어날 수 있습니다. 그 또한 기적의 일부입니다."

"스피노자가 몇 세기 전에 이미 증명했듯이 기적 따위는 존재하지 않아. 기적이 일어난다면 그건 자연법칙이 제대로 작동하지 않았기 때문이고, 결국은 신의 약함을 보여주는 징후나 마찬가지니까 말이야. 애당초 신 같은 것이 존재한다면 말이지만."

몰리는 말했다. "아까, 이른 저녁에 당신 입으로 **'지상을 걷는 자'**를 일곱 번 봤다고 하지 않았습니까. **'중재신'**도 봤다고 했고." 문득 그는 상대방에 대해 의구심을 느꼈다. 아귀가 맞지 않았기 때문이다.

"그건 보통 인간들이 실생활에서 마치 **'지상을 걷는 자'**처럼 행동하는 상황에 조우했다는 뜻이었어. **'걷는 자'**가 실제로 존재한다면 말이지만." 배블은 매끄러운 어조로 대꾸했다. "이건 자네 혼자만 겪는 문제가 아냐. 문제의 발단은 우리가 지금까지 비인간형 지적 종족들과 조우해왔다는 점이겠지. 그런 종족들 중에는 우리가 '**신**'이라고 부르고, '**신의 세계**'라고 부르는 곳에 사는 존재들이 있었어. 우리에 비해 너무나도 우월하기 때문에, 마치 인간이 개나 고양이 보듯 우리를 내려다볼 수 있는 존재이지. 개나 고양이 입장에서도 마치 신과 같은 일들을 할 수 있는 우리 인간이 신처럼 보일지도 모르잖나. 그렇지만 '**신의 세계**'에 사는 반쯤 실체를 가진 초지성超知性 생명체들은 우리 못지않게 자연스러운 생물학적 진화의 산물일지도 몰라. 언젠가는 우리 인류도 그 수준, 또는 그걸 능가하는 수준까지 진화할지도 모르는 일이지. 반드시 그럴 거라는 건 아냐. 그럴 가능성이 있다는 뜻이지." 배블은 단호한 몸짓으로 몰리를 향해 손가락을 내밀었다. "그치들이 이 우주를 창조한 건 아냐. '**조유신**'의 현시 따위는 결코 아니라고. 단지 자기들 입으로 '**신**'의 현시라고 주장하고 있을 뿐이야. 그런데 우리가 왜 그걸 믿어줘야 하지? 우리가 '당신은 신입니까? 혹시 우주를 창조하신 분입니까?'라고 묻는다면, 그쪽에서야 그렇다고 대답하는 게 당연하잖아. 우리도 그런 상황에 놓인다면 똑같이 행동할 거야. 16, 17세기 아메리카 대륙의 원주민들을 상대했던 백인들처럼 말이야."

"하지만 스페인인, 영국인, 프랑스인들은 모두 식민지 개척자들이었습니다. 그러니까 신 흉내를 낼만한 이유가 있었던 겁니다. 이를테면 코르테스는—"

"이른바 '**신의 세계**'에 사는 생명체들도 비슷한 동기를 갖고 있어."

"어떤 동기를 말하는 겁니까?" 음울한 분노가 점점 겉으로 드러나기 시작했다. "그들은 모두 성인聖人 같은 존재입니다. 우리를 위해 조용히 고민해주고, 수신할 위치에 있으면 우리 기도에 귀를 기울여주지 않습니까. 그런 다음 우리 기도를 들어주기 위해서 행동에 나섭니다. 벤 톨치프에게 그래줬던 것처럼."

"여기 죽으라고 보낸 꼴이잖아. 안 그래?"

이것은 힘없이 축 늘어져 죽은 벤의 모습을 본 이래 몰리를 크게 괴롭히던 고민이었다. "아마 몰랐을 수도 있겠죠." 몰리는 거북한 어조로 말했다. "사실, '신' 조차도 모든 것을 아는 것은 아니라고 스펙토프스키도 지적하지 않았습니까. 이를테면 '신'은 '형상 파괴자'가 존재하는 것을 몰랐고, 또 '형상 파괴자'가 이 우주를 이루는 동심원상狀의 방사放射에 의해 깨어나리라는 것도 몰랐습니다. '형상 파괴자'가 우주로, 그 시간 속으로 침입해서 '조유신'이 자기 모습을 본따 만든 우주를 타락시키고, 본래의 모습을 왜곡하리라는 사실도 몰랐습니다."

"매기 월시하고 똑같구먼. 어쩌면 그렇게도 똑같은 소리를 하나." 배블은 거칠고 짧은 웃음소리를 냈다.

몰리는 말했다. "무신론자를 만난 건 이번이 처음입니다." 실은 한 명 만나본 적이 있지만 오래전의 일이었다. "정말이지 묘하군요. 지금처럼 '신'의 존재가 증명된 시대에도 무신론을 믿는 사람이 있다니. 옛날에야 종교가 눈에 보이지 않는 것들에 대한 신앙을 바탕으로 성립되던 시절이었으니 이해가 되지만…… 이제는 눈에 보이지 않습니까. 스펙토프스키가 제시했듯이."

"'**지상을 걷는 자**'는," 배블은 비꼬는 듯한 어조로 말했다. "폴록에서 온 손님*의 안티테제야. 문제없이 잘 돌아가는 일이나 사태에 쓸데없이 간섭하는 대신―" 배블은 갑자기 입을 다물었다.

진료실 문이 열렸기 때문이다. 한 남자가 문간에 서 있었다. 비닐 재질의 작업복 웃옷에 가공 피혁으로 만든 바지와 부츠 차림이었다. 머리카락은 검었고 나이는 삼십대 후반쯤 되어 보였다. 각지고 음영이 짙은 얼굴이다. 안골이 높고, 눈은 크고 밝았다. 사내는 손에 들고 있던 회중전등을 끄고 배블과 몰리를 빤히 쳐다보았지만 아무 말도 하지 않았다. 잠자코 서 있기만 하는군. 이 거류지에서는 처음 보는 얼굴인데. 몰리는 이렇게 생각했지만, 문득 의사의 표정을 보고 나서야 배블 역시 이 사내를 처음 본다는 사실을 깨달았다.

"자넨 누군가?" 배블이 갈라진 목소리로 물었다.

사내는 낮고 부드러운 목소리로 대답했다. "방금 노우저를 타고 여기 도착했습니다. 네드 러셀이라고 합니다. 경제학자입니다." 그가 손을 내밀자 배블은 반사적으로 악수를 나눴다.

"올 사람은 다 왔다고 생각했는데." 배블이 말했다. "도합 열세 명이었어. 여기로 오라는 명령을 받은 사람은 그게 전부야."

"전근 신청을 했더니 이곳, 델맥―O로 보내던데요." 러셀은 몰

---

* Person-from-Porlock. '눈치 없는 방해자'를 의미한다. 영국 시인 새뮤얼 테일러 콜리지(1772~1834)의 시상詩想을 폴록에서 온 손님이 방해했다는 일화에서 유래.

141

리 쪽으로 몸을 돌리더니 손을 내밀었다. 두 사내는 악수를 나눴다.

"전근 명령서를 보여주겠나." 배블이 말했다.

러셀은 웃옷 호주머니에 손을 집어넣었다. "그런데 여기는 운영 방식이 좀 이상하군요. 거류지에는 조명이 거의 켜져 있지 않고, 자동 항행 유도장치도 작동하지 않고…… 저는 노우저 조종에는 익숙하지 않지만 수동으로 착륙시키는 수밖에 없었습니다. 다른 노우저들 옆에 착륙시켜놓았습니다. 이 거류지 가장자리에 있는 주기장에 말입니다."

"결국 벨스너에게는 두 가지 보고를 해야겠군요." 몰리가 말했다. "이 모형 건물 속에 지구산 제품이라는 각인이 있다는 것과, 방금 신참자가 하나 도착했다는 사실을 말입니다." 결과적으로 어느 쪽이 더 중요해질까. 이 시점에서는 워낙 전망이 불투명한 탓에 아직 확신할 수가 없었다. 새로운 사실들은 우리를 도울 수도 있고, 파멸시킬 수도 있다. 만물의 방정식은 어느 방향으로든 풀릴 수 있기 때문이다.

수지 스마트는 야음을 틈타 토니 덩클웰트의 방이 있는 쪽으로 설렁설렁 걸어가고 있었다. 검정색 속옷에 하이힐 차림이었다. 이것이 청년의 취미임을 알고 있었기 때문이다.

똑 똑.

"누구야?"

방 안에서 웅얼거리는 소리가 들려왔다.

"나야. 수지." 문손잡이를 돌려보니 잠겨 있지 않았기 때문에 열고 안으로 들어갔다.

덩클웰트는 방 한복판에서 불을 붙인 양초 하나를 앞에 놓고 책상다리를 하고 앉아 있었다. 방 안은 어두웠지만 그의 눈이 감겨 있는 것이 보였다. 트랜스 상태에 빠져 있는 것이 틀림없다. 수지의 존재를 알아차렸다거나 그녀를 알아본 기색은 없었지만, 그래도 아까 누구인지 묻기는 했다.

"여기 와 있어도 돼?"

청년의 트랜스 상태는 걱정스러웠다. 이럴 경우는 통상적인 세계로부터 완전히 이탈해서 자기 내부로 틀어박히기 때문이다. 이따금 몇 시간이나 이런 상태가 계속될 때도 있었지만, 나중에 무엇을 보았느냐는 질문을 받아도 당사자는 거의 대답을 하지 못했다.

"방해할 생각은 없었어." 여전히 대답이 없자 수지는 참지 못하고 말했다.

그러자 덩클웰트는 절제되고 초연한 목소리로 대답했다. "괜찮아."

"고마워." 수지는 안도하며 말했다. 그녀는 곧은 등받이가 달린 의자에 앉아서 담뱃갑을 꺼냈다. 담배 한 대를 빼어 물고 불을 붙인 다음 등받이에 등을 기대고 긴장을 풀었다. 오래 기다려야 한다는 사실을 잘 알고 있었기 때문이다.

그러나 왠지 기다리고 싶지가 않았다.

조심스럽게 하이힐 끝으로 청년의 몸을 톡톡 차며 말했다. "토니?" "토니?"

"뭐야."

"말해봐 토니. 뭐가 보여? 다른 세계? 신들이 분주하게 돌아다니면서 선행을 하는 광경이 보여? **'형상 파괴자'**의 소행이 보여? 어떻게 생겼어?" **'형상 파괴자'**를 본 적이 있는 사람은 덩클웰트뿐이었다. 악의 원천에 관한 정보를 혼자서만 알고 있는 것이다. 이 청년의 트랜스에는 이런 식의 섬뜩함이 깃들어 있었기 때문에 수지도 굳이 간섭하려고 들지는 않았다. 덩클웰트가 트랜스 상태에 빠져 있을 때는, 순수한 악의로 가득찬 환영에서 정상적이고 일상적인 책임을 질 수 있는 상태로 돌아올 때까지 가급적 방치해두는 것이 그녀의 습관이었다.

"말 걸지 마." 덩클웰트가 웅얼거렸다. 눈을 질끈 감고, 일그러진 얼굴은 붉게 상기되어 있다.

"좀 쉬는 편이 어때. 침대에 눕는 게 낫지 않을까. 침대에 눕고 싶어, 토니? 이를테면, 나랑?" 수지는 그의 어깨 위에 손을 올려놓았다. 덩클웰트는 조금씩 몸을 뺐다. 잠시 후 여자의 손은 허공을 잡고 있었다.

"내가 널 좋아하는게 네가 아직 진짜 사내가 아니기 때문이라고 네 입으로 말했던 거 기억 나? 하지만 넌 진짜 사내야. 내가 보장해줄게. 판단은 내게 맡겨. 앞으로 만에 하나 진짜 사내가 아닌 것처럼 보이면 주저 없이 알려줄게. 하지만 지금까지 너는 진짜 사내 이상이었어. 18살짜리는 24시간 내에 일곱 번이나 오르가즘을 경험할 수 있다는 걸 알아?" 수지는 대답이 돌아오기를 기다렸지만, 그는 아무 말도 하지 않았다. "듣기만 해도 좋잖아." 그녀는 말했다.

덩클웰트는 황홀한 어조로 말했다. "'**신**'들 위의 또 하나의 '**신**'이 있어. 네 가지 전부를 포용하는 존재가."

"네 가지? 뭐가 넷 있다는 거야?"

"네 개의 현시 말이야. '**조유신**'하고—"

"네 번째 현시가 누구야?"

"'**형상 파괴자**'."

"'**형상 파괴자**'가 다른 세 개의 현시를 통합하는 '**신**'과 교신할 수 있다는 거야? 하지만 그건 불가능해 토니. 다른 신들은 선하지만, '**형상 파괴자**'는 사악하잖아."

"그건 나도 알아." 덩클웰트는 퉁명스럽게 말했다. "그래서 내가 보고 있는 게 대단하다는 거야. 신 위에 신이 존재한다는 사실, 또 그걸 볼 수 있는 사람은 나밖에 없다는 사실이." 그러고는 조금씩 트랜스 상태로 되돌아가기 시작했다. 수지에게도 더 이상 말을 걸지 않았다.

"아무도 못 보는 걸 혼자서만 본다면, 그게 어떻게 신의 현시라고 확신할 수 있어? 스펙토프스키는 그런 초월적인 '**신**' 얘기를 한 적이 없잖아. 보나마나 너 혼자서 그렇게 생각하고 있는 거야." 짜증스럽고, 추운데다가, 담배연기까지 코를 자극했다. 평소 버릇대로 너무 많이 피운 탓이다. "토니, 이제 자고 싶어." 수지는 고압적으로 말하고 담배를 비벼 껐다. "빨리." 허리를 굽히고 청년의 팔을 잡았다. 그러나 그는 바위처럼 꿈쩍도 하지 않왔다.

시간이 흘렀다. 덩클웰트는 여전히 신과의 교감에 몰두하고 있었다.

"맙소사!" 수지는 분통을 터뜨렸다. "빌어먹을. 나 이제 갈래. 잘 자라고." 수지는 일어서서 잰 발걸음으로 문으로 갔다. 문을 열고 반쯤 나갔다가 문득 멈춰 서서 말했다. "나하고 침대로 직행했으면 정말 멋진 시간을 가질 수 있었을 텐데 아쉽지도 않나." 푸념하는 듯한 어조였다. "혹시 내 태도에 마음에 안 드는 거라도 있어? 그렇다면 바꿀게. 요즘은 책도 읽고 있어. 내가 모르던 체위가 몇 가지나 있더라고. 내가 가르쳐줄게. 정말 재밌을 것 같잖아."

덩클웰트는 눈을 뜨고 그녀를 보았다. 눈을 전혀 깜박이지 않는다. 그의 얼굴에 떠오른 표정을 수지는 이해할 수 없었지만, 왠지 불안해졌다. 그녀는 맨팔을 문지르며 부르르 몸을 떨었다.

"'**형상 파괴자**'는 '신이—절대로—아닌 것'이야." 덩클웰트가 말했다.

"그건 나도 알아." 수지는 대꾸했다.

"하지만 '신이—절대로—아닌 것'은 존재의 범주가 아냐."

"네가 그렇다면 그런 거겠지."

"그리고 '**신**'은 모든 존재의 범주를 포함해. 따라서 '**신**'은 '신이—절대로—아닌 것'이 될 수도 있지만, 이건 인간의 이성이나 논리를 초월한 현상이야. 하지만 우리는 직관적으로 그걸 느낄 수 있어. 못 느끼겠어? 너도 우리의 치졸한 이원론보다는 그걸 초월하는 일원론 쪽을 더 선호하지 않아? 스펙토프스키는 위대한 인물이었지만, 그가 예견한 이원론 위에는 그보다 더 고차高次의 일원론적 구조가 존재해. 더 고차의 '신'이 존재한다는 얘기야." 덩클웰트는 그녀를 훑어보았다. "넌 어떻게 생각해?" 어쩐지 조금 자신 없는 말투였다.

"정말 멋진 생각이라고 생각해." 수지는 열성적으로 동의했다. "트랜스 상태에 빠져서 그런 것들을 느낄 수 있다니 정말 멋져. 책을 써서 스펙토프스키의 주장이 틀렸다는 걸 알리면 어떨까."

"틀리지는 않았어. 단지 내가 환시幻視한 것에 의해 초월당했을 뿐이야. 그런 단계까지 올라가면 정반대였던 것들조차도 동등해질 수 있어. 내가 밝히고 싶은 건 바로 그런 부분이야."

"그건 내일 밝히면 안 돼?" 그녀가 물었다. 여전히 몸을 떨며 맨팔을 문지르고 있었다. "너무 춥고 피곤한데다가 오늘밤엔 그 빌어먹을 메리 몰리하고도 맞부딪쳤어. 그러니까 부탁이야. 나하고 침대로 가줘."

"난 예언자야." 덩클웰트가 말했다. "그리스도나 모세 혹은 스펙토프스키 같은. 난 결코 잊히지 않을 거야." 그러고는 또다시 눈을 감는다. 약한 촛불이 깜박이다가 거의 꺼지기 직전까지 갔다. 그는 눈치채지 못했다.

"네가 정말로 예언자라면, 기적을 일으켜봐." 수지가 말했다. 스펙토프스키의 책에서 예언자들이 기적을 행하는 힘을 갖고 있다는 얘기를 읽은 적이 있었다. "내 앞에서 증명해보라고."

그는 한쪽 눈을 떴다. "꼭 징험이 필요해?"

"징험 따윈 필요 없어. 기적을 보여줘."

"기적은 징험이야. 알았어. 직접 보여주지." 덩클웰트는 방 안을 둘러보았다. 분개한 기색이 역력했다. 그제야 수지는 자신이 그를 완전히 깨워버렸다는 사실을 깨달았다. 그는 그런 일을 좋아하지 않는다.

"얼굴이 거무스름해졌어." 수지가 말했다.

덩클웰트는 시험 삼아 이마에 손을 대보았다. "그냥 붉어진 거야. 촛불이 모든 스펙트럼을 포함하고 있지 않아서 검게 보이는 것에 불과해." 그는 천천히 일어나서 목덜미를 문지르며 경직된 걸음으로 방 안을 돌아다녔다.

"얼마나 오래 그렇게 앉아 있었어?"

"몰라."

"맞아. 시간 감각이 완전히 사라진다고 했지." 예전에 그가 그렇게 말하는 것을 듣고, 그것만으로도 외경심을 느낀 것을 기억한다. "아, 이거면 되겠네. 이걸 돌로 바꿔봐." 빵 한 덩어리, 그리고 피넛버터가 든 병과 나이프가 있었다. 수지는 빵 덩어리를 집어 들고 장난스러운 기분으로 그를 향해 다가갔다. "그럴 수 있어?"

덩클웰트는 진지한 어조로 말했다. "그리스도가 행한 것과 정반대의 기적이로군."

"할 수 있어?"

그는 빵을 받아 들고 양손으로 잡았다. 입술을 움직여 뭐라고 중얼거리면서 그것을 내려다본다. 얼굴 전체가 마치 엄청나게 용을 쓰는 것처럼 뒤틀리기 시작했다. 피부가 점점 더 거무스름해진다. 두 눈이 희미해지면서 빛을 통과시키지 않는 칠흑 같은 단추처럼 변했다.

빵 덩어리가 손 위로 튀어오르더니 머리 위 높은 곳까지 올라가서 멈췄고…… 뒤틀리다가, 희미해지다가, 마치 돌처럼 뚝 떨어졌다. 돌처럼? 수지는 무릎을 꿇고 그것을 응시했다. 촛불 때문에 최면이라도 걸린 것일까. 빵이 아니다. 방바닥에 떨어져 있던 것은 커다란 돌멩이였다. 물에 깎이기라도 했는지 반들반들했고, 측면이 희끄무레하다.

"하느님 맙소사." 자기도 모르게 큰 소리가 나왔다. "집어봐도 돼? 그래도 위험하진 않아?"

딩클웰트는 무릎을 꿇고 다시금 생기가 깃든 눈으로 돌을 응시했다. "'**신**'의 힘이 나의 내부에 있어. 내가 한 일이 아냐. 나를 통해서 그런 힘이 작용한 거야."

돌멩이를 집어 들자―무거웠다―따뜻하고, 마치 살아 있는 듯한 감촉을 느꼈다. 살아 있는 돌인가. 마치 유기체 같아. 혹시 진짜 돌이 아닐지도 몰라. 바닥에 세게 내리쳐보았다. 충분히 딱딱한 느낌이었고, 돌이 내는 듯한 소리가 났다. 돌이 맞아. 정말로!

"이거 내가 가져도 돼?" 수지가 물었다. 이제 완벽한 외경심에 사로잡혀 있었다. 기대에 찬 표정으로 청년을 바라본다. 그가 말하는 것이라면 뭐든지 할 작정이었다.

"가져도 돼, 수잔." 덩클웰트는 침착한 어조로 말했다. "하지만 이제 일어서서 네 방으로 돌아가. 난 너무 피곤해." 정말 피곤한 목소리였다. 전신이 축 늘어진 것 같았다. "내일 아침에 식당에서 보자고. 잘 자."

"잘 자. 하지만 옷을 벗고 침대에 눕는 걸 도와주면 안 될까. 꼭 그러고 싶은데."

"됐어." 덩클웰트는 문간으로 가서 그녀를 위해 문을 열어주었다.

"키스해줘." 그에게 다가가서 몸을 내밀고 입술에 입을 맞췄다. "고마워." 수지는 진지한 표정으로 말했다. "잘 자 토니. 기적을 보여줘서 고마웠어." 문이 등 뒤에서 닫히기 시작했지만 뾰족한 하이힐 끝을 능숙하게 문틈에 밀어 넣었다. "다른 사람들한테 이 얘기를 해도 될까? 그러니까, 이건 네가 처음 일으킨 기적이 맞지? 그러니까 알려야 하지 않아? 하지만 알리고 싶지 않으면 얘기 안 할게."

"그냥 자게 해줘." 그는 이렇게 말하고 문을 닫았다. 코앞에서 문이 닫히자 수지는 동물적인 공포를 느꼈다— 이것이야말로 지금까지 살아오면서 그녀가 가장 두려워하던 상황이었다. 사내가 그녀의 코앞에서 방문을 탁 닫는 상황 말이다. 무의식중에 손을 들어 노크하려고 하다가 손에 돌멩이를 쥐고 있다는 것을 깨달았고…… 그것으로 문을 두들겼다. 너무 세게 두들기지는 않았다. 그녀가 얼마나 방 안으로 되돌아가고 싶어 하는지를 알릴 수 있을 정도로는 강하지만, 상대방이 대답하고 싶지 않으면 크게 신경이 쓰이지 않을 정도의 세기였다.

대답은 없었다. 아무 소리도 들리지 않고, 문도 움직이지 않았다. 돌아온 것은 공허함뿐이었다.

"토니?" 수지는 헐떡이며 문에 귀를 갖다 댔다. 정적. "알았어." 그녀는 멍한 어조로 말했다. 돌멩이를 꼭 안은 채로, 비틀거리며, 포치를 가로질러 자기 방으로 가기 시작했다.

돌멩이가 사라졌다. 손아귀에는 아무것도 없었다.

"이런 망할." 그녀는 당황하며 말했다. 어디로 간 걸까? 허공 속으로 사라졌다. 그렇다면 그 기적도 환영이었던 걸까. 내게 최면을 걸어서 믿게 만든 것에 불과할까. 그 기적이 진짜였을 리가 없다는 사실을 일찌감치 알아차렸어야 했던 걸까.

무수히 많은 별들이 폭발하며 빛의 고리로 변했다. 타오르는 듯한 차가운 빛이 그녀의 몸을 흠뻑 적셨다. 그 빛은 등 뒤에서 왔고, 그녀는 무거운 것이 자기 몸에 부딪치는 것을 느꼈다. "토니." 그녀는 이렇게 말하고, 아가리를 벌린 허무 속으로 추락했다. 아무 생각도 없었고, 아무 느낌도 없었다. 단지 보았을 뿐이었다. 그녀의 발치와 그 아래에서 그녀를 기다리고 있는 허무가, 엄청나게 높은 곳에서 수직으로 추락하는 그녀를 빨아들이는 광경을.

그녀는 엎어진 채로 죽었다. 포치 위에서, 홀로. 존재하지 않는 것을 잡으려고 손을 뻗으며.

08

글렌 벨스너는 침대에 누워 꿈을 꾸고 있었다. 밤의 어둠 속에, 그가 있었다. 꿈속의 그는 현명하고 유능한 책임자라는 본래의 모습을 하고 있었다. 즐겁다. 난 할 수 있어. 모두를 돌봐주고, 돕고, 지켜줄 수 있어. 어떤 희생을 치르더라도 모두 지켜낼거야. 그는 꿈속에서 이런 생각을 하고 있었다.

꿈속에서 그는 접속 케이블을 연결했고, 나사못으로 회로 차단기를 고정했고, 서보 보조 장치를 테스트했다.

정교한 기계 장치 속에서 웅웅거리는 소리가 들려왔다. 높이가 몇 마일이나 되는 역장力場이 생겨나며 모든 방향으로 뻗어나간다. 그 누구도 이걸 뚫고 들어올 수는 없어. 그는 만족스럽게 되뇌었다. 지금까지 줄곧 그를 괴롭혔던 공포도 조금씩 사라지기 시작했다. 이 입식지는 이제 안전해. 내 덕택에.

입식지 안에서 사람들은 모두 붉은 로브(長衣)를 입고 우왕좌왕하고 있었다. 대낮이 되었고, 천 년 동안 그런 대낮이 계속되었다. 그 탓에 모두가 늙어버렸다는 사실을 알 수 있었다. 모두가—여자들까지도—너덜너덜한 수염을 기른 채, 비틀거리며, 죽어가는 곤충처럼 힘없이 주위를 배회하고 있었다. 몇 사람은 눈이 먼 상태였다.

그렇다면 역장이 작동하고 있어도 안전하지 않다는 얘기가 된다. 모두가 안쪽에서부터 스러져가고 있었다. 어차피 모두 죽을 운명이다.

"벨스너!"

그는 눈을 뜨자마자 사태를 파악했다.

이른 아침의 잿빛 햇살이 창문의 블라인드 사이로 새어나오고 있었다. 자동식 손목시계를 보니 오전 7시였다. 몸를 일으키고 시트 커버를 밀쳐냈다. 차가운 아침 공기가 피부를 자극한다. 그는 부르르 몸을 떨었다. "이번엔 누구야?" 벨스너는 방으로 몰려들어오는 남녀들을 향해 말했고, 눈을 질끈 감으며 미간을 찌푸렸다. 비상사태임에도 불구하고 불쾌한 잠기운이 여전히 머리에 들러붙어 떨어지지 않는다.

알록달록한 잠옷 차림의 쎄그가 큰 소리로 말했다. "수지 스마트."

벨스너는 가운을 걸치며 무표정하게 방문 쪽으로 걸어갔다.

"이게 뭘 의미하는지 아나?" 프레이저가 물었다.

"응. 뭘 의미하는지 정확하게 알아."

로킹엄 여사가 조그만 리넨 손수건으로 눈가를 찍으며 말했

153

다. "정말 명랑했고, 주위를 밝게 해주던 아이였는데. 그런 착한 아이한테 도대체 누가 그런 짓을?" 쪼글쪼글한 뺨 위로 눈물이 흘렀다.

벨스너는 시설 부지를 가로질렀다. 다른 사람들은 떼를 지어 그의 뒤를 따라왔다. 입을 여는 사람은 아무도 없었다.

여자는 포치에 쓰러져 있었다. 방문에서 몇 걸음 떨어진 곳에. 여자 위로 몸을 수그리고 목덜미에 손을 갖다 댔다. 싸늘하게 식어 있다. 생명 활동의 징후는 전무했다. "직접 확인해봤어?" 벨스너는 배블에게 물었다. "정말로 죽은 거야? 의심의 여지가 없이?"

"자네 손을 보라고." 프레이저가 말했다.

벨스너는 여자의 목덜미에서 손을 뗐다. 손에서 피가 뚝뚝 떨어졌다. 정수리 가까운 곳의 머리카락 속에 피가 잔뜩 묻어 있었다. 머리가 박살난 상태였다.

"부검 결과를 정정할 생각은 없나?" 배블을 향해 신랄한 어조로 물었다. "톨치프에 관한 자네의 견해 말이야, 이제 그걸 정정할 용의는 없어?"

아무도 말하지 않았다.

벨스너는 주위를 둘러보았고, 얼마 떨어지지 않은 곳에 빵 덩어리가 하나 떨어져 있는 것을 발견했다. "저걸 들고 있었던 건가."

"나한테 받은 거야." 덩클웰트가 말했다. 충격을 받았는지 얼굴이 창백했다. 그는 들릴락 말락 한 소리로 말을 이었다. "난 수지가 어젯밤 내 방에서 나간 뒤에 잠들었어. 내가 죽인 게 아냐. 나도 배블 선생하고 다른 사람들이 고함을 지른 뒤에야 알 았어."

"자네가 죽였다는 얘기가 아냐." 벨스너가 말했다. 그래, 이 여자는 밤이 되면 이 방에서 저 방으로 마음 내키는 대로 돌아다니곤 했지. 모두들 그런 그녀를 놀렸고, 사실 약간 머리가 돈 여자였어…… 하지만 수지는 그 누구에게도 상처를 입히지는 않았어. 더할 나위 없이 순수한 여자였지. 설령 잘못을 저질렀다고 해도 악의는 없었어.

신참자인 러셀이 다가왔다. 얼굴 표정을 보니 수지하고는 만난 적이 없음에도 불구하고 이것이 얼마나 끔찍한 사건인지, 모두에게 얼마나 큰 충격을 줬는지를 잘 이해하고 있는 듯했다.

"이런 걸 보려고 여기까지 왔다, 이건가?" 벨스너는 러셀을 보며 거친 목소리로 말했다.

"제 노우저에 실린 송신기로 구조 요청을 할 수 있는지 물어보려고 왔습니다." 러셀이 말했다.

"그걸로는 충분하지 않아. 노우저의 통신기 따위는 아무 쓸모도 없어." 벨스너는 경직된 동작으로 일어났다. 뼈에서 우두둑 하는 소리가 났다. 이런 짓을 하고 있는 건 지구야. 그는 몰리와 배블이 어젯밤 러셀을 데리고 왔을 때 했던 얘기를 머리에 떠올리며 생각했다. 우리들의 정부가 한 짓이다. 우리는 죽음의 미로에 갇힌 실험용 쥐나 마찬가지다. 궁극의 적과 함께 미로에 갇힌 채 한 마리씩 죽어가는 설치류 무리인 것이다. 단 한 마리도 남지 않을 때까지.

몰리가 사람들과 떨어진 곳으로 벨스너를 불러내서 물었다. "그 얘긴 정말로 안 해도 되는 거야? 다들 적이 누군지 알 권리가 있잖아."

"이미 얘기했듯이, 지금처럼 낙담하고 있는 상태에서 그런 얘기까지 들려주고 싶지는 않아. 모든 게 지구의 소행이라는 게 밝혀진다면 누구도 견디지 못할 거야. 다들 미쳐버릴걸."

"자네 판단에 맡겨야겠군. 이 그룹의 리더로 뽑힌 건 자네니까."

불만스러운 말투였다. 그것도 매우. 어젯밤처럼.

"언젠가는 얘기할 거야." 벨스너는 길고 기민한 손가락으로 몰리의 팔을 움켜잡으며 말했다. "적절한 시기가 오면—"

"그런 시기는 결코 오지 않을걸." 몰리는 한걸음 뒤로 물러나며 말했다. "결국은 다들 아무것도 모르는 채로 죽어가겠지."

아마 그럴지도 모르겠군. 벨스너는 생각했다. 차라리 그러는 편이 낫다. 모든 사람이, 누가, 또 왜 그러는지 모르는 채 그냥 죽어가는 편이.

러셀은 몸을 웅크리고 수지의 몸을 뒤집었다. 그는 시체를 내려다보며 말했다. "정말 예쁜 여자였군요."

"예뻤지." 벨스너는 거칠게 대꾸했다. "하지만 미친 여자였어. 성충동이 너무 활발했지. 남자를 만나는 족족 같이 자지 않으면 직성이 안 풀렸으니까. 없어도 됐을 여자였어."

"이 못된 자식." 몰리는 격분한 어조로 말했다.

벨스너는 손을 들어 올리며 말했다. "그럼 무슨 말을 했으면 좋겠어? 이 여자 없이는 안 될 거라고? 이걸로 모든 게 끝장났다고?"

몰리는 대답하지 않았다.

벨스너는 매기에게 말했다. "기도를 해줘." 죽음의 의식儀式을 거행할 시간이다. 이 의식은 너무나도 강고하게 죽음과 결부되어 있었기 때문에 벨스너조차도 그것이 없는 죽음은 상상도 할 수 없을 정도였다.

"몇 분만 기다려줘." 매기는 쉰 목소리로 말했다. "지금은— 하여튼 지금은 안 돼." 그녀는 뒤로 물러나서 등을 돌렸다. 흐느끼는 소리가 들렸다.

"그럼 내가 하겠어." 벨스너는 분노한 표정으로 거칠게 내뱉었다.

몰리가 말했다. "거류지 밖으로 탐험을 가도 좋다는 허가를 받고 싶어. 러셀도 함께 가겠다는군."

"왜?"

몰리는 낮고 침착한 목소리로 대꾸했다. "그 '**건물**'의 축소 모형을 봤거든. 이젠 진짜를 조사해볼 때가 됐다고 생각해."

"누군가를 데리고 가. 여기 지리를 아는 사람을."

"내가 갈게." 베티 조가 끼어들었다.

"남자 하나는 더 있어야 해." 벨스너는 말했다. 그러나 내심 모두 한 곳에 모여 있지 않는 것은 잘못이라고 생각하고 있었다. 죽음은 홀로 돌아다니는 사람을 찾아오니까 말이다. "프레이저하고 써그, 이 두 사람을 데려가. B.J.하고." 그러면 그룹이 반으로 갈리지만, 로킹엄이나 코슬러가 그런 탐험에 합류하는 것은

157

육체적으로 무리였다. "나는 다른 사람들과 함께 여기 남아 있을게."

"무장하고 가는 편이 나을걸." 프레이저가 말했다.

"아무도 무장을 해선 안 돼." 벨스너가 말했다. "상황은 이미 악화될 대로 악화됐어. 그런 와중에 무기까지 가지고 있다면 보나마나 서로를 죽이게 될 거야. 사고든, 고의든 간에 말이야." 왜 이런 느낌을 받는지는 알 수 없었지만, 이 판단이 옳다는 직감이 있었다. 수지 스마트. 너도 혹시 우리들 중 한 사람에게 살해당한 것인지도 모르겠군…… 지구와 트리튼 장군이 보낸 첩자에게.

내가 꾼 꿈 그대로야. 내부의 적. 노쇠, 퇴행, 그리고 죽음. 거류지 전체를 방어 역장이 에워싸고 있음에도 불구하고 결국은 그렇게 되는 거야. 꿈은 내게 그걸 전하려고 했어.

슬픔으로 붉게 충혈된 눈을 문지르며 매기가 말했다. "나도 함께 가고 싶어."

"왜?" 벨스너는 반문했다. "왜 다들 이 거류지를 떠나고 싶어 하는 거지? 여기 있는 편이 훨씬 더 안전할 텐데." 그러나 이 말이 거짓이라는 속마음이 목소리에 절로 스며드는 것까지 막을 수는 없었다. 자기 귀에도 못 미덥게 들릴 정도였다. "알았어. 행운을 빌지." 그러고는 몰리를 돌아보았다. "노래를 부르는 그 파리를 한 마리 잡아와줬으면 좋겠군. 그보다 더 나은 걸 찾아내지 않는다면 말이지만."

"최선을 다해볼게." 몰리는 이렇게 말하고 등을 돌렸다. 함께 떠날 사람들도 자리에서 일어났다.

　모두들 돌아오지 않을 거야. 벨스너는 마음속으로 되뇌었다. 그들이 떠나는 것을 바라보는 그의 흉중에서는 심장이 무겁고 둔탁하게 맥박치고 있었다. 마치 우주 시계의 진자가 텅 빈 가슴 속에서 앞뒤로 흔들리는 듯한 느낌이다.

　죽음의 진자가.

　일곱 명의 남녀는 낮은 산등성이를 따라 터벅터벅 걸어갔다. 다들 눈에 들어오는 모든 것에 온 신경을 집중하고 있었고, 말은 거의 나누지 않았다.

　낯선 구릉지가 끊임없이 이어지며 소용돌이치는 먼지 속으로 사라진다. 여기저기에 초록색 이끼가 자라 있었고, 지면은 제멋대로 자란 초목으로 뒤덮여 있다시피 했다. 공기는 이곳의 복잡한 유기 생태계 특유의 취기臭氣를 풍겼다. 지금까지 맡아본 적 없는 풍성하고 복잡한 냄새였다. 먼 지평선에서 거대한 증기 기둥들이 올라오고 있었다. 암반을 뚫고 지표까지 분출된 간헐천이다. 멀리 바다도 보였다. 대기를 떠도는 먼지와 수증기 뒤에 숨어서 끊임없이 철썩거린다.

　일행은 습지에 도달했다. 광물이나 균류 덩어리 따위가 녹아 들어간 미지근한 점액이 발치에서 찰싹거렸다. 여기저기에서 젖은 바위나 스펀지 같은 덤불 위로 뚝뚝 떨어지고 있는 침출수를 알록달록한 색깔로 물들이고, 걸쭉하게 만들고 있는 것은 지의류地衣類와 원생동물의 사해死骸였다.

프레이저는 허리를 굽혀서는 지면에서 달팽이를 닮은 일족—足 생물 하나를 집어 올렸다. "이건 가짜가 아냐— 살아 있어. 진짜 생물이야."

써그는 작고 뜨뜻한 물웅덩이를 훑다가 찾아낸 해면海綿을 들고 있었다. "이건 인공물이로군. 하지만 델맥-O에는 이것과 똑같이 생긴 진짜 해면도 있어. 여기 이것들도 가짜야." 써그는 물속에서 뱀처럼 꿈틀거리는 생물을 집어 올렸다. 그 생물은 작고 뭉뚝한 발들을 마구 움직이며 버둥거렸다. 써그는 재빨리 머리를 잡아당겼다. 머리가 뜯겨나자 생물은 동작을 멈췄다. "완전한 기계식 장치야— 여기 안에 배선이 보이지." 머리를 다시 끼우자 생물은 다시 버둥거렸다. 써그가 물속에 던져 넣자 기쁜 듯이 헤엄치며 사라졌다.

"그 '**건물**'은 어디 있어?" 메리가 물었다.

매기가 말했다. "그건 뭐랄까— 장소를 바꾸는 것 같아. 마지막으로 목격되었을 때는 이 산등성이를 따라 저기 저 간헐천을 지난 곳에 있었어. 하지만 지금 가도 아마 거기엔 없을 것 같아."

"그래도 출발점으로 쓸 수는 있어." 베티 조가 말했다. "지난번에 마지막으로 본 지점으로 가서 여러 방향으로 산개해보면 될 거야. 단거리 통신기를 가져올걸. 있었으면 큰 도움이 되었을 텐데."

"그건 벨스너 잘못이야." 써그가 말했다. "리더로 뽑아줬으면 그런 세세한 기술적 문제에도 신경을 써줘야지."

베티 조가 몰리를 보며 말했다. "여기 나와보니까 좋아?"

"글쎄." 수지의 죽음 탓인지도 모르지만, 몰리는 눈에 보이는 모든 것에 거부감을 느꼈다. 인공 생명체와 진짜 생명체들이 섞여 있는 것도 마음에 들지 않았다. 이런 식으로 혼합되어 있는 탓에 풍경 전체가 가짜처럼 보였기 때문이다……. 마치, 눈앞에 펼쳐진 구릉지나, 오른쪽에 보이는 광활한 고원이 실은 무대 배경일지도 모른다는 느낌이랄까. 마치 자신들과 거류지까지 포함한 이 모든 풍경이 지오데식 돔* 안에 들어 있는 것이 아닌가 하는 생각까지 든다. 그리고 그 돔 위에서는, 펄프픽션에 곧잘 등장하는 머리가 돈 과학자들이 조그만 생물처럼 아장아장 걷고 있는 우리들을 내려다보고 있는 것이다.

"좀 쉬었다 가기로 해." 매기가 말했다. 음울한 얼굴이 한층 더 딱딱하게 굳어 있다. 수지의 죽음이 준 충격에서 전혀 벗어나지 못한 기색이었다. "난 지쳤어. 아침도 굶었고, 먹을 것도 가지고 오지 않았어. 사전에 신중하게 계획을 세운 다음에 출발했어야 하는 건데."

"아무도 명료하게 생각할 수 있는 상태가 아니었어." 베티 조가 동정하듯이 말했다. 그녀는 치마 호주머니에서 약병을 하나 꺼내더니 뚜껑을 열고 여기저기를 뒤지다가 마침내 원하는 알약을 찾아냈다.

"물 없이도 먹을 수 있습니까?" 러셀이 물었다.

"물론이죠." 베티 조는 미소 지었다. "알약 중독자는 그 어떤

---

* geodesic dome. 측지선測地線을 따라 서로 장력이 작용하는 직선 구조재를 격자 모양으로 연결시켜 만든 돔형 구조물.

상황에서도 알약을 삼킬 수 있답니다."

몰리는 러셀을 보며 말했다. "B. J.는 알약에 집착하고 있지." 그러면서 이런 생각을 했다. 다른 사람들처럼 이 신참자도 성격적 결함을 품고 있는 것일까? 그렇다면, 그건 무엇일까?

"난 러셀이 뭘 좋아하는지 알 것 같아." 프레이저가 평소 처럼 어딘가 심술궂고 도발적인 어조로 말했다. "내가 관찰한 바에 의하면 아무래도 결벽증이 있는 것 같군."

"정말?" 메리가 말했다.

"유감이지만 사실이군요." 러셀은 씩 웃으며 배우처럼 새하얗고 고른 이를 드러냈다.

일행은 계속 나아가다가 마침내 강에 도달했다. 무턱대고 건너기에는 너무 넓어 보였기 때문에 그곳에서 멈춰 섰다.

"강가를 따라 가보는 수밖에 없겠군." 써그는 오만상을 찌푸리며 말했다. "이 근처에는 와본 적이 있지만 이런 강은 처음 보는데."

프레이저가 킥킥 웃었다. "자네를 위해 준비됐나 보군, 몰리. 해양생물학자잖아."

매기가 말했다. "묘한 의견이네. 우리의 기대에 따라 풍경이 바뀐다고 말하고 싶은 거야?"

"농담한 거야." 프레이저는 조롱하는 듯한 어조로 말했다.

"농담이라도 그런 괴상한 말이 어디 있어." 매기가 대꾸했다.

"스펙토프스키가 했던 말, 기억나? 우리가 '우리들 자신의 선입견과 기대에 사로잡혀 있는 존재'라는 얘기 말이야. 예의 **'저**

주'의 조건 중 하나는 그런 성향에서 비롯된 유사현실에 빠져서 헤어나오지 못하는 거라는 지적도 했지. 결코 있는 그대로의 현실을 보지 못하는 상태에서 말이야."

"현실을 있는 그대로 보는 사람은 아무도 없어." 프레이저가 말했다. "칸트가 공간과 시간은 인식의 양상이라고 증명했잖아. 그것도 몰랐어?" 그는 몰리를 쿡 찔렀다. "자네는 그걸 아나, 해양생물학자 양반?"

"알아."

실은 칸트 따위는 들어본 적도 없었다. 당연히 읽었을 리도 없다.

"스펙토프스키는 우리도 궁극적으로는 있는 그대로의 현실을 볼 수 있다고 말했잖아." 매기가 말했다. "**'중재신'**이 세계와 그 제약 조건으로부터 우리를 해방시켜줄 때, **'중재신'**을 통해서 **'저주'**가 풀릴 때 말이야."

러셀이 끼어들었다. "그리고 때로는, 육체를 가지고 살아가는 중에도 그것을 언뜻 볼 때가 있죠."

"그건 **'중재신'**이 우리를 위해 장막을 걷어줄 때만 가능해요." 매기가 말했다.

"사실입니다." 러셀은 시인했다.

"자네는 어디서 왔어?" 몰리가 러셀에게 물었다.

"알파 켄타우리 제8행성에서 왔습니다."

"정말로 먼 곳에서 왔군." 프레이저가 촌평했다.

"저도 압니다." 러셀은 고개를 끄덕였다. "그래서 이렇게 늦게 도착한 겁니다. 오는 데 거의 석 달이나 걸렸습니다."

"그렇다면 우리들 중에서 가장 빠른 시기에 전근 명령을 받은 축에 속하는군." 몰리가 말했다. "내가 받기 훨씬 전이야."

"우리들보다 훨씬 빠르다니." 프레이저가 말했다. 그는 미심 쩍은 표정으로 자기보다 적어도 머리 하나는 더 큰 러셀을 훑어 보았다. "여기 경제학자가 왜 필요한지 모르겠군. 이 행성에는 경제 같은 게 없잖아."

매기가 말했다. "따져보면 우리들 중 누구도 자기 기술을 살릴 수 있는 환경이 아니야. 기술도, 훈련도— 이번 일과는 전혀 관 계가 없는 것 같아. 아무래도 그런 것들 때문에 뽑힌 게 아니라 는 생각이 들 정도야."

"뻔할 뻔자 아니겠어." 써그가 귀에 거슬리는 목소리로 말했다.

"그렇게 뻔해 보여?" 베티 조가 반문했다. "그럼 무슨 기준으 로 뽑혔다고 생각해?"

"벨스너가 말했듯이 우리들 모두가 부적응자야." 써그가 말 했다.

"낙오자라고 했지, 부적응자라고는 안 했어." 몰리가 말했다.

"낙오자나 부적응자나." 써그가 말했다. "우린 은하계의 하찮 은 티끌이나 마찬가지야. 벨스너 녀석이 처음으로 옳은 말을 했군."

"거기에 나까지 포함시키지는 말아줘." 베티 조가 말했다. "난 내가 '우주의 하찮은 티끌'이라는 사실을 인정할 준비가 아직 안 됐거든. 내일이면 마음이 바뀔지도 모르지만."

"죽으면 우리는 망각 속으로 빠져들지." 매기가 반쯤 혼잣말 하듯이 말했다. "이미 우리가 있던 망각 속으로 말이야……그리고 우릴 거기서 구원해줄 수 있는 것은 오로지 '**신**' 밖에는 없어."

"그렇다면 우리를 구원해주려고 하는 '**신**'이 존재한다는 얘기가 되는군." 몰리가 말했다. "그런데 트리튼 장군은—" 그는 말꼬리를 흐렸다. 말이 헛나갔다. 그러나 눈치챈 사람은 아무도 없었다.

"어차피 산다는 건 그런 겁니다." 러셀이 특유의 온화하고 중립적인 목소리로 말했다. "우주의 변증법이라고나 할까요. '**형상 파괴자**'의 모든 현시들로 이루어진 힘은 우리를 죽음 쪽으로 잡아당깁니다. 한편, 그에 대항하는 세 개의 현시를 가진 '**신**'이 존재합니다. 이론적으로는 언제나 우리 곁에. 안 그렇습니까, 월시 양?"

매기는 고개를 가로저었다. "아녜요. 이론적이 아니라 실제로 그렇다고 해야."

베티 조가 나직하게 말했다. "저기 '**건물**'이 보여."

드디어 보았다. 몰리는 눈부신 한낮의 햇살을 가리려고 이마에 손을 대고 가늘게 눈을 떴다. 거대한 잿빛 건물은 시야의 한계 가까운 곳에 우뚝 솟아 있었다. 거의 정사각형에 가깝다.

묘한 모양을 한 첨탑들은……아마 열원熱源에 연결된 것이리라.

내부의 기계나 가동부에 연결되어 있는지도 모르겠다. 건물

상공에는 연기의 장막이 드리워져 있었다. 공장이다.

"가자고." 써그는 그쪽으로 가면서 말했다.

일행은 들쑥날쑥하게 줄을 지어 터벅터벅 걸어가기 시작했다.

"아무리 가도 가까워지질 않잖아." 프레이저가 빈약한 조롱이 담긴 어조로 말했다.

"그럼 더 빨리 걸어." 써그가 씩 웃으며 응수했다.

"그래봤자 소용없어." 매기는 헐떡이며 멈춰 섰다. 셔츠 겨드랑이 부분이 땀으로 검게 물들어 있다. "언제나 이런 식이었어. 이쪽에서 걸어가면 걸어갈수록 자꾸 뒤로 물러났어."

"정말로 가까운 곳까지 가는 건 불가능했지." 프레이저가 말했다. 그도 걸음을 멈추고 상처투성이의 자단목紫檀木 파이프에 불을 붙이는 일에 열중하고 있었다…… 그리고 그 파이프 담배에서, 일찍이 맡아본 적 없을 정도로 지독한 악취가 풍긴다는 사실을 몰리는 깨달았다. 대통 안의 담배가 화르르 타오르며 불규칙하게 연소하기 시작하자 부근의 공기가 악취로 오염되는 듯한 느낌이었다.

"그럼 어떻게 해야 할까요?" 러셀이 말했다.

"뭔가 제안을 해보라고." 써그가 대꾸했다. "눈을 감고 같은 곳을 빙빙 돌다보면 어느새 저 건물 옆에 서 있게 될지도 몰라."

"여기 서 있으니 마치 다가오는 것 같은데." 몰리는 이마에 손을 대고 그쪽을 응시하며 말했다. 확실했다. 이미 첨탑 하나하나를 식별할 수 있었고, 그 위를 덮고 있던 연기의 장막도 걷힌 듯했다. 그렇다면 공장 같은 게 아닐지도 모르겠다. 조금만 더 가까이 와준다면 확인할 수 있을 텐데. 몰리는 계속 응시했다. 이윽고 다른 사람들도 그러기 시작했다.

러셀이 생각에 잠긴 투로 말했다. "저건 환영幻影입니다. 일종의 투영된 상像이라고나 할까요. 아마 여기서 1마일 안에 투사기가 있을 겁니다. 아주 효율적이고 현대적인 영상 투사기인 것 같군요…… 하지만 잘 보면 여전히 영상이 조금씩 흔들리는 걸 알 수 있습니다."

"그럼 어떻게 하면 되지?" 몰리가 물었다. "자네 말이 옳다면 더 가까이 가봐도 소용이 없다는 얘기가 돼. 실제로는 존재하지 않으니까 말이야."

"어딘가에는 존재합니다." 러셀이 정정했다. "하지만 저 지점은 아닙니다. 우리가 지금 보고 있는 건 가짜이니까요. 하지만 진짜 '건물'은 존재하고, 아마 여기서 그리 떨어지지 않은 곳에 있을 겁니다."

"자넨 어떻게 그런 걸 아나?" 몰리가 말했다.

"'행성간서방연합'의 유인용 기만책에 관해 잘 알고 있으니까요. 이런 환영 투사 기술은 '건물'이 존재한다는 사실을 아는 사람들을 속이기 위한 것입니다. 그걸 찾을 수 있을 거라는 확신이 있기 때문에 저런 환영을 보면 실제라고 믿어버리는 거죠. 진짜 '건물'이 근처 어딘가에 있다는 걸 아예 모르는 사람들을 대상으로 한 것은 아닙니다. 이런 방식은 '행성간서방연합'과 리겔 제10행성의 전사戰士 교단 사이에서 벌어진 전쟁에서 매우 효과적으로 쓰였습니다. 리겔인들의 미사일은 거듭해서 실체가 없

167

는 공업단지를 노리고 날아왔습니다. 저런 식의 투영된 환상은 레이더 화면이나 컴퓨터를 내장한 정찰용 탐사기에도 나타나니까 말입니다. 일종의 반半물질적 기반을 갖추고 있기 때문이죠. 그러니까, 엄밀하게 말하면 순수한 환영은 아닙니다."

"흐음, 당신은 알고 있겠군요." 베티 조가 말했다. "경제학자니까 전쟁 중에 공업단지에 무슨 일이 일어났는지도 잘 알겠고." 그러나 그리 미더워하는 말투는 아니었다.

"그래서 저렇게 후퇴하는 거야?" 몰리가 물었다. "우리가 다가가면?"

"제가 보기에는 그렇습니다." 러셀은 대답했다.

매기가 러셀에게 말했다. "그럼 어떻게 해야 할지 가르쳐줘요."

"어디 봅시다." 러셀은 한숨을 쉬고 잠시 생각에 잠겼다. 다른 사람들은 잠자코 기다렸다. "진짜 '**건물**'은 어디 있어도 이상할 것이 없습니다. 저 환영을 역탐지해서 진짜를 찾는 건 불가능합니다. 그런 일이 가능했다면, 애당초 이런 시스템은 채택되지도 않았을 겁니다. 제가 생각하기엔—" 그는 손가락으로 가리켰다. "저기 보이는 고원은 환영이라는 느낌을 주는군요. 어떤 물체 위에 저런 영상을 겹쳐놓음으로써 저 방향을 바라보는 사람들에게 일종의 부負의 환영을 보여주는 겁니다." 그는 설명했다. "부의 환영이란— 그곳에 실제로는 존재하지 않는 것을 보는 현상을 말합니다."

"알았어." 써그가 말했다. "그럼 저 고원으로 가보자고."

"그러려면 강을 건너야 하는데." 메리가 말했다.

프레이저가 매기를 향해 말했다. "스펙토프스키가 물 위를 걷는 행위에 대해서는 뭐라고 말 안 했어? 지금 그런 일을 할 수 있다면 쓸모가 있을 텐데. 저놈의 강은 지독하게 깊어 보이는데다가, 위험을 무릅쓰고 강을 건널 수는 없다는 데 모두 동의했잖아."

"강도 실은 존재하지 않는 건지도 몰라." 몰리가 말했다.

"존재합니다." 러셀이 말했다. 그는 그쪽으로 걸어가더니 강가에서 멈춰 섰고, 허리를 굽히고 손으로 물을 떠 보였다.

"이건 심각한 질문인데," 베티 조가 말했다. "스펙토프스키가 정말로 물 위를 걷는 일에 관해서 언급한 적이 있어?"

"그러는 게 불가능하지는 않아." 매기가 대꾸했다. "하지만 그런 행위를 하는 인물 내지는 인물들이 '**신**'의 곁에 있을 경우에만 가능한 걸로 알고 있어. '**신**'이 그 인물 혹은 인물들을 물 위로 이끌어야 한다는 얘기야. 안 그런다면 그냥 물에 빠져 죽게 되겠지."

써그가 말했다. "러셀 씨는 '**신**'일지도 몰라." 그러고는 러셀에게 말했다. "혹시 당신은 '**신**'의 현시입니까? 우리를 도우러 오신? 구체적으로는 혹시 '**지상을 걷는 자**'가 아니신지?"

"유감이지만 아닙니다." 러셀은 특유의 이성적이고 무감동한 목소리로 말했다.

"우리를 물 위로 이끌어주십쇼." 몰리가 부탁했다.

"그럴 수가 없습니다." 러셀이 말했다. "나는 당신들과 마찬가지로 인간에 불과합니다."

"그래도 시도해보면 어떨까요?" 몰리가 말했다.

"정말이지 묘한 기분이군요. 내가 '**지상을 걷는 자**'라고 생각하다니. 실은 예전에도 비슷한 오해를 받은 적이 있는데, 아마 한곳에 정착하지 못하고 여기저기 돌아다니는 생활방식 탓인지도 모르겠습니다. 언제나 낯선 사람으로서 등장하고, 드물게 뭔가 옳은 일을 하기라도 하면 꼭 누군가가 '**신**'의 세 번째 현시가 나타났다는 식의 영감을 떠올리는 겁니다."

"실은 현시가 맞을지도." 몰리는 상대방을 뚫어지게 쳐다보며 말했다. 테켈 우파르신에서 '**지상을 걷는 자**'가 모습을 드러냈을 때 어떤 모습을 하고 있었는지를 떠올려보려고 했다. 비슷한 점은 거의 없었다. 그러나— 묘한 직감 같은 것이 마음속에 남아 있었다. 아무 경고도 없이 찾아온 직감이었다. 조금 전까지만 해도 러셀을 보통 인간으로 받아들였지만, 다음 순간에는 자신이 느닷없이 '**신**'과 함께 있다는 느낌을 받았던 것이다. 게다가 이 느낌은 여전히 남아 있었다. 완전히 사라진 것이 아니었다.

"그렇다면 제 자신이 그걸 알고 있어야 하지 않겠습니까." 러셀이 지적했다.

"아마 알고 있는지도 몰라요." 매기가 말했다. "몰리 씨 말이 맞을지도 모르겠네요." 그녀도 러셀을 뚫어지게 바라보기 시작했다. 러셀은 이제 좀 곤혹스러운 기색이었다. "사실이라면 늦든 빠르든 알게 될 거예요."

"'**지상을 걷는 자**'를 만난 적이 있습니까?" 러셀이 그녀에게 물었다.

170

"없어요."

"저는 그가 아닙니다."

"빌어먹을 강으로 들어가서 반대쪽 기슭까지 물을 헤치고 갈 수 있는지 알아보자고." 써그가 조급스럽게 말했다. "너무 깊으면 그냥 돌아오면 그만이잖아. 자, 나부터 가겠어." 그는 성큼성큼 강 속으로 걸어 들어갔다. 다리가 불투명한 청회색 강물 속에 잠겼다. 써그는 물을 헤치며 계속 나아갔고, 다른 사람들도 한두 명씩 그의 뒤를 따르기 시작했다.

일동은 아무 문제 없이 반대편 기슭에 도달했다. 강물은 어느 지점에서든 얕았다. 여섯 사람—그리고 러셀—은 겸연쩍은 기분으로 옷의 물기를 대충 털었다. 강물은 기껏해야 허리께에 올 정도였다.

"이그나츠 써그가 '신'의 현시였다니." 프레이저가 말했다. "강을 걸어서 건너고, 태풍과 싸우는 능력을 가지고 있었다니. 정말이지 의외로군."

"엿이나 먹어." 써그가 응수했다.

러셀이 느닷없이 매기에게 말했다. "기도하십시오."

"뭐를 위해서?"

"환영의 베일이 걷히고 그 아래에 숨겨진 현실이 나타나게 해달라고."

"묵도默禱라도 괜찮을까요?" 매기가 묻자 러셀은 고개를 끄덕였다. "고마워요." 그녀는 이렇게 말하고 일행에게서 등을 돌렸다. 잠시 양손을 맞대고 고개를 숙인 채로 그렇게 서 있다가 다시 몸을 돌렸다. "최선을 다했어요." 그녀가 고했다. 아까보다 표정이 밝아졌다는 사실을 몰리는 알아차렸다. 일시적이나마 수지 일을 잊은 건지도 모르겠다.

엄청난 맥동이 인근에서 고동쳤다.

"소리가 들려." 몰리는 이렇게 말하고, 두려움을 느꼈다. 거대한, 본능적인 두려움을.

백 야드 정도 떨어진 곳에서, 한낮의 하늘을 뒤덮은 뿌연 안개 속으로 잿빛의 벽이 솟구쳤다. 맥박치고, 진동하며, 마치 살아 있는 생물처럼 삐걱대면서…… 한편 그 위에서는 첨탑들이 검은 연기의 형태로 폐기물을 뿜어대고 있었다. 다른 폐기물들이 거대한 파이프에서 강으로 콸콸 쏟아져나왔다. 콸콸. 콸콸. 결코 그치는 일 없이.

드디어 **'건물'**을 찾아냈다.

09

"이제야 보게 되는군." 세스 몰리가 말했다. 드디어 왔다. 그나저나 엄청난 소음이다. 거대한 갓난애 천 명이 모여 무수히 많은 냄비뚜껑을 광활한 콘크리트 마루 위에 떨어뜨리는 소리라고나 할까. 하지만 갓난애들이 이런 곳에서 도대체 무슨 일을 하고 있단 말인가? 몰리는 건물 정면을 향해 걸어가기 시작했다. 현관문 위에 무슨 글이 각인되어 있는지 알아볼 작정이었다.

"정말 시끄럽군그래?" 프레이저가 외쳤다.

"응."

'**건물**'이 발하는 터무니없이 큰 소음 탓에 자기 목소리조차도 제대로 들을 수가 없었다.

몰리는 건물 측면을 지나가는 포장도로를 따라 걸어갔다. 다른 사람들도 그의 뒤를 따랐다. 소음을 못 견뎌서 귀를 막고 있는 사람도 있었다. 마침내 현관 앞까지 온 몰리는 이마에 손을 갖다 대고 양쪽 미닫이식 현관문 위로 돌출된 부분을 올려다보았다.

와이너리*

아니, 포도주 만드는 곳이 이렇게 시끄러워도 되는 거야? 몰리는 뇌까렸다. 영문을 모르겠다.

작은 문이 눈에 들어왔다. 문에는 '와인 시음 및 치즈 시식을 위한 고객용 출입문'이라고 쓰여 있었다. 이렇게 놀라울 수가. 머릿속에 치즈 생각이 절로 떠오르며 산만한 그의 주의력을 단박에 끌어당겼다. 꼭 들어가봐야겠어. 공짜라는 건 틀림없어 보이지만, 보나마나 떠나기 전에 와인 한두 병쯤은 사라고 권하겠지. 하지만 꼭 살 필요는 없어.

벤 톨치프가 이 자리에 없어서 유감이군. 알코올음료라면 사족을 못 쓰는 사내였으니 이 간판을 보았다면 환호작약했을 것이다.

"기다려!" 매기가 뒤에서 불렀다. "들어가면 안 돼!"

몰리는 고객용 출입문에 손을 댄 채 무슨 일인지 의아해하며 뒤를 돌아보았다.

찬란하게 빛나는 태양을 흘끗 올려다본 매기 월시의 눈에 놀

---

* Winery. 포도주 양조장.

랄 정도로 강렬한 햇살에 섞인 채로 깜박거리는 글자들이 보였다. 그녀는 그것들을 따라 손가락을 움직이며 읽어보려고 노력했다. 뭐라고 쓰여 있는 걸까? 이토록 알고 싶은 일들이 많은 우리들에게, 어떤 메시지를 전달하려는 것일까?

위터리*

"기다려!" 매기는 '고객용 출입문'이라고 쓰인 조그만 문에 손을 대고 서 있는 몰리에게 외쳤다. "들어가면 안 돼!"

"왜?" 몰리가 외쳤다.

"당신은 그게 뭔지도 모르잖아!" 매기는 숨을 헐떡이며 몰리 쪽으로 다가갔다. 거대한 구조물은 약동하며 뚝뚝 흘러내리는 듯한 햇살을 위쪽 표면에 받고, 미광微光을 발하며 가물거리고 있었다. 마치 공중에 떠다니고 있는 티끌을 딛고 저기로 올라갈 수 있을 것 같은 기분이 들어. 매기는 강렬한 동경심에 사로잡혔다. 나를 우주적 자아로 데려다줄 탈것처럼 보여. 반은 이세상, 나머지 반은 저세상 것으로 이루어진. 위터리. 지식이 축적되어 있는 곳? 그러나 책과 테이프와 마이크로필름을 보관하는 곳으로 보기에는 너무 시끄럽잖아. 혹시 위트機智가 넘치는 대화가 이루어지는 곳일까? 인간 위트의 정수가 이 건물 내부에서 증류되고 있는 있는지도 몰라. 혹시 이 안으로 들어가면

** Wittery. '시시콜콜한 이야기를 장황하게 늘어놓다'라는 뜻의 동사 'witter'의 파생형.

존슨 박사*나 볼테르의 위트에 몰입할 수 있다는 뜻일까.

그렇지만 위트는 유머와는 달라. 위트란 통찰력을 의미하거든. 지성의 가장 근원적인 형태가 일정량의 우아함과 결부된 것이라고 해야 하나. 하지만 위트의 가장 중요한 측면은 절대적인 지식을 자기 것으로 만들 수 있는 인간의 능력이야.

안으로 들어간다면 이 차원의 틈새 속에서 인간이 이해할 수 있는 모든 것을 배울 수 있을지도 몰라. 그러니까 무조건 들어가야 해. 매기는 서둘러 몰리 곁으로 가서 나란히 선 다음 고개를 끄덕였다. "문을 열어. 우린 위터리 안으로 들어가야 해. 안에 뭐가 있는지 알아내는 거야."

웨이드 프레이저는 느린 발걸음으로 두 사람 뒤를 따라갔다. 프레이저는 그들의 동요를 특유의 신랄한 시선으로 바라보면서, '**건물**'의 거대한 현관문 위에 각인된 명銘을 읽었다.

처음에는 갈피를 잡을 수가 없었다. 글자들은 판별이 가능했고, 따라서 무슨 단어인지도 알 수 있었다. 그러나 단어의 의미 자체가 전혀 머리에 들어오지 않는다.

"무슨 뜻인지 모르겠군." 프레이저는 몰리와 거류지의 종교광인 '마녀 매그'를 향해 말했다. 눈을 가늘게 뜨고 다시 한 번 이해하려고 해보았다. 혹시 심리적인 모순에서 비롯된 문제일까. 내 마음 깊숙한 곳에 뭐라고 쓰여 있는지 알고 싶지 않다는

---

* Dr. Johnson. 영국의 시인, 비평가, 문헌학자인 새뮤얼 존슨(1709~1784)의 애칭. 기지에 찬 경구로 유명함.

욕구가 숨겨져 있고, 그 욕구를 충족시키기 위해 정보를 왜곡한 것일까.

스토퍼리*

기다려. 스토퍼리가 뭔지 알 것 같아. 켈트어에서 유래한 단어잖아. 결국 다양하고 광범위한 교양과 인문학적 지식을 체득한 사람이나 이해할 수 있는 전문 용어였어. 다른 작자들이라면 아예 눈치도 못 챘겠지.

스토퍼리란 발광한 사람들을 수용하고 그들의 행동을 구속하는 장소다. 일종의 요양소라고 할 수도 있겠지만, 그보다 훨씬 더 철저한 조치가 이루어진다. 이 시설의 목적은 마음의 병을 가진 사람들을 치료해서 사회에 복귀시키는 것이 아니라—어차피 복귀해봤자 예전과 별로 다르지 않은 경우가 대부분이므로—인간의 무지와 어리석음을 완전히 불식시켜버리기 위한 것이다. 일단 이곳으로 보내지는 시점에서 정신병자의 미망迷妄은 종언을 맞게 된다. 저기 각인된 단어가 말해주듯이, 정지하는 것이다. 그들—이곳으로 오는 정신병자들—은 사회로 돌려보내지는 대신 조용히, 그리고 고통 없이 안락사 조치를 받는다. 어차피 치료가 불가능한 병자들이므로 결국은 그렇게 될 운명이다. 그런 자들의 독毒이 더 이상 이 은하계를 오염시키는 일이 있어서는 안 되니까 말이다. 이런

---

* Stoppery. '멈추는 것' 방해물 따위를 의미하는 'stopper'의 파생형.

장소가 존재한다니 천만다행이다. 왜 업계의 학술지에 보고되지 않았는지 의아하군.

들어가봐야겠어. 프레이저는 결심했다. 안에서 어떻게 일을 진행하고 있는지 보고 싶어. 어떤 식으로 법적 근거를 마련했는지도 알아봐야겠고. 스토퍼리를 방해하고, 운영에 간섭하고 싶어하는 비非의료계 전문가들—그런 작자들을 전문가들이라고 부를 수 있다면 말이지만—이라는 골치 아픈 문제를 무시할 수는 없었을 테니까.

"들어가지 마!" 프레이저는 몰리와 종교에 미친 매기 할멈을 향해 외쳤다. "너희 같은 사람들이 이런 데서 얼쩡거리면 안 돼. 여긴 보나마나 기밀로 분류되어 있을 거야. 맞아. 여기에도 그렇게 쓰여 있잖아?" 그는 알루미늄으로 만든 작은 문에 각인된 경고문을 가리켰다. '전문인력 전용'이라고 쓰여 있다. "그러니까 나는 들어갈 수 있어!" 그는 소음 너머로 고함을 질렀다. "하지만 너희들은 안 돼! 그럴 자격이 없거든!" 매기 할멈과 몰리 두 사람 모두 깜짝 놀란 표정으로 그를 쳐다보며 동작을 멈췄다. 프레이저는 그들을 제치고 문으로 다가갔다.

메리 몰리는 거대한 잿빛 건물의 현관 위에 쓰인 말을 어렵지 않게 판독했다.

위처리*

난 저게 뭔지 알아, 하고 메리는 뇌까렸다. 다른 작자들은 모르겠지만 말이야. 위처리란 약이나 마법의 주문 따위로 사람들을 조종하는 곳이지. 지배자들이 다른 사람들을 쥐락펴락할 수 있는 것은, 위처리와 접촉을 유지하며 그곳에서 만들어지는 마법의 약을 손에 넣을 수 있기 때문이다.

"안으로 들어가겠어." 메리는 남편에게 말했다.

"잠깐. 섣부른 행동을 하면 안 돼."

"난 들어가도 돼. 하지만 당신은 못 들어가. 난 알아. 그러니까 내 앞길을 가로막지 마."

메리는 작은 문 앞에 서서 유리창의 금색 글자를 읽었다. '입문실. 자격을 가진 모든 방문자들에게 개방됨'이라고 쓰여 있다. 흠, 이건 바로 내 얘기잖아. 나를 지목하고 있어. '자격을 가진 방문자'라는 건 바로 그런 뜻이었던 거야.

"나도 함께 들어가겠어." 세스 몰리가 말했다.

메리는 웃음을 터뜨렸다. 나하고 함께 들어가겠다고? 정말 웃겨 죽겠어. 위처리에서 자기를 환영해줄 거라고 생각하다니. 남자이면서! 여긴 오직 여자만 들어갈 수 있는 곳이라고. 세상에 남자 마녀가 어디 있어.

저기 들어가면 세스를 조종하는 방법을 터득할 수 있을 거야. 현재의 세스가 아니라 내가 원하는 진짜 세스처럼 행동하게 만

---

* Witchery. (특히 마녀나 여자 마법사에 의한) 마법, 주술.

드는. 그러니까 어떤 의미에서는 이건 이이를 위한 일이야.

메리는 문손잡이에 손을 뻗쳤다.

써그는 몰리 부부의 우스꽝스러운 행동을 곁에서 바라보며 쿡쿡 웃었다. 저 돼지처럼 꽥꽥, 꿀꿀거리는 꼴 좀 보라지. 가서 한 대 갈기고 싶지만 그러는 것조차 귀찮다. 가까이 다가가면 고약한 냄새나 맡는 것이 고작일 터이다. 겉으로는 깔끔해 보이지만 속으로는 악취를 풍기는 작자들이다. 그나저나 이 거지 같은 장소는 또 뭐지? 써그는 가늘게 눈을 뜨고 구불구불한 글자를 읽어보려고 했다.

히퍼리 호퍼리*

어, 이거 끝내주네. 사람이 동물에 올라타서 거시기하는 데잖아. 예전부터 말하고 여자가 하는 걸 보고 싶었는데. 안에 들어가면 틀림없이 그런 쇼를 볼 수 있을 거야. 맞아. 꼭 보고 싶어. 여러 사람들 앞에서 그러는 걸. 정말로 죽여주는 쇼를 라이브로 보여주는 게 틀림없어.

그런 쇼를 구경하는 작자들도 말이 통하는 괜찮은 친구들일 거야. 몰리나 월시 그리고 프레이저처럼 너무 길어서 방귀 소리로밖에는 들리지 않은 거창한 말을 늘어놓는 놈들과는 전혀

---

* Hippery Hoppery. 여기서 hip은 허리를, hopper는 '깡충깡충 뛰는 것(사람)'을 의미한다.

다르겠지. 자기 똥은 냄새도 안 난다는 듯이 점잔 빼는 소리만 하는 놈들은 이제 신물이 나. 나보다 잘나지도 않은 주제에.

여기 들어가면 배블 같은 재수 없는 작자가 엄청 큰 개들하고 하는 걸 볼 수 있을지도 모르겠군. 이런 재수 없는 작자들이 그런 쇼에 출연한다면 정말 볼 만하겠지. 저 매기라는 년이 그레이트데인하고 하는 걸 구경하고 싶군. 아마 되게 좋아할걸. 저년이 인생에서 원하는 건 바로 그런 거야. 아마 잘 때도 그런 꿈을 꾸는 게 아닐까.

"비켜." 써그는 몰리와 윌시와 프레이저를 향해 말했다. "너희들은 여기 못 들어가. 뭐라고 쓰여 있는지 똑똑히 보라고." 그는 작은 문에 박힌 유리창에 고급스러운 금빛 글자로 쓰인 말을 가리켰다. 클럽 회원 전용. "난 들어갈 수 있지만 말이야." 그는 이렇게 말하고 문손잡이를 잡으려고 했다.

네드 러셀은 재빨리 문 앞으로 가서 다른 사람들을 가로막았다. 1종種 건물을 흘끗 올려다보고, 곧 사람들의 얼굴에 각양각색의 강렬한 욕구가 떠올라 있는 것을 보았다. "아무도 들어가지 않는 편이 나을 겁니다."

"왜 안 된다는 거야?" 몰리는 실망하는 기색이 역력했다. "와인 양조장의 시음실에 들어간다고 무슨 해를 입는 건 아니잖아?"

"와인 양조장이 아냐." 써그는 이렇게 말하고 기쁜 표정으로 껄껄 웃었다. "도대체 넌 뭘 읽은 거야. 혹시 저게 뭐하는 데인지 인정하기가 두려운 거 아냐?" 그러고는 또다시 껄껄 웃었다. "난 저게 뭔지 알아."

"와인 양조장이라니!" 매기가 놀라 외쳤다. "여긴 와인 양조
장이 아니라 인류가 이룩한 최고의 지식을 토론하는 심포지엄
이야. 저기 들어가면 우리는 인간에 대한 신의 사랑, 신에 대한
인간의 사랑에 의해 정화淨化되는 과정을 체험하게 돼."

"특별한 작자들을 위한 특별한 클럽이라니까." 써그가 말했다.

프레이저가 히죽 웃으며 말했다. "정말이지 놀랍군. 현실을
직시하지 않으려고 이 정도로까지 무의식적인 노력을 경주할
수 있다니. 안 그래, 러셀?"

러셀은 말했다. "이 안은 위험합니다. 우리 모두에게." 난 이
게 뭔지 알아. 그는 속으로 말했다. 그리고 내 생각은 옳아. 모
두—나도 포함해서—이 장소를 떠나야 해. "여길 떠나야 합니
다." 그는 강하고 단호한 어조로 말했다. 그 자리에서 꿈쩍도
하지 않은 채로.

모두들 그의 기세에 눌린 듯했다.

"그렇게 생각해, 정말로?" 몰리가 말했다.

"예. 그렇게 생각합니다."

몰리가 다른 사람들을 돌아보며 말했다. "이 친구 얘기가 맞
을지도 몰라."

"정말로 확신하는 건가요, 러셀 씨?" 매기가 자신 없는 목소
리로 물었다. 일동은 문에서 뒤로 물러났다. 조금만. 그러나 그
것으로 충분했다.

써그가 풀 죽은 목소리로 말했다. "폐쇄해버린 게 틀림없어.

놈들은 다른 사람들이 인생의 즐거움을 맛보길 원하지 않으니 말이야. 언제나 그런 식이지."

러셀은 아무 말도 하지 않았다. 단지 우뚝 서서 문을 가로막고, 참을성 있게 기다렸다.

갑자기 몰리가 말했다. "베티 조는 어디 갔어?"

하느님 맙소사. 러셀은 생각했다. 그 여자를 잊고 있었어. 감시했어야 하는 건데. 그는 재빨리 몸을 돌렸고, 일행이 왔던 방향을 바라보았다. 이마에 손을 갖다 대고, 햇살이 내리쬐는 한낮의 강을 응시했다.

여자는 예전에 본 것과 같은 것을 또 보았다. **'건물'**을 볼 때마다, 중앙 출입문 위에 보란 듯이 부착된 거대한 청동제 명판銘板에 쓰인 글씨가 뚜렷하게 눈에 들어온다.

메키스리

여자는 언어학자인 고로 한눈에 무슨 뜻인지 알 수 있었다. 메키스Mekkis는 히타이트어로 힘을 의미한다. 이것이 산스크리트어로 전해지면서 훗날 그리스어와 라틴어로 유입되었고, 마지막에는 현대 영어로까지 들어와서 machine(기계)이나 mechanical(기계적)이란 단어의 어원이 되었다. 이 장소는 그녀를 거부했다. 다른 사람들과는 달리 그녀는 들어갈 수가 없는 곳이다.

죽어버리고 싶어.

이곳에는 우주의 원천이 존재한다…… 적어도 그녀가 이해하는 한은. 그녀는 유출되는 우주의 힘이 동심원상으로 확산한다는 스펙토프스키 이론을 비유가 아닌 글자 그대로의 진실로 받아들이고 있었다. 그러나 그녀 입장에서 이 이론은 신과는 아무 상관도 없었다. 초월적인 측면과는 무관한, 물질적인 진실을 표현한 것이라고 간주했기 때문이다. 알약을 삼키면 잠깐 동안은 힘이 더 집중되며 조금 더 강한 힘의 원을 향해 상승할 수가 있다. 알약을 삼키면 몸이 가벼워지며, 그녀의 능력과 동작과 기력 모두가 마치 더 나은 연료를 공급받은 것처럼 활기를 띤다. 더 잘 불타오른다고나 할까. 그녀는 '**건물**'에서 몸을 돌리고 강으로 되돌아가면서 뇌까렸다. 생각도 더 뚜렷하게 할 수 있지. 지금처럼 낯선 태양 아래에서 축 늘어져서, 멍하게 있는 것이 아니라.

물이 도와줄 거야. 그녀는 되뇌었다. 물에 들어가면 이런 무거운 몸을 지탱할 필요가 없어지잖아. 더 큰 힘을 향해 상승할 수는 없겠지만, 상관없어. 물은 모든 걸 지워주니까. 물은 무겁지도, 가볍지도 않아. 나는 존재하지도 않게 되는 거야.

이런 무거운 몸을 끌고 여기저기로 갈 수는 없어. 너무 무거워. 더 이상 이렇게 지면에 붙어 다닐 수가 없어. 그러니까 자유로워져야 해.

그녀는 여울로 걸어 들어갔다. 그대로 강물 한복판을 향해 걸어갔다. 뒤도 돌아보지 않고.

물이 내가 갖고 있는 알약을 전부 녹였어. 영원히 사라진 거야. 하지만 나는 더 이상 그런 것들을 필요로 하지 않아. 메키스리에 들어갈 수만 있다면…… 혹시 이 몸이 없다면 가능할지도 모르겠군. 거기 가서 다시 만들어달라고 하는 거야. 거기 가서, 존재하는 것을 멈추고, 처음부터 새롭게 시작하는 거지. 다른 지점에서.

지금까지 경험한 것을 또다시 경험하고 싶지는 않아.

등 뒤에서 메키스리의 포효하는 듯한 진동음이 들려온다. 다른 사람들은 이미 거기 들어갔겠군. 왜 언제나 이런 식이어야 하는 걸까? 왜 다른 사람들은 내가 갈 수 없는 곳에 갈 수 있는 걸까? 모르겠어.

이젠 상관없어.

"저기 있어." 매기가 강 쪽을 가리키며 말했다. 손이 파르르 떨린다. "저기 보이지?" 얼어붙은 것처럼 꼼짝도 않고 있던 그녀가 느닷없이 강 쪽으로 달려가기 시작했다. 그러나 강가에 도달하기도 전에 러셀과 몰리에게 추월당했다. 매기는 울음을 터뜨렸다. 그 자리에 멈춰 서서 뒤늦게 달려온 써그와 프레이저가 몰리와 러셀을 따라잡는 광경을 수정처럼 산산조각 난 눈물을 통해 바라보았다. 네 남자와 그 뒤를 쫓는 메리는 황급히 물살을 헤치며 반대편 강둑 쪽으로 조금씩 흘러가고 있는 검은 물체를 향해 갔다.

매기는 우뚝 서서 사람들이 베티 조의 시체를 강둑으로 끌어올리는 광경을 응시했다. 죽었어. 우리가 위터리에 들어갈까 말까 시시콜콜한 논쟁을 벌이던 사이에. 빌어먹을. 그녀는 삭막하게 뇌까렸다. 잠시 후 정신을 가다듬고, 베티 조의 시체 곁에 웅크리고 앉아서 교대로 구강 대 구강 인공호흡을 실시하고 있는 다섯 사람을 향해 걷기 시작했다.

매기는 그들 곁에 가서 섰다. "살릴 수 있어?"

"무리야." 프레이저가 대꾸했다.

"빌어먹을." 매기는 띄엄띄엄 힘없는 목소리로 말했다. "왜 이런 짓을 했을까? 프레이저, 이유가 뭔지 알겠어?"

"오랜 기간에 걸쳐 축적된 억압 때문이겠지."

몰리는 살벌한 눈으로 심리학자를 노려보았다. "멍청한 자식. 이 멍청한 새끼."

"이 여자가 죽은 건 내 탓이 아냐." 프레이저는 불안한 표정으로 더듬거렸다. "제대로 된 심리 테스트를 하기엔 장비가 충분하지 않았어. 필요한 장비가 다 있었다면 미리 알아차리고 이 여자의 자살 경향을 치료했을 거야."

"거류지까지 데려갈 수는 없을까?" 매기는 제대로 말을 잇지도 못하고 울먹였다. "남자 넷이 힘을 합친다면—"

"하류로 내려갈 수 있다면 덜 힘들겠지." 써그가 말했다. "강으로 가면 시간을 반으로 줄일 수 있어."

"배가 없잖아." 메리가 지적했다.

러셀이 말했다. "아까 강을 건너왔을 때 누가 임시로 만들어 놓은 것 같은 뗏목을 봤습니다. 이쪽입니다." 그는 따라오라는 몸짓을 하고 강가를 향해 걸어갔다.

뗏목은 강둑이 돌출한 부분에 걸린 채로 멈춰 있었다. 흐르는 강물 때문에 조금씩 흔들리고 있다. 그것을 보고 매기는 생각했다. 마치 누가 일부러 저기 갖다놓은 것 같아. 죽은 사람을 하나 집으로 데리고 가기 위해서.

"벨스너의 뗏목이야." 이그나츠 써그가 말했다.

"맞아." 프레이저는 오른쪽 귀를 후비며 대답했다. "이 근처에서 뗏목을 만들고 있다는 얘기를 들은 적이 있어. 그래. 통나무를 튼튼한 전선으로 묶어놓았군. 사람이 타도 안전할 정도로 단단히 만들어졌는지는 모르겠지만."

"글렌 벨스너가 만들었다면 안전한 게 맞아." 매기는 거친 어조로 말했다. "저 위에 이 아이를 올려놔." 자비로운 신의 이름으로. 그녀는 생각했다. 모두들 경건하게 행동해야 해. 당신들이 운반하고 있는 건 성스러운 거야.

네 사내는 툴툴거리며 논쟁을 벌이다가 조금 뒤에야 베티 조의 유해를 벨스너의 뗏목 위에 힘겹게 올려놓았다.

베티 조의 유해는 위를 보고 반듯이 누운 자세로 뗏목 위에 실렸다. 두 손을 배 위에 올려놓고 있다. 공허한 두 눈은 무정한 한낮의 하늘을 응시하고 있는 듯했다. 몸에서는 여전히 뚝뚝 물이 흘렀고, 들러붙은 머리카락은 적에게 달라붙어서 결코 떨어지려고 하지 않는 검은 말벌떼처럼 보인다.

베티 조는 죽음의 공격을 받았어. 매기는 생각했다. 죽음의 말벌떼의 공격을. 이제 남은 우리는 어떻게 될까? 다음은 누구 차례일까? 내 차례일 수도 있어. 맞아, 다음은 내 차례일지도 몰라.

"모두 함께 뗏목을 타고 갈 수 있습니다." 러셀은 이렇게 말하고 매기를 돌아보았다. "어느 지점에 상륙하면 되는지 압니까?"

"내가 알아."

그녀가 대답하기 전에 프레이저가 말했다.

"오케이. 그럼 갑시다." 러셀은 사무적인 어조로 말했고, 매기와 메리를 강가로 인도해서 뗏목 위에 태웠다. 그는 두 여자에게 친절했다. 매기가 이런 식으로 기사도 정신을 발휘하는 상대를 만난 것은 오랜만의 일이었다.

"고마워요." 매기는 말했다.

"저걸 봐." 몰리가 **'건물'**을 돌아보며 말했다. 이미 인공적인 배경이 만들어지고 있었다. **'건물'**은 실제로 존재했지만, 어느새 신기루처럼 너울거리고 있었다. 네 사내가 뗏목을 강으로 밀어낸 순간 매기는 **'건물'**의 거대한 잿빛 벽이 가짜 고원의 먼 청동색 풍경 안으로 녹아드는 것을 목격했다.

뗏목이 강 한복판의 흐름을 타면서 속도를 내기 시작했다. 베티 조의 축축한 몸 옆에 앉은 매기는 햇살 속에서 몸을 부르르 떨며 눈을 질끈 감았다. 하느님. 거류지로 무사하게 돌아가게 해주세요. 이 강은 어디로 이어지는 걸까? 그녀는 자문했다. 예전에는 한 번도 본 적이 없는 강이야. 내가 아는 한 거류지 근처를 지나가지도 않아. 예전에 탐험을 나왔다가 거류지로 돌아갔을 때도 강을 따라 간 적은 없었어. 결국 큰 소리로 자기 생각을 말했다. "무슨 이유에서 이 강을 따라 가면 집으로 돌아갈 수 있다는 거야? 모두들 제정신이 아닌 것 같아."

"그렇다고 거류지까지 떠메고 갈 수는 없는 노릇이잖아." 프레이저가 말했다. "그리고 가기엔 너무 멀어."

"하지만 이렇게 강을 따라 가면 거류지에서는 점점 더 멀어질 뿐이야." 매기가 말했다. 그렇다는 확신이 있었다. "난 내릴래!" 이러면서 황급히 일어서려고 했다. 그러나 뗏목의 속도가 너무 빨라서 뛰어내리는 것은 무리였다. 강둑의 윤곽이 너무나도 빠르게 획획 지나가는 것을 보고 매기는 함정에 갇힌 듯한 두려움에 사로잡혔다.

"강물로 뛰어들면 안 됩니다." 러셀이 그녀의 팔을 잡으며 말했다. "괜찮으니까 걱정 마십쇼. 모두 잘 해결될 겁니다."

뗏목의 속도가 점점 더 빨라졌다. 이제 입을 여는 사람은 아무도 없었다. 그들은 말없이 햇살을 느꼈고, 주위를 에워싼 물을 느꼈다…… 모두들 지금까지 일어난 일 때문에 두려움에 사로잡히고, 의기소침해진 상태였다. 앞으로 또 무슨 일이 일어날지 몰라서 두려워. 매기는 뇌까렸다.

"뗏목이 있다는 걸 어떻게 알고 있었어?" 몰리가 러셀에게 물었다.

"알다시피, 우연히 그쪽을 보다가—"

"다른 사람은 아무도 못 봤잖아." 몰리는 상대방의 말을 가로막았다.

러셀은 아무 말도 하지 않았다.

"자네는 인간이야, 현시야?" 몰리가 물었다.

"내가 신의 현시라면 이 여자가 익사하기 전에 구했을 겁니다." 러셀은 신랄한 어조로 대꾸했다. 그러고는 매기에게 말했다. "내가 현시로 보입니까?"

"아뇨." 그녀는 대꾸했다. 사실이라면 얼마나 좋았을까. 지금 우리들처럼 절실하게 중재仲裁가 필요한 사람들은 없어.

러셀은 허리를 구부리고 죽은 베티 조의 젖은 흑발을 만졌다. 모두가 말없이 앉아 있었다.

토니 덩클웰트는 무더운 방 안에 틀어박혀서 책상다리를 하고 앉아 있었다. 수지를 죽인 건 나야.

내가 기적을 일으켰을 때, 내 부름에 응해서 나타난 것은 **'형상 파괴자'**였던 게 틀림없어. **'형상 파괴자'**가 빵을 돌로 바꿨고, 수지에게서 그 돌을 빼앗은 다음 그걸로 수지를 죽인 거야. 내가 만든 돌로. 어떤 각도에서 보든 결국은 내 잘못이야.

귀를 기울였지만 아무 소리도 들리지 않았다. 사람들의 반은 거류지 밖으로 나갔다. 나머지 반도 망각 속으로 가라앉았다. 아마 모두들 가버렸는지도 모르겠군. 나 홀로 여기 남아서……**'형상 파괴자'**의 소름끼치는 수중에 떨어지는 건가.

"나는 **'케모쉬의 검'**을 받겠노라. 그리고 그것을 써서 **'형상 파괴자'**를 죽이겠노라." 덩클웰트는 큰 소리로 말하며 손을 들어 올렸고, 검을 찾아서 공중을 더듬었다. 명상하던 중에 본 적이 있지만, 지금까지는 결코 손을 대지 않았던 검을. "**케모쉬의 검'**을 내게 내려줘. 그럼 내 손으로 그 목적을 이룰게. **'검은**

자'를 찾아내서 영원히 말살해버리겠어. 다시는 일어날 수 없도록."

기다렸지만, 아무것도 나타나지 않았다.

"부탁이야." 이렇게 말한 순간 생각이 났다. 더 깊은 곳으로 내려가서 우주적 자아와 융합해야 해. 난 아직도 분리된 상태야. 그는 눈을 질끈 감고 몸을 강제로 이완시켰다. 받아들여. 우주적 자아를 내 안에 쏟아부을 수 있을 만큼 투명하고, 텅 빈 상태가 되어야 해. 다시 한 번 빈 용기가 되는 거야. 지금까지 수없이 그래왔던 것처럼.

그러나 지금은 그럴 수가 없었다.

난 불순해. 그는 자각했다. 그래서 아무것도 보내오지 않는 거야. 내가 저지른 일 때문에 받아들이는 능력뿐만 아니라 그걸 보는 능력까지 잃어버렸어. 이제 **'신 위의 신'**을 다시는 못 보는 걸까? 모두 끝장이 난 걸까?

벌을 받은 건가.

하지만 나는 벌 받을 만한 짓을 하지 않았어. 수지는 그리 중요한 존재가 아니었어. 맛이 간 여자였고. 돌이 수지를 버린 것도 수지에게 반발했기 때문이야. 맞아. 돌은 순수했지만 수지는 불순했어. 하지만 그런 식으로 죽다니 정말 끔찍해. 밝음, 활기, 빛― 수지는 이 세 가지를 모두 가지고 있었는데. 그렇지만 그녀가 발산하던 것은 부서지고 파손된 빛이었어. 사람을 태우고, 화상을 입히는…… 이를테면 나를. 내게는 맞지 않는 것이었어. 따라서 내가 무슨 일을 했든 그건 정당방위야. 명백하게.

"검이여. 분노하는 **'케모쉬의 검'**이여. 내게로 오라." 덩클웰트는 앞뒤로 몸을 흔들며 머리 위의 섬뜩한 공간으로 다시 손을 뻗었다. 허공을 더듬던 손이 사라졌다. 그는 손이 사라지는 광경을 보았다. 손가락이 허공 속을 더듬거리고 있었다. 끝없는 허공, 인간의 인식을 초월한 허무 속을 더듬고 있었다…… 계속 그렇게 더듬고, 더듬다가, 갑자기 손가락 끝에 닿는 것이 있었다.

닿기는 했지만…… 쥘 수가 없다.

맹세하겠어. **'검'**을 내게 준다면 반드시 쓰겠어. 죽은 그녀의 원수를 갚을 거야.

또다시 손에 닿았지만, 쥘 수가 없었다. 거기 있는 걸 알아. 손으로도 만질 수 있어.

"내게 그걸 내려줘!" 그는 큰 소리로 말했다. "맹세코 유용하게 쓸게!"

기다렸다. 그러자 빈 손바닥 위에 뭔가 딱딱하고, 육중하고, 차가운 것이 놓였다.

'검'이다. 그는 그것을 쥐고 있었다.

조심스레 **'검'**을 아래로 끌어당겼다. 열과 빛으로 숭고하게 타오르는 **'검'**의 위광威光이 방 안을 가득 채웠다. 흥분한 나머지 벌떡 일어섰다가 **'검'**을 떨어뜨릴 뻔했다. 드디어 내 손에 들어왔어. 그는 환희에 찬 어조로 되뇌었다. 방문을 향해 달려가자 꽉 쥐지 못한 탓인지 **'검'**이 허우적거렸다. 문을 열고 한낮의 햇살 속으로 나가서 주위를 돌아보았다. "어디 있는가, 강대한 **'형상 파괴자'**여, 생명을 부패시키는 자여. 이리로 와서 나와 싸우라!"

포치를 따라 비칠거리며 천천히 다가오는 그림자가 보였다. 구부정한 자세로 기어오듯 움직이고 있다. 마치 대지 내부의 어둠에 더 익숙한 것처럼. 그림자는 막이 낀 잿빛 눈으로 그를 올려다보았다. 그는 그것의 몸에 먼지처럼 들러붙은 웃옷을 보았고, 이해했다……. 구부정한 몸 위로 먼지가 소리 없이 흘러내리며 공기 중으로 퍼져나간다. 그림자는 고운 먼지의 줄을 뒤로 길게 끌고 있었다.

지독하게 썩었다. 누렇게 뜬 주름투성이의 살갗이 섬약한 뼈를 덮고 있는 형국이다. **'형상 파괴자'**의 뺨은 홀쭉했고 이는 없었다. 그를 보더니 절뚝거리며 다가왔다. 비칠비칠 다가오면서, 끽끽 알아들을 수 없는 말을 더듬거렸다. 바싹 마른 손을 이쪽으로 내밀더니 쉰 목소리로 말했다. "어이 토니. 잘 있었어?"

"나를 만나러 온 거야?"

"응." 그것은 헐떡거리더니 한걸음 더 다가왔다. 냄새를 맡을 수 있을 정도로 가깝게. 곰팡내와 몇 세기나 된 부패의 냄새가 뒤섞인 숨결이 코를 찌른다. 수명이 얼마 남지 않은 듯했다. 그것은 그의 몸을 더듬으며 캑캑 웃었다. 턱을 타고 흘러내린 침이 포치 바닥으로 뚝뚝 떨어졌다. 부스럼으로 뒤덮인 손등으로 침을 닦으려고 했지만, 제대로 닦지도 못했다. "잠깐 자네한테─" 상대방이 이렇게 운을 뗀 순간 그는 **'케모쉬의 검'**으로 그것의 불뚝하게 튀어나온 부드러운 배를 푹 찔렀다.

'검'을 뽑는 것과 동시에 희고 퉁퉁한 구더기들이 한움큼 밖으로 흘러나왔다. 그러자 그것은 또다시 캑캑거리며 웃었다. 그 자리에 우뚝 선 채로 비틀거리며, 한쪽 팔과 손으로 그를 더듬으려고 했다……. 그는 뒤로 물러섰고, 그것 앞에 산처럼 쌓이는 구더기들로부터 고개를 돌렸다. 피는 나오지 않았다. 부패한 물질을 싼 거죽에 불과했기 때문이다.

그것은 한쪽 무릎을 꿇었다. 여전히 캑캑거리고 있다. 그런 다음, 발작적으로 자기 머리카락을 쥐어뜯었다. 머리카락을 움켜쥔 손가락들 사이로 길고 윤기 없는 머리카락 한 오라기가 출현했다. 그 머리카락을 뜯어내더니 그를 향해 내밀었다. 마치 값을 매길 수 없을 정도로 귀중한 물건을 주겠다는 듯이.

그는 그것을 다시 찔렀다. 이제는 퀭한 표정으로 쓰러진 채로 움직이지 않는다. 두 눈이 들러붙더니, 입이 멍하게 열렸다.

그 입에서 터무니없이 거대한 거미처럼 보이는 북슬북슬한 생물이 기어 나왔다. 그는 그것을 밟아 으깼고, 완전히 짓이겼다.

나는 '**형상 파괴자**'를 죽였어. 그는 말했다.

멀리서, 시설 부지 반대편에서 목소리가 들려왔다. "토니!" 누군가가 달려오고 있다. 처음에는 누군지 알아볼 수가 없었다. 손으로 햇살을 가린 다음 눈을 가늘게 뜨고 그쪽을 보았다.

글렌 벨스너. 전속력으로 달려오고 있다.

"'**형상 파괴자**'를 죽였어." 토니는 격하게 가슴을 들먹이며 포치로 뛰어올라온 벨스너에게 말했다. "자, 보라고." 그는

'검'으로 그들 사이에 쓰러져 있는 뒤틀린 형체를 가리켰다. 단말마의 순간 두 다리를 끌어 올리며 태아처럼 웅크린 자세를 취한 듯했다.

"이건 버트 코슬러잖아!" 벨스너는 헐떡이며 외쳤다. "이런 노인을 죽이다니!"

"아냐." 토니는 이렇게 대꾸하고 아래를 내려다보았다. 거류지의 관리인인 코슬러가 쓰러져 있었다. "'**형상 파괴자**'에게 빙의당한 상태였어." 이렇게 말하기는 했지만, 본인도 그 말을 믿고 있지는 않았다. 자기가 무슨 짓을 했는지를 보고, 무슨 짓을 했는지를 알아차렸던 것이다. "미안해. '**신 위의 신**'에게 되살려 달라고 부탁해볼게." 그는 몸을 돌려 방 안으로 뛰어 들어갔다. 문을 잠그고 서서 몸을 떨었다. 욕지기가 목까지 차오른다. 그는 캑캑거리며 눈을 깜박였…… 갑자기 배가 찌르는 듯이 아파왔다. 그는 몸을 푹 꺾고 고통으로 신음했다. 쥐고 있던 '**검**'이 육중한 소리를 내며 바닥으로 떨어졌다. 철거덕 하는 소리에 화들짝 놀란 그는 검을 내버려두고 뒷걸음쳤다.

"문 열어!" 벨스너가 밖에서 고함을 질렀다.

"싫어." 이가 덜덜 떨렸다. 소름끼치는 냉기가 팔다리를 꿰뚫고 지나갔다. 냉기가 뱃속의 구토감과 결합하자 고통은 더 심해졌다.

문간에서 엄청난 굉음이 울려 퍼졌다. 문이 흔들리더니 삐걱거렸고, 갑자기 활짝 열렸다.

벨스너가 그곳에 서 있었다. 음울한 표정을 한 잿빛 머리 사내는 군용 권총으로 방 안을 똑바로 겨냥했다. 토니 덩클웰트를.

덩클웰트는 허리를 굽히고 '**검**'을 향해 손을 뻗쳤다.

"그만둬. 그만두지 않으면 사살하겠어." 글렌 벨스너가 말했다.

덩클웰트의 손이 검의 자루를 쥐었다.

벨스너는 그를 쏘았다. 지근거리에서.

10

뗏목이 하류로 흘러가는 동안 네드 러셀은 생각에 잠긴 표정으로 먼 곳을 바라보고 있었다.

"뭘 찾고 있어?" 몰리가 물었다.

러셀은 손을 들어 가리켰다. "저기 하나 보이는군요." 그는 매기 쪽으로 몸을 돌리고 물었다. "저게 맞습니까?"

"맞아요. 대大 텐치죠. 아니면 그것에 필적하는 덩치를 가진 놈이든가."

"저 녀석들에게 어떤 종류의 질문을 해봤습니까?" 러셀이 물었다.

매기는 놀란 표정으로 말했다. "질문 같은 건 하지 않아요. 의사소통을 할 방법이 아예 없으니까요— 우리가 조사해본 바로는 텐치는 언어도, 발성 기관도 갖고 있지 않아요."

"텔레파시는?" 러셀이 물었다.

"텔레파시는 쓰지 않아." 프레이저가 말했다. "그건 우리도 마찬가지고. 저 녀석들이 하는 일이라고는 물체의 복제를 찍어내는 게 전부야…… 그것도 며칠 지나면 녹아버리는 복제를."

"의사소통이 가능할 겁니다." 러셀이 대꾸했다. "우선 이 뗏목을 저기 여울에 대면 어떨까요. 저 텐치라는 생물과 의논하고 싶은 일이 있어서요." 그는 강물 속으로 내려갔다. "모두 내려서 뗏목 끄는 걸 도와주십시오." 결연한 어조였다. 얼굴 표정도 다른 사람들에 비해 단호했다. 그래서 일동은 한 사람씩 물속으로 들어왔다. 이제 뗏목 위에 남은 것은 베티 조의 말없는 유해뿐이었다.

힘을 합쳐 단 몇 분 만에 풀로 뒤덮인 강변에 뗏목을 갖다 댔다. 강둑의 회색 진흙 속에 뗏목을 푹 박아 넣는 방법으로 뗏목을 단단히 계류한 다음, 강둑 위로 기어올라 갔다.

젤라틴상狀의 물질로 이루어진 거대한 입방체는 가까이 다가 갈수록 머리 위로 우뚝 솟아오르는 것처럼 보였다. 햇살이 젤라틴 위로 수많은 빛의 반점을 흩뿌리고 있었다. 마치 입방체의 내부에 사로잡힌 느낌이다. 유기체의 내부는 움직이며 빛을 발하고 있었다.

예상했던 것보다 훨씬 크군. 몰리는 뇌까렸다. 마치― 영원히 이곳에 있던 것처럼 보인다. 수명은 얼마나 되는지 궁금했다.

"저것 앞에 물건을 놓아두면 돼." 써그가 말했다. "그럼 저놈은 자기 몸 일부를 앞으로 내밀고, 그것이 변하면서 복제물이 되는 식이지. 자, 내가 보여줄게." 그는 물이 묻은 손목시계를 텐치 앞의 지면에 던졌다. "어이 젤리 덩어리. 그걸 복제해봐."

젤라틴이 물결쳤고, 써그의 예고대로 그 일부가 밖으로 흘러 나와서 시계 옆에서 멈췄다. 젤리 덩어리의 색깔이 변하며 은 빛을 띠는가 싶더니 곧 납작해졌다. 은빛 물질이 형태를 갖추기 시작한다. 그 상태로 몇 분이 흘렀다. 마치 텐치가 휴식을 취하고 있는 듯한 느낌이었지만, 분비된 젤리 덩어리가 느닷없이 가죽 벨트가 딸린 원반으로 변했다. 그 옆에 떨어져 있는 진짜 손목시계와 똑같은 물체로…… 아니, 거의 똑같다고 해야 할지도 모르겠군. 몰리는 생각했다. 진짜만큼 반짝거리지는 않고, 어딘가 우중충한 느낌을 주기 때문이다. 하지만— 기본적으로는 거의 성공했다고 보아도 좋을 듯했다.

러셀은 풀밭 위에 앉아서 호주머니를 뒤지기 시작했다. "젖지 않은 종이조각이 필요합니다."

"내 핸드백 속에 아직 마른 종이가 들어 있을 거예요." 매기가 말했다. 백 속을 뒤져서 찾아낸 작은 메모장을 러셀에게 건넨다. "펜도 줄까요?"

"펜은 갖고 있습니다." 러셀은 가장 위에 있는 메모지에 검은 글씨를 썼다. "이건 질문입니다." 그는 메모를 마친 다음 종이조각을 들어 올렸고, 소리 내어 읽었다. "이곳, 델맥-O에 와 있는 우리들 중에서 몇 사람이 더 죽게 되는가?" 그는 종이조각을 접어 텐치 앞에 내려놓았다. 두 개의 손목시계 옆에.

텐치의 젤라틴이 부글거리더니 또다시 몸의 일부를 유출하기 시작했다. 분비물은 러셀이 내려놓은 종이조각 옆에 산처럼 쌓였다.

"그냥 질문을 복제하는 게 아냐?" 몰리가 물었다.

"그건 두고 봐야 알겠죠." 러셀이 말했다.

써그가 말했다. "너 머리가 좀 이상한 거 아냐?"

러셀은 써그를 훑어보며 대꾸했다. "당신은 남의 머리 상태에 대해서 좀 괴상한 기준을 갖고 있는 것 같군요, 써그."

"나하고 한판 해보자, 이거야?" 써그는 얼굴을 붉게 물들이며 내뱉었다.

매기가 말했다. "저걸 봐. 종이조각이 복제되고 있어."

텐치 바로 앞에 두 장의 메모지가 놓여 있었다. 러셀은 잠깐 기다렸다가, 두 개의 종이조각을 집어 올렸다. 복제 과정이 완료되었다고 판단한 듯했다. 러셀은 양쪽 모두를 펴더니, 한참 동안 빤히 바라보고 있었다.

"질문에 대답했어?" 몰리가 말했다. "아니면, 똑같은 질문이 쓰여 있어?"

"대답했습니다." 러셀은 메모지 하나를 몰리에게 건넸다.

그곳에 쓰인 글은 짧고 간단했다. 오독의 여지가 없었다. **너희가 거류지로 돌아가도 동족들과 만나는 일은 없을 것이다.**

"우리의 적이 누군지 물어봐." 몰리가 말했다.

"오케이." 러셀은 새로운 메모지에 질문을 적은 다음 접어서 텐치 앞에 놓았다. "'우리의 적은 누구인가?' 궁극적인 질문이라고 할 수 있겠군요."

텐치가 대답을 적은 종이쪽지를 만들어내자 러셀은 재빨리 그것을 집어 들었다. 자세히 훑어보더니 큰 소리로 읽었다. **"유력한 집단."**

"그건 대답이라고 할 수도 없잖아." 매기가 말했다.

러셀이 말했다. "그 이상은 모르는 것이 틀림없습니다."

"그럼 이렇게 물어봐. '우리는 어떻게 해야 하는가?' 라고 말이야." 몰리가 말했다.

러셀이 질문을 써서 다시 텐치 앞에 놓았다. 이윽고 대답이 돌아왔다. 그는 또다시 큰 소리로 읽으려다가, 변명하듯이 "좀 길군요"라고 말했다.

"좋아. 질문 내용을 감안하면 긴 게 당연해." 프레이저가 말했다.

"비밀스러운 힘들이 작용해서, 함께 있어야 할 자들을 한 곳에 모으려 하고 있다. 우리는 이런 유혹에 굴복해야 한다. 그러면 잘못을 저지르는 일은 없을 것이다."

러셀은 곰곰이 생각하는 기색이었다. "이렇게 두 조로 갈라지지 말았어야 했습니다. 일곱 명씩이나 한꺼번에 거류지를 떠나온 것은 명백한 실수입니다. 그냥 거기 머물러 있었다면 베티 조는 아직도 살아 있을 테니까요. 지금부터는 각자가 서로에게서 눈을 떼지 말아야—" 러셀은 입을 다물었다. 텐치에게서 젤라틴 덩어리가 하나 더 밀려나오고 있었다. 젤라틴은 아까와 마찬가지로 접힌 종이로 변했다. 러셀은 그것을 집어 들었고, 펼친 다음 읽었다. "당신 앞으로 온 겁니다, 몰리 씨." 그는 몰리에게 종이쪽지를 건넸다.

"인간은 종종 다른 사람들과 합류하고 싶어 하지만, 그들이 이미 하나의 그룹을 형성하고 있는 탓에 고립된 채로 남아 있어야 하는 경우가 있다. 그럴 때는 닫힌 집단에 가입하는 것을 도울 수 있는, 해당 그룹의 중심에 근접한 인물과 손을 잡으라."

몰리는 종이를 구깃구깃 뭉쳐서 땅에 떨어뜨렸다. "벨스너 애기로군. 중심에 근접한 인물은." 내가 외부로부터 고립됐다는 건 사실이야. 하지만 그런 사람은 나 혼자가 아니잖아. 벨스너도 나와 크게 다르지 않아.

"내 얘기일지도 모릅니다." 러셀이 말했다.

"아냐." 몰리는 대꾸했다. "글렌 벨스너가 맞아."

프레이저가 말했다. "나도 묻고 싶은 게 하나 있어." 그가 손을 내밀자 러셀은 펜과 종이를 건넸다. 프레이저는 빠르게 뭐라고 끼적이고는 자기 질문을 읽었다. "네드 러셀을 자칭하는 사내는 누구인가. 또는 무엇인가?" 그는 그 질문을 텐치 앞에 내려 놓았다.

대답이 적힌 쪽지가 출현하자 러셀이 그것을 집어 들었다. 워낙 매끄럽고 자연스러운 동작이었던지라 땅에 떨어져 있던 종이쪽지가 어느새 그의 손으로 이동한 것처럼 느껴졌다. 러셀은 침착하게 그것을 읽더니 이내 몰리에게 건넸다. "대신 낭독해주십시오."

몰리는 그렇게 했다. "전진하든 후퇴하든 모든 행동은 위험으로 이어진다. 탈출은 논외다. 위험이 찾아오는 것은 한 사람이 너무나

202

도 야심차기 때문이다."그는 프레이저에게 그 쪽지를 건넸다.

"전혀 뜻이 안 통하잖아." 써그가 말했다.

"우리가 무슨 행동을 하더라도 러셀 때문에 실패한다는 뜻이야." 프레이저가 말했다. "어디를 둘러봐도 위험투성이지만 우린 거기서 도망칠 수가 없어. 러셀의 야심 때문에." 프레이저는 떠보는 듯한 눈으로 한참 동안 러셀을 쳐다보았다. "자네가 가진 야심이라는 게 도대체 뭐야? 왜 우리를 일부러 위험으로 몰아가려는 거지?"

러셀이 말했다. "내가 당신들을 위험으로 몰아간다고 쓰인 것은 아니지 않습니까. 그저 위험이 찾아온다는 얘기에 불과합니다."

"그럼 야심은? 그건 명백하게 자네 얘기잖아."

"내가 가진 유일한 야심은 유능한 경제학자가 되어서 사회에 공헌하는 것입니다. 그래서 전근 신청을 냈던 거죠. 예전에 하던 일은—내 탓은 아니지만—무미건조하고 무의미한 일이었습니다. 그래서 이곳 델맥-O로 전근 명령을 받고 그렇게 기뻐했던 겁니다." 그는 잠시 후 이렇게 덧붙였다. "그 생각은 여기 도착한 뒤로는 좀 바뀌었습니다만."

"그건 우리도 마찬가지야." 몰리가 말했다.

"오케이." 프레이저가 까다로운 어조로 말했다. "텐치로부터 약간 정보를 얻긴 했지만 별 도움은 되지 않는군." 그는 음울하고 쓰디쓴 미소를 떠올렸다. "우리의 적은 '유력한 집단'이니까, 모두 서로에게서 떨어지지 말고 바싹 붙어 있어. 안 그랬다가는 한 사람씩 당할 게 뻔하니까 말이야." 프레이저는 생각에 잠긴 투로 말을 이었다. "게다가 여긴 사방팔방 위험투성이야. 우리가 뭘 하든 그 사실을 바꿀 수는 없어. 그리고 여기 이 러셀은 야심을 품고 있기에 우리에게는 위험한 존재야." 그는 몰리에게 몸을 돌리고 말했다. "저 작자가 어느새 우리 여섯 사람의 리더 노릇을 하고 있다는 사실을 눈치챘어? 마치 당연하다는 듯이 말이야."

"당연한 귀결이라고 생각합니다만." 러셀이 말했다.

"결국 텐치 말이 옳았던 거야." 프레이저가 말했다.

잠시 후 러셀은 고개를 끄덕였다. "그렇군요. 맞습니다. 하지만 누군가는 리더 노릇을 해야 하지 않습니까?"

"거류지로 돌아가면 리더 자리에서 물러나고, 글렌 벨스너를 그룹 전체의 리더로 받아들일 용의가 있나?" 몰리가 물었다.

"그가 유능하다면 그러겠습니다."

프레이저가 말했다. "글렌 벨스너를 고른 건 우리야. 싫든 좋든 우리가 뽑은 리더라고."

"하지만 나는 투표할 기회가 없었습니다." 러셀은 이렇게 말하며 미소 지었다. "그래서 그 결정에 속박될 이유는 없다고 생각합니다."

"텐치한테 하고 싶은 질문이 두 개 더 있어." 매기가 말했다. 펜과 종이쪽지를 집어 들고 꼼꼼하게 뭔가를 적는다. "내 질문은 이거야. '왜 우리는 살아 있는가?'" 그녀는 텐치 앞에 종이쪽지를 놓고 기다렸다.

그들이 받은 대답에는 이렇게 쓰여 있었다.

완전한 소유 상태와 힘의 절정에 도달하기 위해.

"애매모호하구먼." 프레이저가 말했다. "'완전한 소유 상태와 힘의 절정에 도달하기 위해'서라. 흥미롭군. 우리 인생의 목적이 그런 거였어?"

매기는 또다시 질문을 썼다. "이번에는 이렇게 물어봤어. '신은 존재하는가?'" 그녀는 텐치 앞에 종이쪽지를 놓았다. 모든 사람이─써그까지도─긴장하며 기다렸다.

대답이 돌아왔다.

무슨 얘기를 해도 너희들은 믿지 않을 것이다.

"그게 무슨 뜻이지?" 써그가 거칠게 내뱉었다. "아무 뜻도 없잖아. 의미가 없다, 그런 뜻인 거야?"

"하지만 사실입니다." 러셀이 지적했다. "신이 없다고 했다면 당신들은 믿지 않았을 겁니다. 안 그렇습니까?" 그는 몸을 돌리고 묻는 듯한 눈으로 매기를 보았다.

"맞아요." 매기는 말했다.

"그럼 신이 있다는 대답이 돌아왔다면?"

"이미 믿고 있는걸요."

러셀은 이 대답에 만족한 듯했다. "따라서 텐치의 말은 옳았습니다. 그런 질문에 뭐라고 대답하든 우리 입장에서는 아무것도 변하지 않습니다."

"하지만 존재한다고 대답했으면 확신을 가질 수 있었을 텐데." 매기가 말했다.

"확신이 있다며?" 몰리가 되물었다.

"하느님 맙소사." 써그가 외쳤다. "뗏목에 불이 붙었어!"

놀라서 펄쩍 뛰어오른 일동의 눈에 활활 타면서 용솟음치는 불길이 들어왔다. 나무가 딱딱 소리를 내며 불타오르고, 반짝이는 재로 변한다. 여섯 사람은 강을 향해 필사적으로 달려갔다…… 하지만 너무 늦었어. 몰리는 생각했다.

강둑에 서서 속수무책으로 바라보는 수밖에 없었다. 불타는 뗏목은 강물 한복판으로 흘러갔다. 한복판에 도달하자 불길에 휩싸인 채 하류로 떠내려가기 시작했다. 뗏목의 모습이 점점 작아지다가, 마지막에는 노란 불꽃으로 변했다. 이제는 보이지도 않는다.

잠시 후 러셀이 말했다. "너무 상심할 필요는 없습니다. 저건 죽음을 축하하는 북구의 풍습이니까요. 바이킹이 죽으면 죽은 사람의 방패 위에 눕힌 다음 그 사람의 배에 태웠습니다. 그런 다음 그 배에 불을 붙이고 바다로 떠내려가도록 놓아두는 방식이죠."

몰리는 깊은 생각에 잠겼다. 바이킹이라. 강이 있고, 그 너머에는 불가사의한 건물이 존재한다. 강은 라인 강이고, **'건물'**은 발할라라고 해야 하나. 베티 조의 유해를 실은 뗏목에 불이 붙어서 저렇게 떠내려간 것도 이걸로 설명할 수 있다. 섬뜩하군. 그는 부르르 몸을 떨었다.

"왜 그러는 겁니까?" 몰리의 안색이 변한 걸 눈치챈 러셀이 말했다.

"한순간이나마 이해했다고 생각했거든." 몰리는 대꾸했다. 그러나 그랬을 리가 없다. 틀림없이 다른 방식으로 설명할 수 있을 것이다.

그렇다면 우리의 질문에 대답해주는 텐치는— 처음에는 이름이 생각나지 않았지만, 곧 기억이 났다. 에르다Erda. 그렇다. 미래를 아는 대지의 여신, 보탄이 한 질문에 대답해준 바로 그 여신이다.

그리고 보탄은 변장하고 인간들 사이에서 돌아다닌다고 했다. 그를 알아보는 방법은 단 한 가지, 외눈인지 확인하는 것이다. 보탄은 방랑자라고도 불린다.

"시력이 어떻게 돼?" 몰리는 러셀에게 물었다. "양쪽 모두 2.0?"

러셀은 깜짝 놀란 표정으로 대답했다. "아니— 사실을 말하자면 그렇지 않습니다. 왜 그런 질문을?"

"한쪽 눈이 의안이야." 프레이저가 말했다. "전부터 눈치채고 있었어. 오른쪽 눈이 의안이야. 아무것도 못 보지만, 눈의 근육에 의해 움직이기는 하는군. 마치 진짜인 것처럼 말이야."

"그게 사실이야?" 몰리가 물었다.

"예." 러셀은 고개를 끄덕였다. "하지만 당신들하고는 상관없는 일입니다."

그리고 보탄은 신들을 파멸시키고, 자기 야심을 위해서 '**신들의 황혼**Die Götterdämmerung'을 불러온다. 몰리는 기억을 떠올렸다. 보탄의 야심이 뭐였더라? 신들의 성인 발할라를 짓는 일이었다. 흐음, 발할라가 건조된 것은 확실하다. 와이너리라는 간판이 붙어 있었지만, 와이너리가 아니었던 것이다.

그리고 발할라는 마지막에는 라인 강에 잠겨 사라질 운명이다. 그러면 라인의 황금은 라인의 처녀들에게 다시 돌아간다.

그러나 그런 일은 아직 일어나지 않았어.

스펙토프스키의 '책'에도 이런 얘기는 없었어!

글렌 벨스너는 몸을 떨며 오른쪽에 있는 옷장 위에 권총을 내려놓았다. 눈앞에는 덩클웰트가 여전히 황금으로 만든 거대한 검을 쥔 채 쓰러져 있었다. 입에서 나온 소량의 피가 뺨을 따라 가늘게 흘러내리며 플라스틱 방바닥에 깔린 수제 융단 위로 뚝뚝 떨어진다.

총소리를 들은 배블이 달려왔다. 그는 포치 위에 있는 버트 코슬러의 시체 곁에 헐레벌떡 멈춰 섰다. 배블은 비쩍 마른 노인의 몸을 뒤집고 검에 찔린 상처를 조사했고…… 벨스너 쪽을 흘끗 보고는 방으로 들어왔다. 두 사내는 우뚝 서서 방바닥의 시체를 내려다보았다.

"내가 쐈어." 벨스너가 말했다. 여전히 총소리 때문에 귀가 먹먹했다. 납으로 만든 탄환을 발사하는 고색창연한 골동품 권총이었다. 그가 어디든 가지고 다니는 잡동사니 컬렉션의 일부이다. 벨스너는 포치 쪽을 가리켰다. "늙은 버트한테 이 녀석이 무슨 짓을 했는지 봤지."

"그럼 자네까지 찌르려고 했어?"

"응." 글렌 벨스너는 손수건을 꺼내 코를 풀었다. 손이 덜덜 떨렸다. 지독하게 비참한 기분이었다. "이런 어린 녀석까지 죽여야 하다니 정말로 끔찍해." 그는 자기 목소리가 비통하게 떨리는 것을 자각했다. "하지만 하느님— 내가 먼저 쏘지 않았더라면 나를 죽이고, 그다음에는 자네를, 그리고 로킹엄 여사까지 죽였을 거야." 그 고상한 노부인이 살해당할지도 모른다는 생각…… 벨스너의 경우는 바로 그런 가능성이 가장 강력한 동기로 작용했다고 할 수 있었다.

그냥 몸을 피할 수도 있었다. 배블도 마찬가지다. 그러나 로킹엄 여사는 그러지 못했을 것이다.

배블이 말했다. "이 녀석을 광기로 몰아넣고, 현실과의 접점을 잃게 만든 것이 수지 스마트의 죽음이라는 건 명백해 보이는군. 보나마나 자기 탓이라고 생각했겠지." 배블은 허리를 굽히고 검을 집어 올렸다. "도대체 어디서 이런 걸 가져왔는지 모르겠군. 한 번도 본 적이 없는 물건인데."

"이 녀석은 언제나 미쳐버리기 직전이었어." 벨스너가 말했다. "줄곧 그놈의 '트랜스' 상태에 빠져 있었으니 이상할 것도 없겠군. 버트를 죽이라고 명령하는 신의 목소리를 들은 건지도 몰라."

"자네한테 사살당하기 전에 뭐라고 하진 않든가?"

"'난 '형상 파괴자'를 죽였어.' 이러더군. 그런 다음 버트의 시체를 가리키고 '보라고' 뭐 이런 얘기를 했어." 벨스너는 힘없이 어깨를 으쓱해 보였다. "흐음, 버트는 나이가 많았어. 몸도 많이 삭은 상태였지. '형상 파괴자'의 손길이 몸 구석구석까지 미치고 있었다고나 할까. 그런 걸 확실하게 아는 건 오직 신 밖에는 없지만. 토니는 나를 알아보는 것 같았어. 하지만, 그땐 어차피 완전히 발광한 상태였어. 횡설수설하다가 갑자기 검을 집어 들려고 하더군."

두 사내는 잠시 침묵했다.

"이걸로 사망자 수가 넷으로 늘었군." 배블이 말했다. "더 늘었지도 모르지만."

"'더 늘었을지도 모르지만' 이라니, 그게 무슨 뜻이야?"

"오늘 아침에 여길 떠난 사람들 얘기를 하는 거야. 매기, 새로 도착한 러셀, 몰리 부부—"

"아마 다들 괜찮을 거야." 이렇게 말하면서도 벨스너는 자기 말을 믿을 수가 없었다. "아냐. 아마 모두 죽었을지도 모르겠군. 일곱 명 모두."

"진정하게." 배블이 말했다. 조금 두려워하는 기색이었다.

"자네의 그 총은 아직도 장전되어 있나?"

"응." 글렌 벨스너는 권총을 집어들고 탄창을 비운 다음 총알을 모두 배블에게 건넸다. "자네가 갖고 있어. 앞으로 무슨 일이 일어나든 간에 더 이상은 사람을 쏠 생각이 없어. 우리들 중한 사람을 구하기 위해서든 우리 모두를 구하기 위해서든 말이야." 벨스너는 의자로 가서 앉았고, 떨리는 손으로 담배를 꺼내서 불을 붙였다.

"만약 사문위원회가 열린다면, 토니 덩클웰트가 정신의학적인 관점에서 완전히 미친 상태였음을 기꺼이 증언할 용의가 있네." 배블이 말했다. "하지만 토니가 버트 노인을 죽였다거나 자네를 공격했다고 증언할 수는 없어. 그러니까, 난 단지 자네에게 그 사실을 전해 들은 것에 불과하다는 뜻이야." 그러고는 재빨리 이렇게 덧붙였다. "물론 난 자네 말을 믿지만 말이야."

"사문위원회 따위는 열리지 않을 거야." 벨스너는 결코 그런 일은 없을 것이라는 확신을 가지고 있었다. 그 점에 관해서는 의심의 여지가 없다. "물론 사후死後 조사를 해야 할 수도 있겠지만, 우리하고는 상관없어."

"일지 같은 걸 쓰고 있지는 않나?" 배블이 물었다.

"안 쓰는데."

"쓰는 편이 좋겠어."

"알았어. 그러지." 벨스너는 거칠게 내뱉었다. "하지만 제발 나를 내버려둬. 빌어먹을!" 그는 분노한 표정으로 헐떡이며 배블을 쏘아보았다. "귀찮다고!"

"미안하이." 배블은 작은 목소리로 말했고, 눈에 띌 정도로 움츠러들었다.

"이제 살아남은 건 자네와 나, 그리고 로킹엄 여사뿐일지도 몰라." 벨스너는 직감적으로 말했다. 사태를 파악할 수 있을 것 같다.

"그럼 그녀를 찾아내서 모두 한 곳에 모여 있는 편이 나을지도 모르겠군. 뭔가 변을 당하지 않도록." 배블은 움씰거리며 문 쪽으로 가기 시작했다.

"좋아." 벨스너는 조급하게 고개를 끄덕였다. "일단 이렇게 하자고. 자네는 로킹엄 여사와 함께 있어. 나는 러셀의 소지품을 뒤지고, 그 작자가 타고 온 노우저 안을 조사해보겠어. 어젯밤 자네와 몰리가 그치를 데려온 이래 줄곧 마음에 걸렸거든. 그 작자는 어딘가 좀 수상해. 자네도 그런 느낌을 받지 않았나?"

"그냥 신참자라서 그런 게 아닐까."

"벤 톨치프가 왔을 때는 그런 느낌을 받지 않았어. 몰리 부부도 마찬가지였고." 벨스너는 벌떡 일어섰다. "방금 무슨 생각이 떠올랐는지 알아? 러셀은 위성이 송신을 중단했던 신호를 포착했는지도 몰라. 아무래도 그 작자가 가지고 온 송신기하고 수신기를 자세히 검사해봐야 할 것 같군." 그것이라면 내가 잘 아는 분야이다. 이런 식으로 무기력감에 시달릴 필요도 없다.

벨스너는 배블을 남겨두고 모든 노우저들이 주기되어 있는 구획으로 갔다. 뒤를 돌아보지는 않았다.

속으로는 이런 생각을 하고 있었다. 위성이 보내온 신호는 짧았지만 그것이 그 작자를 여기로 불러온 것인지도 모른다. 혹시 그때 이 행성 근처에 있었는지도 모르겠다. 이곳을 향해 오고 있던 것이 아니라, 플라이바이*를 준비하고 있었던 것이다. 하지만 그는 전근 명령서를 갖고 있었다. 빌어먹을, 모르겠다. 벨스너는 러셀의 노우저에 탑재된 무전기를 분해하기 시작했다.

15분 뒤에 해답이 나왔다. 표준적인 송수신기였다. 다른 사람들의 노우저에 실린 것과 완전히 동일하다. 위성이 발하는

---

* flyby. 인근 천체의 중력을 이용해서 우주선을 가속하는 과정.

미약한 신호를 러셀이 수신했을 가능성은 없었다. 그것을 포착할 수 있는 것은 델맥-O에 있는 대형 수신기뿐이다. 러셀은 다른 사람들과 마찬가지로 자동 항행 방식으로 이곳에 왔다. 다른 사람들과 마찬가지로 파견 명령을 받고 말이다.

　이쪽은 가망이 없군. 그는 뇌까렸다.

　러셀의 소유품 대부분은 여전히 노우저 안에 실려 있었다. 자기 방으로는 당장 필요한 옷이나 세면도구 따위만 가지고 간 듯했다. 책이 담긴 커다란 상자가 있었다. 모두가 델맥-O로 책을 가지고 왔다. 글렌 벨스너는 책들을 아무렇게나 던져놓으며 상자 깊숙한 곳까지 뒤졌다. 경제학 교과서들이 잔뜩 있었다. 당연하다. 톨킨, 밀튼, 베르길리우스, 호메로스 따위의 위대한 고전이 담긴 마이크로테이프들도 있었다. 서사시면 뭐든지 있는 듯하다.『전쟁과 평화』에, 더스 패서스*의『U.S.A.』도 있었다. 이건 나도 언젠가 읽으려던 책인데.

　책과 테이프 중에서 딱히 수상한 것은 없었다. 단지―

　스펙토프스키의 '책'이 없다.

　러셀도 매기처럼 모두 암기해버린 것일까.

　아닐지도 모른다.

　스펙토프스키의 '책'을 가지고 다니지 않는 종류의 사람들이 하나 있다― 읽는 것을 허락받지 못한 사람들이다. 지구라는 행성 규모의 새장 속 모래에 머리를 박고 사는 타조들. 우주 이

---

* John Dos Passos(1896~1970). 제1차대전 후의 '잃어버린 세대'를 대표하는 미국 작가.

민에 수반된 엄청난 심리적 압박감을 견디지 못한 나머지 정신 붕괴를 일으키고, 지구의 수용소에 수감된 현실 도피자들을 항간에서는 이렇게 부른다. 태양계에는 지구를 제외하면 인간이 거주할 수 있는 행성이 없는 탓에 이민은 다른 항성계로의 여행을 의미했고…… 이는 많은 사람들에게 고독과 실향의 괴로움으로 점철된 우주병宇宙病의 잠재적인 단초를 제공하기 때문이다.

러셀은 회복한 타조일지도 모르겠다. 그래서 퇴원을 허락받은 것이다. 그러나 이 가정이 옳다면 응당 스펙토프스키의 '책'을 가지고 있어야 했다. 그런 상황에서는 가장 절실하게 필요한 책이 아니던가.

러셀은 도망자야. 벨스너는 뇌까렸다.

하지만 왜 여기로 온 거지?

그러자 이런 생각이 떠올랐다. 트리튼 장군이 근무하는 '행성간서방연합'의 본부도 지구에 있다. 그것도 수용소 바로 옆에. 이런 우연의 일치가 어디 있을까. 델맥-O에 있는 모든 비생물적 유기체들은 틀림없이 그곳에서 제조되었을 것이다. '건물'의 조그만 모형에 각인된 글자들이 증명해주듯이.

어떤 의미에서는 모두 아귀가 맞는다. 그러나 다른 의미에서는 아무런 설명도 되지 않는다. 완전히 무의미하다.

사람들이 잇달아 죽어나가는 통에 나까지 돌아버릴 지경이다. 가련한 그 미치광이, 토니 덩클웰트와 마찬가지로. 하지만 '행성간서방연합'이 운영하는 심리 연구소가 실험에 쓸 도피주의

자들을 필요로 했다고 가정해보자. 그런 환자들을 어딘가에서 한꺼번에 데려왔고—그 작자들이라면 충분히 그러고도 남는다—네드 러셀도 그중 한 명이었다고 치자. 여전히 머리가 돈 상태이지만, 교육이 가능한. 광인도 학습할 수는 있다. 교육을 끝낸 다음, 모종의 임무를 부과하고 파견한 것이다— 여기로.

그러자 구역질이 날 정도로 끔찍하고 생생한 가능성 하나가 머리에 떠올랐다. 우리들 모두가 수용소에서 온 환자들이라면? 그리고 우리가 그 사실을 모른다면? **'행성간서방연합'**은 우리의 얼어 죽을 뇌 안에 있는 기억 도선導線을 하나 절단했는지도 모른다. 우리가 집단으로서 제대로 기능하지 못하는 것도 그걸로 설명할 수 있다. 그래서 대화조차도 제대로 나누지 못하는 것이다. 광인도 학습할 수는 있지만, 집단으로는 결코 기능하지 못한다고 하지 않던가…… 물론 우매한 군중의 일부가 될 수는 있지만 말이다. 그러나 그런 걸 가지고 진짜로 기능한다고 하지는 않는다. 단순한 집단 광기에 불과하기에.

그렇다면 우리는 정말로 어떤 실험의 피험자들인 것일까. 이제는 모두가 알고 싶어 하던 해답을 얻은 것 같다. 내 오른쪽 발등에 새겨진 '페르서스 9'라는 글자도 이걸로 설명할 수 있을지도 모른다.

그러나 이 모든 것은 한 가지 데이터만을 바탕으로 한 빈약한 추측에 불과하다. 러셀이 스펙토프스키의 **'책'**을 갖고 있지 않다는 사실 말이다.

혹시 방에 둔 것이 아닐까 하는 생각이 퍼뜩 떠올랐다. 빌어먹을. 물론 거기 있을 게 뻔해.

벨스너는 늘어선 노우저들 앞을 떠났다. 10분 뒤에는 공동 거주 구획에 도달해서 포치의 계단을 올라가고 있었다. 수지가 죽은 포치이다. 덩클웰트와 버트 노인이 죽은 포치 반대편에 위치한.

그들을 묻어주는 걸 잊었어! 벨스너는 그제야 그 사실을 깨닫고— 몸서리를 쳤다.

그러나 우선 해야 할 일이 있다. 러셀의 나머지 소유물을 뒤져봐야 한다.

문은 잠겨 있었다.

예의 잡다한 소유물, 까마귀처럼 닥치는 대로 모아놓은 잡동사니의 산에서 꺼내온 쇠지레를 써서 문을 뜯어냈다.

흐트러진 침대 시트 위에 러셀의 지갑과 신분증이 아무렇게나 놓여 있었다. 전근 명령서에, 출생증명서까지 포함한 모든 서류가 있었다. 벨스너는 그것들을 하나씩 훑어보았다. 뭔가 꼬리를 잡았다는 확신이 강해졌다. 다들 수지의 느닷없는 죽음이 야기한 혼란 탓에 정신이 없었다. 러셀도 중요한 서류를 여기 이렇게 내버려둘 생각은 아니었을 것이다. 그러나 평소에 이런 서류를 지니고 다니는 일에 익숙하지 않았다면…… 게다가 수용소의 현실 도피증 환자들은 어떤 종류의 증명서도 지니고 다니지 않는다.

배블이 문간으로 오더니 당황한 나머지 새된 목소리로 말했다. "로, 로킹엄이 안 보여."

"회의실은? 식당엔 가봤어?" 산책을 나간 걸까? 아니, 그랬을 리가 없다. 로버타 로킹엄은 제대로 걷지도 못한다. 오랫동안 만성 순환기질환을 앓아온 탓에 어디를 가든 지팡이 없이는 거동이 불가능했다. "함께 찾아보자고." 벨스너는 퉁명스럽게 말했다. 두 사내는 서둘러 포치를 내려와서 공동 구획을 가로질렀고, 정신없이 여기저기를 헤집고 돌아다니기 시작했다. 벨스너는 문득 멈춰 섰다. 자기들이 겁에 질려 뚜렷한 목적도 없이 돌아다니고 있다는 사실을 깨달았기 때문이다. "잠깐 기다려. 우선 침착하게 생각을 해보자고." 벨스너는 헐떡이며 말했다. 도대체 그녀는 어디로 간 것일까? "그렇게 훌륭한 노부인을." 절망한 나머지 이성을 잃기 직전이었다. "지금까지 누구에게도 해를 끼친 적이 없는 분을. 죽일 놈들 같으니라고."

배블은 시무룩한 표정으로 고개를 끄덕였다.

책을 읽던 중에 어떤 소리를 듣고 고개를 들었다. 낯선 사내가 그녀의 잘 정돈된 조그만 방 문간에 서 있었다.

"무슨 일이신가요?" 그녀는 예의 바르게 마이크로테이프 스캐너를 내려놓으며 물었다. "이 거류지에 새로 오신 분인가요? 이번에 처음 뵙는 분이 맞죠?"

"아닙니다, 미시즈 로킹엄." 사내가 말했다. 친절하고 매우 싹싹한 목소리였다. 가죽으로 된 제복을 입고, 커다란 가죽 장갑까지 끼고 있었다. 마치 얼굴에서 빛이 나는 것 같아…… 그게 아니라면, 내 안경에 김이 서린 걸까. 적어도 짧게 자른 머리카락이 조금 반짝이는 것은 사실이었다. 저 표정 말인데, 정말이지 마음에 들어. 사려 깊다고 해야 하나. 마치 지금까지 수없이 멋진 일을 생각해내고, 행동에 옮겨온 듯한 느낌이야.

"버번 앤드 워터라도 좀 드시겠어요?" 그녀는 물었다. 늦은 오후가 되면 언제나 한잔 마시는 습관이 있었다. 그러면 다리의 끊임없는 통증이 완화되기 때문이다. 그러나 오늘은 손님과 함께 조금 일찍 올드 크로우 버번을 맛보기로 하자.

"고맙습니다." 사내가 말했다. 키가 크고 매우 호리호리한 체격이었다. 방 안으로 완전히 들어오지 않고 문간에 서 있다. 마치 어떤 식으로든 바깥쪽에 접속되어 있는 듯한 모습이었다. 완전히 떨어져나올 수가 없고, 조금 뒤에는 완전히 돌아가지 않으면 안 되는 듯한 느낌이랄까. 혹시 저건 이 고립된 장소에서 신학을 좋아하는 사람들이 **'현시'**라고 부르는 존재일까? 그녀는 조금 더 자세하게 사내를 훑어보려고 했다. 그러나 안경에 묻은 먼지가—정말로 먼지인지 아닌지는 모르겠지만—사내의 모습을 흐릿하게 만들고 있었다. 아무리 노력해도 뚜렷하게 보이지 않는다.

"대신 좀 꺼내주시겠어요?" 그녀는 손을 들어 방 한쪽을 가리켰다. "침대 옆에 있는 약간 낡은 탁자가 보이죠? 그 서랍 안에 올드 크로우 한 병하고 유리잔이 세 개 들어 있어요. 어머. 그러고 보니 소다가 없네요. 그냥 병에 담은 수돗물이라도 괜찮겠어요? 얼음도 없는데."

"예, 괜찮습니다." 사내는 이렇게 대꾸하고 가벼운 발걸음으로 방 안을 가로질렀다. 긴 가죽장화를 신고 있다. 정말 멋진 모습이다.

"이름이 뭔가요?"

"일라이 니콜스 하사입니다."

사내는 탁자 서랍을 열고 버번 병과 유리잔 두 개를 꺼냈다.

"이 입식지를 구조하려고 왔습니다. 여러분을 데리고 고향으로 날아갈 겁니다. 인공위성의 테이프 송신 장치가 고장 난 것은 처음부터 알고 있었습니다."

"그럼 모두 끝난 건가요?" 그녀는 기쁨에 찬 어조로 말했다.

"모두 끝났습니다."

사내는 두 개의 잔에 버번과 물을 따라서 그녀에게 하나를 가져다주고, 그녀 앞에 있는 곧은 등받이가 달린 의자에 앉았다. 미소를 떠올리며.

11

로버타 로킹엄을 찾기 위해서 헛된 수색을 계속하던 벨스너
는 몇몇 사람들이 거류지를 향해 터벅터벅 걸어오는 광경을 목
격했다. 탐험을 하러 갔던 사람들이다. 프레이저와 써그, 매기,
신참자인 러셀, 몰리 부부…… 모두가 돌아왔다. 아니, 모두가
맞나?

심장이 두근거렸다. "베티 조가 안 보여. 다치기라도 한 거
야? 이 자식들, 설마 베티를 버려두고 온 거야?" 벨스너는 무력
감에서 비롯된 분노로 턱을 부들부들 떨며 그들을 노려보았다.

"내 말이 맞아?"

"베티 조는 죽었어." 몰리가 말했다.

"어떻게?" 벨스너는 되물었다. 배블이 다가왔다. 두 사내는
네 명의 사내와 두 명의 여자가 가까이 올 때까지 기다렸다.

몰리가 말했다. "강물에 몸을 던져서 자살했어." 그러고는 주위를 둘러보았다. "덩클월드라고 하는 그 젊은 친구는 어디 갔어?"

"죽었어." 배블이 대답했다.

매기가 말했다. "버트 코슬러는?"

배블도, 벨스너도 대답하지 않았다.

"그럼 코슬러도 죽은 거로군요." 러셀이 말했다.

"맞아." 벨스너는 고개를 끄덕였다. "이젠 모두 합쳐서 여덟 명밖에 남지 않았어. 로버타 로킹엄은— 사라졌어. 아마 죽었을 가능성이 높겠지. 죽었다고 생각해야 할 거야."

"함께 모여 있었던 게 아닙니까?" 러셀이 말했다.

"그렇게 말하는 자네들은?" 벨스너가 되물었다.

또다시 침묵이 흘렀다. 어딘가 먼 곳에서 불어온 바람이 먼지와 시들은 이끼를 몰고 왔다. 거류지의 주요 건물들 상공에 회오리바람이 출현하더니 몸부림치며 곧 사라졌다. 벨스너가 소리 내어 흡입한 공기에서는 악취가 풍겼다. 마치 어딘가에서 죽은 개의 가죽을 걸어놓고 말리고 있는 듯한 느낌이다.

죽음 때문이야. 벨스너는 생각했다. 이제는 그 생각밖에는 할 수가 없어. 생각해보면 당연해. 여기서는 죽음이 모든 걸 덮어버렸으니. 24시간도 지나기 전에 죽음은 우리 삶의 최대 관심사가 되어버렸어.

"유해를 갖고 올 수는 없었나?" 벨스너가 물었다.

"불이 붙은 채 하류로 흘러가버렸어." 몰리는 이렇게 대꾸하

221

고 벨스너 곁으로 와서 물었다. "버트 코슬러는 어떻게 죽었는데?"

"토니한테 칼로 찔렸어."

"그럼 토니는?"

"내가 사살했어. 나를 찔러 죽이기 전에."

"로버타 로킹엄은? 그녀도 사살했어?"

"아냐." 벨스너는 짤막하게 대꾸했다.

"아무래도 새로운 리더를 뽑아야 할 것 같군." 프레이저가 말했다.

벨스너는 무감동한 어조로 말했다. "쏘는 수밖에 없었어. 내버려뒀으면 남은 사람들까지 모두 죽였을 거야. 배블한테 물어봐. 내 말이 사실임을 증언해줄 테니까."

"내가 증언할 수는 없네." 배블이 말했다. "나중에 온 사람들과 마찬가지로, 자네한테 자초지종을 들었을 뿐이니까 말이야. 자네 말을 믿는 수밖에 없다는 뜻이야."

몰리가 말했다. "토니는 뭘 무기로 썼는데?"

"장검이었어." 벨스너가 대답했다. "저기 가면 볼 수 있어. 아직 시체하고 같이 방에 있네."

"덩클웰트를 쏜 총은 어디서 났습니까?" 러셀이 물었다.

"원래 내 거야." 벨스너는 무기력함과 고뇌에 시달리며 대꾸했다. "그러는 수밖에 없었어. 어쩔 수 없었다고."

"그럼 모든 죽음이 '놈들' 탓은 아니라는 얘기가 되는군." 몰리가 말했다. "자네가 토니 덩클월드를 죽였고, 덩클월드는 버트를 죽였으니."

"덩클월드가 아니라 덩클웰트야." 벨스너는 무의미하게 상대방의 잘못을 정정했다.

"그리고 로킹엄 여사의 생사 여부는 알 수 없다, 이건가. 그냥 어딘가로 훌쩍 떠나간 건지도 몰라. 두려워서 그랬을 수도 있겠군."

"그건 무리야. 그러기에는 몸 상태가 너무 안 좋았어." 벨스너가 말했다.

"아무래도 프레이저 말이 옳은 것 같군." 몰리가 말했다. "우리는— 다른 리더를 뽑을 필요가 있어." 그러고는 배블을 쳐다보았다. "벨스너 저 친구 총은 어디 있나?"

"토니의 방에 그대로 두고 왔네." 배블이 말했다.

벨스너는 사람들 사이에서 슬쩍 빠져나와서 토니 덩클웰트의 방 쪽으로 움직이려고 했다.

"못 가게 해." 배블이 말했다.

써그, 프레이저, 몰리와 배블은 황급히 벨스너 앞으로 갔다. 모두 한데 뭉친 채로 포치 계단을 올라갔고, 토니의 방으로 들어갔다. 러셀은 무관심한 태도로 벨스너와 매기 곁에 남아 있었다.

그들이 토니의 방에서 다시 나왔을 때 권총을 들고 있던 사람은 몰리였다. "러셀, 우리가 지금 하고 있는 일이 옳다고 생각해?"

"원래 소유주에게 돌려주는 편이 낫습니다." 러셀이 말했다.

몰리는 놀란 표정으로 멈춰 섰다. 그러나 벨스너에게 권총을 건네지는 않았다.

"고마워. 그나마 나를 지지해줘서." 벨스너는 러셀에게 말했고, 몰리와 다른 사람들을 돌아보았다. "러셀 말대로 내 총을 돌려줘. 어차피 총알은 들어 있지 않아. 내가 다 빼놓았거든." 그는 손을 내밀고 기다렸다.

몰리는 여전히 권총을 든 채로 포치 계단을 내려오면서 준엄한 어조로 말했다. "하지만 이걸로 한 사람을 죽였잖아."

"어쩔 수 없는 일이었습니다." 러셀이 말했다.

"이 총은 내가 갖고 있겠어." 몰리가 말했다.

"우리 남편이 당신들 리더가 되는 거예요." 메리가 말했다. "아주 좋은 생각인 것 같군요. 훌륭한 리더가 될 테니까. 테켈 우파르신에서 살았을 때는 큰 권한을 가진 자리에 있었어요."

"자넨 왜 내 편을 드는 거지?" 벨스너가 러셀에게 물었다.

"무슨 일이 일어났는지 알기 때문입니다. 당신이 그럴 수밖에 없었다는 것도 압니다. 저 사람들도 내 얘기를 듣는다면 아마—" 그는 입을 다물었다. 벨스너는 무슨 일인지 의아해하며 사람들 쪽을 돌아보았다.

써그가 권총을 쥐고 있었다. 몰리에게서 빼앗은 것이다. 그리고 지금은 벨스너를 향해 그것을 겨누고 있었다. 추악하고 일그러진 미소를 띠고.

"돌려줘." 몰리가 말했다. 모두가 큰 소리로 동의하며 외쳤지만, 써그는 전혀 동요하지 않고 여전히 벨스너에게 총구를 향하고 있었다.

"이젠 내가 리더야." 써그가 말했다. "너희들이 내게 표를 던지든 말든 말이야. 원한다면 나를 뽑아도 되지만, 이젠 어떤 쪽이든 상관없어." 그는 주위의 세 사내를 향해 말했다. "너희들도 여자들이 모여 있는 데로 가 있어. 나한테 너무 가까이 오지 말라고. 알았어?"

"총알이 안 들어 있다니까." 벨스너가 되풀이했다.

몰리는 완전히 기가 꺾인 기색이었다. 안색은 창백하고 핏기가 없었다. 써그가 총을 손에 넣은 게 자기 잘못이라는 사실을 알고 있는 듯했다. 물론 알고 있다.

매기가 말했다. "이렇게 하면 돼." 그녀는 호주머니에 손을 넣고 스펙토프스키의 '책'을 꺼냈다.

매기는 써그에게서 총을 빼앗을 방법을 알아냈다고 내심 확신하고 있었다. 그녀는 아무 페이지나 골라 펼치며 써그를 향해 걷기 시작했다. 그러면서 큰 소리로 '책'을 낭독하기 시작했다. "고로 역사상의 신은 몇 개의 단계를 거친다고 할 수 있다. 하나, 순수의 시대. '형상 파괴자'가 각성해서 활동을 시작하기 전의 시기. 둘, 저주의 시대. '신'의 힘이 가장 약하고, '형상 파괴자'의 힘이 가장 강했던 시기. 이것은 '형상 파괴자'의 존재를 인식하지 못한 '신'이 허를 찔렸기 때문이다. 셋, '지상의 신'의 시기. '절대 저주'와 '신과의 불화' 시대가 종언을 맞았다는 계시를 받은 시대이다. 넷, 현대. '신'이—" 그녀는 거의 써그와 닿을 정도의 거리까지 접근했다. 써그는 여전히 총을 쥔 채로

225

꼼짝도 않고 있었다. 그녀는 성스러운 책을 계속 낭독했다. "'신'이 세상을 돌아다니면서 고통을 받고 있는 사람들을 구속救贖하고, 나중에는 '중재신'의 모습으로 모든 생명을 구속한 시기이다. '중재신'은―"

"모두가 있는 곳으로 돌아가." 써그가 말했다. "안 그러면 죽이겠어."

"―지금도 틀림없이 살아 있지만, 이 동심원 안에는 없다. 다섯, 다음에 올 마지막 시대―"

엄청난 굉음이 그녀의 고막을 강타했다. 귀가 먹먹해진 것을 느끼며 한걸음 뒤로 물러났다. 가슴에 격심한 통증을 느꼈다. 통증이 야기한 고통스럽고 엄청난 충격으로 폐가 오그라드는 것을 느꼈다. 주위의 광경이 흐릿해지면서 빛이 스러지더니 어둠만이 남았다. 세스 몰리. 그녀는 이렇게 말하려고 했지만 입에서는 아무 소리도 나오지 않았다. 그러나 소음은 여전히 들려왔다. 뭔가 거대하고, 멀리 떨어진 곳에 있는 것이 어둠 속에서 격렬하게 칙칙폭폭 하는 소리를 내고 있다.

그녀는 혼자였다.

칙칙. 폭폭. 소음이 울려 퍼진다. 무지개빛이 보였고, 서로 섞이며 하나의 빛으로 변해서 액체처럼 흘러갔다. 빛은 둥근 톱과 바람개비 모양으로 응축하며 그녀의 몸 양옆을 타고 올라갔다. 정면에 위협적으로 맥동하는 거대한 것이 있었다. 그것이 그녀를 위쪽으로 소환하는 준엄하고 화난 목소리가 들려왔다. 그것의 절박한 움직임이 그녀를 두렵게 만들었다. 부탁하는 것이 아니라 명령하고 있다. 뭔가를 전하려는 듯이. 그것이 발하는 엄청난 맥동을 듣자 무슨 뜻인지 이해할 수 있었다. 쾅, 쾅, 쾅. 그것이 포효한다. 그녀는 두려움과 육체적인 고통에 시달리면서 그것을 향해 외쳤다. "리베라 메, 도미네. 데 모르테 에테르나, 인 디에 일라 트레멘다."*

그것은 끝없이 맥동을 계속했다. 그녀는 그것을 향해 무력하게 활공했다. 이윽고 시야 가장자리에서 멋진 장관이 펼쳐지는 것을 목격했다. 거대한 십자궁十字弓이 보였고, 그 위에 '**중재신**'이 있었다. 시위가 뒤로 당겨졌다. 화살처럼 메겨져 있던 '**중재신**'은 이내 위를 향해 발사되었다. 동심원들의 가장 작은 원 속으로.

"아뉴스 데이, 키 톨리스 페카타 문디."** 그녀는 말했다. 맥동하는 소용돌이를 직시할 수 없어서 눈을 돌려 아래쪽과 뒤쪽을 보았다…… 그러자 훨씬 아래쪽에, 눈과 바위로 얼어붙은 광막한 풍경이 보였다. 광풍狂風이 그 위로 몰아쳤고, 그녀가 보는 동안에도 바위 주위로 눈이 계속 쌓여갔다. 새로운 빙하기가 시작되는 건가. 이런 생각을 했을 때 영어로 말하는 것은 고사하고 생각하는 일조차 힘들어졌다는 사실을 깨달았다. "라크리모사 디에스 일라."*** 그녀는 고통으로 헐떡이며 말했다. 가슴 전체가 고통의 덩어리가 된 듯한 느낌이다. "쿠아 레수르게

---

* Libera me, Domine. De morte aeterna, in die illa tremenda. 주여, 저를 구원하소서. 저 영원한 죽음으로부터, 그 두려운 날에.
** Agnus Dei, qui tollis peccata mundi. 신의 어린양, 세상의 죄를 사하시는 주여.
*** Lacrimosa dies illa. 눈물겨운 그날이 오면.

트 엑스 파빌라, 유디칸두스 호모 레우스."* 라틴어로 이렇게 말하자 고통이 줄어드는 것 같다. 배운 적도 없고, 전혀 이해 못하는 언어인데도 말이다. "후익 에르고 파르체, 데우스! 피에 예수 도미네, 도나 에이스 레퀴엠."** 맥동은 계속되었다.

발치에서 균열이 생겨났다. 그녀는 추락하기 시작했다. 아래쪽에 있는 지옥 같은 세계의 얼어붙은 풍경이 점점 더 다가왔다. 그녀는 또다시 외쳤다. "리베라 메, 도미네. 데 모르테 에테르나!" 그러나 추락은 멈추지 않았다. 이제 지옥세계는 지척에 있었지만, 그녀를 위로 올려주는 것은 전혀 없었다.

엄청나게 큰 날개를 가진 것이 하늘로 날아올랐다. 머리에서 가시들이 튀어나온 거대한 금속 잠자리 같은 모습이다. 그것이 그녀 곁을 지나치자 그 뒤에서 따스한 바람이 소용돌이쳤다.

"살바 메, 폰스 피에타티스."*** 그것을 향해 그녀는 외쳤다. 그것을 알아보았고, 그것이 나타났다는 사실에도 놀라지 않았다. '중재신'이다. 지옥세계 위로 날아올라서 더 작은 내부의 원들로 돌아가고 있는 것이다.

오색영롱한 빛이 그녀 주위에서 꽃처럼 피어났다. 불그죽죽한 빛이 가까이서 타오르는 것이 보였다. 혼란에 빠져 그쪽으로 몸을 돌리려고 했지만, 어떤 이유에선가 그만두었다. 저 빛

---

* Qua resurget ex favilla, judicandus homo reus. 티끌로부터 부활하여, 죄인은 심판을 받으리라.
** Huic ergo parce, Deus! Pie Jesu Domine, dona eis requiem. 하오니 그 사람을 긍휼히 여기소서, 주여. 자비로우신 주 예수여, 그들에게 안식을 내리소서.
*** Salva me, fons pietatis. 저를 구원하소서, 자비의 원천이여.

이 아냐. 맑고 흰 빛을 찾아야 해. 내가 다시 태어나기 위한 올바른 자궁을. 그녀는 **'중재신'**의 따스한 바람에 실려 위로 부유浮游했다…… 불그죽죽한 빛은 뒤에 남았고, 대신 오른쪽에 강력한, 깜박거리지 않는 노란 빛이 출현했다. 그녀는 온 힘을 다해 그쪽으로 나아갔다.

가슴의 통증은 줄어든 느낌이다. 아니, 통증이 줄었다기보다는 몸 전체의 감각이 흐릿해졌다는 쪽이 더 정확했다. 괴로움을 줄여주셔서 고맙습니다. 처음으로 볼 수 있어서 너무 기뻐. 나는 드디어 **'중재신'**을 보았고, 그 덕에 살아남을 가능성이 생겨났어. 이끌어주십시오. 올바른 색깔의 빛으로 인도해주십시오. 올바른 재생의 길로.

맑고 흰 빛이 나타났다. 그쪽으로 가고 싶다고 기원하자 무엇인가가 앞으로 나가도록 도와주었다. 나한테 화를 내고 있는 거야? 이 생각은 맥동하는 거대한 존재를 향한 것이었다. 여전히 맥동하는 소리를 들을 수 있었지만 더 이상 그녀를 향한 것은 아니었다. 어차피 영원히 맥동하는 존재인 이것은 시간 너머에, 시간 밖에 있으며, 시간에 사로잡힌 적이 없다. 그리고─공간도 존재하지 않았다. 모든 것이 2차원적이고 납작하게 짜부라진 것처럼 보였다. 마치 어린아이나 원시인 따위가 그린, 힘차지만 서투른 그림 같다. 선명하고 다채롭지만, 완벽하게 평면적이고…… 어딘가 감동적인.

"모르스 스투페비트 에트 나투라."* 그녀는 큰 소리로 말했다.

---

* Mors stupebit et natura. 죽음과 자연은 놀랄 것이다.

"쿰 레수르게트 크레아투라, 유디칸티 레스폰수라."* 이렇게 말하자 또다시 맥동이 약해졌다. 나를 용서해준 거야. **'중재신'**이 나를 올바른 빛으로 인도할 수 있도록, 나를 놓아줬어.

맑고 흰 빛을 향해 그녀는 부유했고, 이따금 경건한 라틴어 문구를 중얼거렸다. 가슴의 통증은 완전히 사라졌고 지금은 전혀 체중이 느껴지지 않았다. 육체가 더 이상 시간과 공간을 점유하고 있지 않은 것이다.

우와. 너무 멋지잖아.

중앙의 존재는 여전히 쿵쿵거리며 맥동하고 있었지만, 그것은 더 이상 그녀를 위한 것이 아니었다. 이제는 다른 사람들을 위해서 맥동하고 있다.

마지막 심판의 날이 그녀에게 찾아왔고— 왔다가, 갔다. 그녀는 심판을 받았고, 결과는 그녀에게 호의적이었다. 그녀는 압도적이고 절대적인 환희를 맛보았다. 신성新星들 사이를 날아가는 나방처럼, 올바른 빛을 향해 퍼덕이며 계속 상승했다.

"죽일 생각은 없었어." 써그는 우뚝 선 채로 매기의 시체를 내려다보며 쉰 목소리로 말했다. "무슨 짓을 할지 몰라서 그랬어. 그러니까, 이 여자는 멈추지도 않고 계속 걸어왔잖아. 내 총을 빼앗으려고 한다고 생각했어." 그는 어깨를 움직여 벨스너를 가리켰다. 비난하는 듯한 태도였다. "게다가 너, 이 총이

---

* Cum resurget creatura, judicanti responsura. 심판자의 부름에 응해, 모든 피조물이 일어날 때.

비어 있다고 했잖아."

러셀이 말했다. "당신 말이 옳아. 매기는 당신 총을 빼앗으려고 했어."

"그럼 내 잘못이 아니라는 얘기네." 써그가 대꾸했다.

한동안 아무도 입을 열지 않았다.

"총을 줄 생각은 없어." 잠시 후 써그가 말했다.

"그야 그렇겠지, 써그." 배블이 말했다. "계속 그렇게 갖고 있으라고. 그걸로 죄 없는 사람들을 얼마나 더 죽이는지 봐야겠어."

"죽일 생각은 없었어." 써그는 배블에게 총을 겨눴다. "사람을 죽인 적도 없었어. 이 총을 갖고 싶다는 놈이 누구야?" 그는 살벌한 표정으로 일동 모두를 둘러보았다. "난 벨스너와 똑같은 일을 했을 뿐이야. 그 이상도, 이하도 아니지. 둘이 똑같다고. 그러니까 벨스너한테는 절대로 줄 생각이 없어." 써그는 쉭쉭거리는 소리가 새어나올 정도로 거칠게 숨을 몰아쉬면서 총을 꽉 쥐었고, 화경 같은 눈으로 일동을 둘러보았다.

벨스너는 몰리에게 다가갔다. "어떻게 해서든 저걸 빼앗아야 해."

"알아." 이렇게 대꾸하기는 했지만, 몰리는 어떻게 해야 총을 되찾을 수 있는지 몰랐다. 동료 하나가—그것도 여자가—예의 '**책**'을 읽으며 다가왔다는 이유만으로 쏴 죽인 작자이다. 조금이라도 그럴 구실을 준다면, 주저하지 않고 누구든, 경우에 따라서는 모두를 쏠 것이 뻔했다.

써그는 이제 정신이상 징후를 노골적으로 외부에 드러내고 있었다. 누가 보아도 명백했다. 써그는 매기를 죽이고 싶었던 것이다. 몰리는 예전에는 미처 몰랐던 일을 하나 깨달았다. 벨스너도 사람을 죽였지만, 그러고 싶어서 그런 것은 아니었다. 그러나 써그는 살인을 즐겼다.

이 두 사람의 차이는 그것이다. 벨스너는 다른 사람들에게 해를 끼치지는 않을 것이다— 물론 이쪽에서 살인을 하지 않는 한은 말이다. 그럴 경우 벨스너는 물론 쏠 것이다. 그러나 이쪽에서 일부러 도발하지 않는 한—

"하지 마." 아내인 메리가 귓가에 대고 말했다.

"총을 되찾아야 해." 몰리는 말했다. "게다가 저 녀석이 총을 갖고 있는 건 내 잘못이야. 빼앗아 가도록 내버려둔 책임이 있어." 그는 손을 들어올렸고, 써그 쪽을 향해 내밀었다. "총을 내게 줘." 이렇게 말하며, 그는 두려움으로 몸이 오그라드는 것을 자각했다. 몸이 죽음에 대비하고 있는 것이다.

12

"당신을 죽이려고 할 겁니다." 러셀이 말했다. 그도 써그를 향해 걸어가고 있었다. 모두가 이 두 사람을 주시하고 있었다. "우리는 그 총이 필요해." 러셀은 써그에게 말했다. 그리고 이어서 몰리에게 말했다. "아마 우리 둘 중 하나밖에는 쏘지 못할 겁니다. 저게 어떤 총인지 압니다. 속사速射가 안 되니까, 우리가 달려드는 동안에는 고작 한 발밖에는 못 쏠 겁니다." 그는 반대 방향에서 우회하며 써그에게 다가갔다. "자, 써그." 러셀은 손을 내밀었다.

써그는 자신 없는 태도로 러셀 쪽으로 몸을 돌렸다. 몰리는 그 틈을 타서 재빨리 앞으로 나가며 손을 뻗었다.

"몰리, 이 새끼가." 써그는 몰리를 향해 총신을 돌렸다. 그러나 이미 달리고 있던 몰리는 멈춰 서지 못했고, 말랐지만 근육이 잘 발달한 써그의 몸에 부딪쳤다— 머릿기름과 오줌, 그리고 땀 냄새가 풍겨온다.

"꽉 잡고 있어!" 벨스너가 외쳤고, 써그에게 달려들었다.

써그는 욕설을 내뱉으며 몰리를 뿌리쳤다. 정신병질자 특유의 무감동한 표정으로 두 눈을 차갑게 번득이며, 입을 굳게 다물고, 쏘았다.

몰리가 날카로운 비명을 발했다.

몰리는 왼손으로 오른쪽 어깨를 만져보았다. 셔츠의 천에서 계속 피가 스며나온다. 귀청을 찢는 듯한 굉음에 놀란 탓인지 몸이 말을 듣지 않는다. 푹 무릎이 꺾였다. 고통으로 몸이 경련한다. 그제야 써그가 그의 어깨를 쏘았다는 사실을 흐릿하게나마 자각했다. 피가 나잖아. 하느님 맙소사. 총도 못 빼앗았는데. 몰리는 가까스로 눈을 떴다. 달려가는 써그의 모습이 보인다. 써그는 황급히 도망치면서도 한두 번 멈춰서더니 뒤를 향해 발포했다. 그러나 그가 쏜 총에 맞은 사람은 아무도 없었다. 모두가 뿔뿔이 흩어져 있다. 벨스너조차도.

"도와줘." 몰리가 신음하자 벨스너와 러셀과 배블이 써그를 경계하면서 조심스레 다가오기 시작했다.

시설 부지 건너편에 있는 회의실의 출입문 옆에서 써그는 멈춰 섰다. 헐떡이면서 몰리를 다시 겨누고 한 발 쏘았다. 총알은 몰리를 비껴갔고, 아무것도 맞추지 못했다. 써그는 부르르 떨며 몸을 돌렸고, 달려갔다.

"프레이저!" 배블이 외쳤다. "몰리를 진료실로 데려가는 걸

234

도와줘! 빨리. 아무래도 동맥 출혈인 것 같아."

프레이저가 황급히 다가왔다. 그와 벨스너와 러셀은 힘을 합쳐 몰리를 들어 올리고 진료실로 옮기기 시작했다.

"자넨 안 죽어." 벨스너는 긴 금속 수술대 위에 몰리를 올려놓으며 헐떡였다. "매기는 죽였어도 자네까지 죽이지는 못했어." 그는 뒤로 물러서서 떨리는 손으로 손수건을 꺼내더니 코를 풀었다. "그 권총은 내가 갖고 있어야 했어. 이젠 알겠나?"

"입 닥치고 나가 있어."

배블이 대꾸하며, 소독 장치의 스위치를 켜고 재빨리 수술도구들을 집어넣었다. 그런 다음 몰리의 다친 어깨에 지혈대를 감기 시작했다. 피는 계속 흘렀다. 흐른 피는 몰리의 몸 옆에 괴어 있었다. "절개한 다음에 절단된 동맥 양쪽 끄트머리를 찾아내서 이어야 해." 배블은 지혈대를 떼어내고 인공혈액 공급 장치의 스위치를 켰다. 조그만 외과 도구로 몰리의 옆구리에 구멍을 뚫더니, 기민하게 인공혈액 공급 장치의 유입 파이프를 끼운다. "출혈을 멎게 할 수는 없어. 절개해서 동맥 끄트머리를 찾아내서 봉합하려면 10분은 족히 걸리니까 말이야. 하지만 이걸 쓰면 출혈 과다로 죽는 일은 없을 거야." 배블은 소독 장치를 열고 김을 뿜는 수술도구들이 담긴 트레이를 꺼냈다. 숙련된 동작으로 재빨리 몰리의 옷을 찢어냈고, 이내 다친 어깨를 훑어보기 시작했다.

"써그가 언제 올지 모르니 계속 경계하고 있어야 합니다." 러셀이 말했다. "빌어먹을, 무기가 더 있으면 좋을 텐데. 하나밖에 없는 총을 써그가 갖고 있으니."

배블이 말했다. "마취총이 있어." 그는 열쇠 뭉치를 꺼내서 벨스너에게 던졌다. "저기 저 자물쇠가 채워진 캐비닛 안이야." 그는 그쪽을 가리키며 말했다. "마름모꼴 머리가 달린 열쇠."

벨스너는 캐비닛을 열고 망원 조준기가 달린 길쭉한 관을 꺼냈다. "흐음. 쓸모가 있어 보이는군. 하지만 마취총탄 말고 다른 탄환은 없어? 난 마취총탄에 마취제가 얼마나 들어 있는지 알아. 기껏해야 상대방을 기절시키는 분량이지. 하지만—"

"아예 숨통을 끊어놓겠다, 이건가?"

배블은 몰리의 어깨 상처를 살피던 손을 멈추고 말했다.

잠시 후 벨스너가 말했다. "응." 러셀도 고개를 끄덕였다.

"다른 종류의 탄환도 있어. 치명적인 것들이지. 몰리의 치료가 끝나자마자 가지고 오겠네."

수술대 위에 누워 있던 몰리는 배블의 마취총의 윤곽을 흐릿하게나마 볼 수 있었다. 저걸로 우리를 지킬 수 있을까? 혹시 써그가 되돌아와서 우리 모두를 죽이거나, 아니면 여기 무력하게 누워 있는 나만 골라 죽이지는 않을까?

"벨스너." 몰리는 헐떡이며 말했다. "오늘밤 써그가 돌아와서 나를 죽이지 않도록 조심해야 해."

"걱정 마. 내가 함께 있어줄게." 벨스너는 손 언저리로 몰리의 몸을 툭 치며 말했다. "여기 무기도 갖고 있어." 벨스너는 배블의 마취총을 들어 올리고 찬찬히 훑어보았다. 아까에 비하면 좀 자신감을 되찾은 기색이었다. 다른 사람들도 마찬가지였다.

"몰리에게 데메롤 주사를 놓았습니까?" 러셀이 배블에게 물었다.

"그럴 시간이 없어." 배블은 치료를 계속하며 말했다.

"그럼 내가 주사하지. 주사약하고 피하 주사기가 어디 있는지 가르쳐줘." 프레이저가 말했다.

"자넨 그럴 자격이 없잖아." 배블이 대꾸했다.

"그런 말을 하는 그쪽도 외과수술을 할 자격은 없을 텐데." 프레이저가 응수했다.

"하는 수밖에 없어. 수술하지 않으면 몰리는 죽어. 하지만 마취를 안 해도 죽지는 않아."

메리는 남편 곁에서 무릎을 꿇고 얼굴을 갖다 댔다. "당신, 아픈 거 참을 수 있겠어?"

"응." 몰리는 굳은 어조로 대꾸했다.

수술은 계속되었다.

어둑어둑한 실내에 누워 있었다. 하여튼 총알을 빼냈군. 그는 멍한 머리로 생각했다. 데메롤 정맥 주사와 근육 주사도 맞았고 말이야…… 그래서 아무 느낌도 없는 거겠지. 배블은 절단된 동맥을 제대로 봉합했을까?

복잡한 기계가 그의 체내 활동을 모니터하고 있었다. 혈압, 맥박, 체온, 호흡기 활동 따위를 재는 장치다. 하지만 배블은 어디 있는 것일까? 벨스너는?

"벨스너!" 그는 최대한 큰 소리로 외쳤다. "어디 있어? 나하고 함께 있을 거라고 했잖아."

검은 그림자가 나타났다. 벨스너였다. 양손으로 마취총을 쥐고 있다.

"여기 있어. 침착하라고."

"다른 사람들은?"

"죽은 사람들을 땅에 묻고 있어. 덩클웰트, 버트, 매기……. 이 거류지를 건설했을 때 썼던 굴삭 장비를 동원해서 말이야. 처음 죽었던 벤 톨치프, 그 친구도 묻었어. 멍청한 수지도. 불쌍한 수지."

"하여튼 써그는 나까지 죽이지는 못했군." 몰리는 말했다.

"죽이고 싶어 하는 눈치던데. 정말로 그러고 싶은 기색이 역력했어."

"자네한테서 총을 빼앗지 말았어야 했어."

이제는 안다. 뒤늦은 후회이기는 했지만 말이다.

"러셀 말이 옳았어. 그 친구는 알고 있었지." 벨스너가 말했다.

"지금 와서 그런 얘기를 하는 건 쉽지." 몰리는 대꾸했다. 하지만 그도 벨스너의 말이 분명히 옳다는 사실을 알고 있었다. 러셀은 올바른 길로 그들을 인도하려고 했지만, 모두가 패닉에 빠져 귀를 기울이지 않았던 것이다. "로킹엄 여사는 여태 못 찾았어?"

"못 찾았어. 거류지를 샅샅이 뒤졌지만 흔적도 없었어. 써그도 사라졌어. 하지만 그놈이 살아 있다는 건 알아. 무기를 가진 위험인물이지. 그것도 정신병질적인."

"써그가 반드시 살아 있다는 확증은 없어. 자살했을지도 모르잖아. 벤 톨치프하고 수지를 죽인 것한테 잡혀서 살해당했을 가능성도 있고."

"그럴지도 모르지. 하지만 죽었다는 확증도 없잖아." 벨스너는 손목시계를 보았다. "난 포치로 나가 있을게. 거기서는 땅을 파는 사람들을 보면서 이 진료실도 지킬 수 있어. 그럼 나중에 보자고." 벨스너는 몰리의 왼쪽 어깨를 가볍게 두들겼고, 소리 없이 방을 가로질러 시야에서 사라졌다.

몰리는 녹초가 되어 눈을 감았다. 사방팔방에서 죽음의 냄새가 풍기는군. 숫제 죽음 속에 푹 잠겨 있어. 지금까지 얼마나 많은 사람을 잃은 것일까? 그는 자문했다. 벤 톨치프, 수지, 로킹엄, 베티 조, 덩클웰트, 매기, 버트 코슬러 노인. 도합 일곱 명이 죽었다. 이제 남은 것은 일곱 명뿐이다. 24시간이 채 지나기도 전에 반수가 살해당했다.

이런 경험을 하려고 테켈 우파르신을 떠나왔단 말인가. 몰리는 섬뜩한 아이러니에 몸서리쳤다. 우리 모두가 좀 더 만족스러운 삶을 살기 위해 이곳으로 왔는데. 쓸모 있는 사람이 되고 싶어서. 이 입식지로 온 사람들은 모두 꿈을 가지고 있었다. 아마 그게 문제였을지도 모르겠군. 몰리는 생각했다. 각자가 자기만의 꿈속 세상에 너무나도 푹 잠겨 있는 탓에, 거기서 아예 빠져나오지를 못하는 거야. 그래서 그룹의 일원으로 기능하지 못하는 거고. 게다가 써그와 덩클웰트 같은 진짜 정신병자들까지 섞여 있었으니.

누군가가 총으로 그의 머리를 쿡 찌르며 말했다. "소리 내지 마."

검은 가죽옷 차림의 또 한 명의 사내가 진료소 앞쪽으로 성큼성큼 걸어갔다. 에르그총을 쥐고 있었다. "벨스너는 밖의 포치에 있어." 두 번째 사내는 몰리의 머리에 총을 겨누고 있는 첫 번째 사내에게 말했다. "내가 처리하지." 사내는 총을 들어 문 쪽을 겨냥했다. 총구에서 전호電弧가 튀어나왔다. 총의 양극陽極 코일에서 발생한 번개가 벨스너와 접촉했고, 순간적으로 그의 몸을 음극 단자로 만들었다. 벨스너는 경련하며 무릎을 푹 꿇었고, 옆으로 쓰러졌다. 마취총은 그 옆에 떨어져 있었다.

"밖에 더 있잖아." 몰리 곁에 웅크리고 있는 사내가 말했다.

"시체 묻는 일에 정신이 팔려서 눈치 못 챘을 거야. 이 친구의 와이프도 밖에 나가 있잖아."

총을 쏜 사내는 이렇게 대꾸한 다음 몰리에게 다가왔다. 침대 곁에 웅크리고 있던 사내도 일어섰다. 두 사내는 나란히 서서 잠시 몰리를 훑어보았다. 두 사람 모두 검은 가죽옷 차림이었다. 이놈들은 누구일까. 무엇일까.

"몰리." 첫 번째 사내가 말했다. "자네를 여기서 데리고 나가겠어."

"왜?" 몰리는 물었다.

"자네 목숨을 구하기 위해서야." 두 번째 사내가 말했다. 그들은 재빨리 들것을 가지고 와서 몰리의 침대 옆에 내려놓았다.

13

진료실 뒤꼍으로 가니 조그만 비행정飛行艇 한 척이 휘영청한 달빛 속에 습기를 머금고 번들거리고 있었다. 검은 가죽 제복을 입은 두 사내는 몰리를 실은 들것을 비행정의 해치까지 운반했다. 일단 들것을 내려놓고, 앞의 사내가 해치를 연다. 그런 다음 그들은 다시 들것을 집어 들고 신중하게 조종실로 운반했다.

"벨스너는 죽었나?" 몰리가 물었다.

첫 번째 사내가 말했다. "기절했을 뿐이야."

"지금 어디로 가는 거지?"

"자네가 가고 싶어 하던 장소." 두 번째 가죽옷이 조종석 앞에 앉더니 스위치 몇 개를 넣고 다이얼과 제어반을 조정했다.

비행정은 이륙했고, 밤하늘을 향해 날아올랐다. "몰리, 혹시 불편하지는 않나? 바닥에 눕혀서 미안하군. 하지만 그리 오래 걸리지는 않을 거야."

"당신들 정체가 뭐지?" 몰리가 말했다.

"불편해, 안 불편해?" 첫 번째 사내가 거듭 물었다.

"안 불편해."

조종석 앞의 모니터 화면이 눈에 들어왔다. 대낮처럼 밝은 스크린을 통해 나무들과 관목, 지의류地衣類 따위의 작은 식물의 모습이 보였다. 뭔가 희게 번득였다. 강이다.

이윽고 화면에 **'건물'**의 모습이 나타났다.

비행정이 **'건물'**의 옥상을 향해 하강하기 시작했다.

"저기로 가고 싶어 한 거 아니었어?" 첫 번째 사내가 말했다.

"응." 몰리는 고개를 끄덕였다.

"지금도 들어가고 싶어?"

"아니."

"기억이 안 나는가 보군?"

"안 나." 몰리는 누운 채로 옅게 숨을 쉬며 체력을 온존하려고 했다. "오늘 처음 봤는걸."

"아, 그건 사실이 아냐." 두 번째 사내가 말했다. "자넨 전에도 저걸 본 적이 있어."

서투른 착륙 탓에 비행정이 위로 튕겼고, **'건물'** 옥상의 경고등이 번득였다.

"빌어먹을. 또 그놈의 R. K. 광선이 말썽을 부린 것 같아." 첫 번째 사내가 불평했다. "그러게 내가 수동으로 착륙시키는 편이 낫다고 했잖아."

"이런 옥상에 수동으로 착륙하는 건 무리야. 장애물이 너무 많아서 저 물탱크에 부딪치고 말걸." 두 번째 사내가 대꾸했다.

"이렇게 넓은 옥상에 B사이즈의 배조차 착륙시키지 못하는 친구와는 일하고 싶지 않군."

"넓이와는 관계가 없어. 단지 불규칙한 장애물들이 마음에 들지 않는다는 뜻이야. 이렇게 발 디딜 틈도 없어서야."

두 번째 사내는 조종석에서 나와 해치 앞으로 가서 수동식 크랭크를 돌렸다. 해치가 열리자 제비꽃 향기를 풍기는 밤공기가 흘러들어왔고…… 그와 동시에 **'건물'**의 신음하는 듯한 둔중한 굉음이 들려왔다.

몰리는 벌떡 일어나서 해치 옆에 서 있는 사내가 느슨하게 쥐고 있는 에르그총을 향해 필사적으로 손을 뻗쳤다.

사내의 반응은 느렸다. 잠시 몰리에게서 고개를 돌리고 조종석에 앉은 첫 번째 사내에게 뭐라고 질문을 하는 참이었기 때문이다. 오히려 동료 쪽이 몰리를 먼저 보고 경고의 고함을 질렀지만, 이미 때가 늦었다.

에르그총이 몰리의 손에서 미끄러지며 바닥으로 떨어졌다. 몰리는 일부러 그 위로 쓰러지며 다시 한 번 총을 움켜쥐려고 했다.

조종석에 앉아 있던 사내가 쏜 고주파 전기 펄스가 번득이며 몰리의 몸을 스쳐갔다. 빗나간 것이다. 몰리는 다치지 않은 쪽의 어깨 쪽으로 쓰러지며 총을 집었고, 억지로 몸을 일으켜 앉은 다음 응사했다.

몰리가 쏜 빔이 조종석에 있는 사내의 오른쪽 귀 위를 직격했다. 몰리는 재빨리 총구를 돌려 총을 빼앗으려고 달려든 두 번째 사내를 쏘았다. 워낙 가까운 거리인지라 빔의 위력은 엄청났다. 사내는 경련하며 뒤로 튕겨나갔고, 반대편 벽에 거치된 복잡한 기기들과 부딪혔다.

몰리는 해치를 세차게 닫은 다음 크랭크를 돌려 잠갔고, 바닥 위로 무너지듯이 쓰러졌다. 어깨의 붕대 위로 피가 스며나오며 바닥을 더럽혔다. 머리가 웅웅거린다. 1, 2초 뒤에는 자신이 완전히 정신을 잃으리라는 사실을 그는 알고 있었다.

제어반 위의 스피커가 찰칵 켜지더니 목소리가 흘러나왔다. "미스터 몰리. 우리는 자네가 그 비행정을 점거했다는 사실을 알고 있네. 이쪽 요원 두 명을 기절시켰다는 사실도 말이야. 이륙할 생각일랑 하지 말게. 자네의 어깨 수술은 불완전해. 찢어진 동맥이 제대로 봉합되지 않았어. 그러니까 당장 비행정 해치를 열게. 지금 집중적인 치료를 받지 않는다면 자네는 한 시간 안에 죽어."

엿이나 먹어라. 몰리는 제어반 쪽으로 기어가서 두 개 있는 좌석 중 하나에 손을 뻗었다. 다치지 않은 팔을 써서 좌석 위로 몸을 끌어 올렸고, 균형을 잡으려고 손발을 버둥거리며 조금씩 몸을 제위치로 가져갔다.

"자네는 고속 비행정을 조종하는 훈련을 받지 않았어." 스피커가 말했다. 조종실 내부에 감시 카메라 같은 것이 있어서 그의 일거수일투족을 밖으로 전달하고 있는 듯했다.

"조종할 수 있어." 몰리는 씩씩 콧김을 뿜으며 말했다. 가슴이 천근처럼 무겁고, 숨을 들이쉬기 힘들다. 대시보드에 늘어선 스위치의 표시를 보니 자기 테이프에 기록된 비행 패턴들을 작동시키기 위한 것들이 있었다. 도합 여덟 개의 패턴이 있다. 아무거나 하나 골라서 눌렀다.

아무 일도 일어나지 않았다.

여전히 유도빔을 받고 있기 때문이야. 자동 추적 장치를 해제해야 해.

몰리가 자동 추적 장치를 찾아내서 꺼버리자 기체가 진동했다.

잠시 후 비행정은 밤하늘을 향해 서서히 상승했다.

뭔가 이상해. 이 비행정의 비행 상태는 정상이 아냐. 플랩이 아직도 착륙 위치에 고정되어 있는가 보군.

이제는 거의 눈이 보이지 않았다. 조종실의 정경이 흐릿해지기 시작했다. 몰리는 질끈 눈을 감으며 몸을 떨었고, 다시 눈을 떴다. 하느님 맙소사. 당장이라도 까무러칠 것 같아. 이 비행정은 내가 깨어 있지 않으면 추락할까? 아니면 자기 맘대로 날아가는 걸까? 그렇다면, 어디로?

몰리는 정신을 잃고 좌석에서 조종실 바닥으로 굴러 떨어졌다. 사방에서 몰려온 어둠이 그를 감쌌다.

몰리가 바닥에 그렇게 쓰러져 있는 동안에도 비행정은 계속 날아갔다.

무시무시한 백열광이 얼굴 위로 가차 없이 쏟아져내렸다. 타는 듯한 빛이 눈부셔서 다시 질끈 눈을 감았지만— 빛을 차단하는 것은 불가능했다. "멈춰." 이렇게 말하고 두 팔을 들어 올리려고 했지만 움직이지 않았다. 몰리는 가까스로 눈을 뜨고 주위를 둘러보았다. 심한 피로로 인해 몸이 떨렸다.

가죽 제복을 입은 두 사내는 여전히 바닥에 쓰러져 있었다. 마지막으로 보았을 때의 그 자세 그대로. 굳이 확인해보지 않아도 죽은 것을 알 수 있었다. 그렇다면 벨스너도 죽었다는 얘기가 된다. 사내들의 무기는 기절시키는 것이 아니라 죽이기 위한 것이었다.

여기는 어디일까?

비행정의 모니터 화면은 지금도 켜져 있었지만, 렌즈 정면을 어떤 물체가 직통으로 가로막고 있는 탓에 희고 편평한 표면밖에는 보이지 않았다.

오랜 시간이 흘렀나보군. 스크린의 스캔 범위을 지정하는 트랙볼을 조작하면서 몰리는 중얼거렸다. 조심스레 다친 어깨를 만져보았다. 출혈은 멎어 있었다. 그럼 치료가 충분하지 않다는 놈들의 주장은 거짓이었던 것일까. 배블이 의외로 제대로 치료해준 것인지도 모르겠다.

모니터 화면에 나타난 것은—

거대한 도시의 폐허였다. 눈 아래로 끝없이 펼쳐진. 비행정은 그물처럼 이어지는 도시의 건축물들을 내려다보는 고층건물 옥상의 발착장 위에 정지해 있었다.

움직임은 없다. 생명의 징후도 없다. 이 도시에는 아무도 살

246

고 있지 않다. 모니터 화면을 통해 보이는 것은 쇠퇴와, 끝없이 이어지는 완전한 붕괴의 상징뿐이었다. 마치 **'형상 파괴자'**의 도시처럼 보인다.

제어반 위의 스피커는 완전히 침묵하고 있었다. 놈들의 도움은 받을 가능성은 없다는 말이 된다.

도대체 여기는 어디일까? 이토록 엄청나게 큰 규모의 도시를 완전히 폐허가 될 때까지 내버려두다니 가당키나 한 일인가?

부식과 부패를 막으려는 노력조차 하지 않고, 적어도 1세기 동안 방치해두지 않는 한 이런 상태가 될 리가 없다! 몰리는 할 말을 잊었다.

비틀거리며 비행정의 해치로 갔다. 전동 개폐 장치를 써서 해치를 연 다음—크랭크를 돌려 수동으로 여는 쪽이 더 빠르지만, 그럴 체력이 남아 있지 않았다—밖을 내다보았다.

공기에서는 차갑고 퀴퀴한 냄새가 났다. 귀를 기울였지만 아무 소리도 들리지 않았다.

마지막 남은 힘을 쥐어짜서 비틀비틀 비행정 밖으로 나왔다. 옥상이다.

아무도 없어.

난 아직도 델맥-O에 있는 걸까?

델맥-O에 이런 곳은 없어. 델맥-O는 인류에게는 신세계이기 때문이지. 아직 개발조차도 되지 않았잖아. 우리들 열네 명이 살던 조그만 거류지가 전부였어.

하지만 이곳은 누가 보아도 오래된 곳이다!

휘청거리는 몸을 억지로 가누며 비행정 안으로 기어들어 왔다. 쓰러지듯이 좌석에 앉아 제어반에 몸을 기댔다. 그는 깊은 생각에 잠겼다. 이제 어떻게 해야 할 것인가? 델맥-O로 돌아가야 한다. 손목시계를 보았다. 검은 가죽 제복 차림의 두 사내에게 유괴당한 이래 약 15시간이 흘렀다. 거류지의 동료들은 아직도 살아 있을까? 아니면 모두 살해당했을까?

음성 제어 장치가 딸린 자동 조종 장치가 있었다.

장치의 스위치를 넣고 마이크를 향해 말했다. "델맥-O로 가줘. 당장." 그런 다음 마이크를 끄고 등받이에 등을 댄 편한 자세로, 기다렸다.

꿈쩍도 하지 않았다.

"델맥-O가 어디 있는지 몰라?" 다시 마이크에 대고 말했다. "거기로 데려가줘. 15시간 전에는 거기 가 있었잖아. 기억 안나?" 아무 일도 일어나지 않았다. 아무 응답도 없고, 아무 움직임도 없다. 이온 추진 엔진이 팍팍거리며 점화되는 소리도 들리지 않는다. 델맥-O로 가는 비행 패턴을 등록하지 않은 거로군. 가죽 제복 차림의 두 사내는 수동 조종으로 거류지까지 갔던 게 분명하다. 그게 아니라면 내가 기계를 다루는 방법에 문제가 있거나.

몰리는 조종석 앞의 제어반을 주의 깊게 점검했다. 스위치, 다이얼, 노브, 트랙볼 따위에 인쇄된 설명을 샅샅이 훑어보았다…… 모든 글자를 빠짐없이 읽었다. 단서는 찾을 수 없었고, 새로운 정보도 얻지 못했다. 이런 마당에, 수동으로 비행정을 조종하는 방법 따위를 알아낼 수 있을 리가 만무했다. 지금 내가 있는 곳이 어딘지 모르기 때문에, 어디로도 갈 수 없어. 결국 무작정 날아다니는 수밖에 없다는 얘긴가. 일단 수동으로 이걸 조종하는 법을 알아낸 뒤에야 가능한 일이지만.

스위치 하나가 눈에 들어왔다. 처음 점검했을 때 무심코 지나쳤던 것이다. 스위치에는 '**문의**'라고 쓰여 있었다.

찰칵하고 그것을 켜보았지만, 아무 일도 일어나지 않았다. 그러나 잠시 뒤에 제어반 위의 스피커가 직직거리더니 소리가 흘러나왔다.

"문의하십시오."

몰리는 말했다. "현 위치가 어딘지 알아?"

"'**비행 정보**'를 참조하십시오."

"제어반 어디에도 그런 표시는 없던데."

"제어반에는 없습니다. 좌석 오른쪽 벽 위에 달려 있습니다."

그쪽을 보았다. 있다.

'**비행 정보**' 장치의 스위치를 넣으면서 그는 말했다. "여기가 어딘지 알아?"

잡음이 들렸다. 무엇인가가 작동하고 있는 듯한 기색이다. 희미하게 직직거리는 소리가 들렸다. 거의 모터의 회전음에 가까운 걸 보니 기계 장치가 작동하고 있는 듯했다. 이윽고 스피커에서 인간의 목소리를 전자적으로 흉내 낸 합성음이 들려왔다. "예에에에에. 여어어어어기는 런던입니다."

"런던?" 몰리는 망연자실한 목소리로 되물었다. "어떻게 그런 일이 가능할 수 있어?"

"여어어어어기까지 날아왔습니다."

몰리는 이 대답을 듣고 고민에 빠졌다. 여전히 영문을 모르겠다.

"행성 지구의 잉글랜드에 있는 런던 시를 얘기하는 거야?"

"예에에에에."

조금 뒤에야 가까스로 정신을 가다듬고, 다음 질문을 했다. "이 비행정으로 델맥-O까지 날아갈 수 있어?"

"그러어어어기 위해서는 6년이 걸립니다. 아 비행정은 그으으러런 비행을 할 장비를 갖추지 않았습니다. 이이이를테면 이 행성의 중력권에서 탈출할 추진력이 모자랍니다."

"지구라." 흠, 적어도 그걸로 이 폐도廢都의 존재를 설명할 수 있다. 지구의 대도시들은 오래전에 모두 버려졌다는 얘기를 들은 적이 있기 때문이다. 도시는 더 이상 아무 역할도 수행하지 않는다고 했다. 그곳에 거주하는 사람도 전무했다. 타조들을 제외한 모든 인간은 외계 행성으로 이주했기 때문이다.

"그럼 내가 타고 있는 이 비행정은 근거리용 고속 셔틀이었던 거야? 행성의 중력권 안에서만 날아다닐 수 있는?"

"예에에에에."

"그럼 나는 이 행성의 다른 지점에서 이곳 런던으로 왔다는 얘기가 되는군."

"예에에에에."

머리가 깨지듯이 아파왔다. 몰리의 얼굴은 번들거리는 땀으로 젖어 있었다. "내가 여기로 왔을 때의 항로를 역산해서, 출발 지점이 어디였는지 알아낼 수 있어?"

"물론입니다." 장치는 한참 동안 쉭쉭거리더니, 대답했다. "예에에에. 좌표 #3R68-222B에서 출발했습니다. 그 전에에에 에에는—"

"좌표 번호 같은 건 얘기해줘도 못 알아들어. 말로 바꿔서 설명할 수는 없나?"

"없습니다. 그거어어얼 설명하는 말은 존재하지 않습니다."

"다시 그 지점으로 돌아가도록 이 비행정을 프로그래밍할 수는 있어?"

"예에에에에. 좌표를 비행 제어 장치에 입력하면 됩니다. 긴급 상황이 발생하면 자동으로 대처하는 기능도 있습니다. 그것도 작동시킬까요?

"응."

몰리는 이렇게 대꾸하고, 격심한 피로와 고통에 못 이겨 제어반의 가로대에 힘없이 몸을 기댔다.

'비행 정보' 장치가 말했다. "혹시 의사의 도움이 필요하십니까아?"

"응."

몰리는 말했다.

"이 비행정을 가장 가까운 의료시설로 보낼까요?"

몰리는 주저했다. 의식 깊숙한 곳에서 아직 활동 중인 무엇인가가 이 제안을 거절하라고 속삭였다. "됐어. 어차피 짧은 비행이니까 괜찮아."

"예에에에. 알겠습니다. 현재 #3R68-222B 지점으로의 비행
에 필요한 좌표를 입력중입니다. 그리고 긴급 상황 감시 프로
그램도 작동시켰습니다. 이이이걸로 됐습니까?"

대답할 기력도 없었다. 어깨에서 다시 피가 흐르고 있다. 생
각보다 출혈이 심했던 듯하다.

자동 피아노를 연상시키는 신호 램프들에 잇달아 불이 들어
왔다. 몰리는 점멸하는 불빛들이 발하는 따스함을 희미하게 느
꼈다. 스위치들이 자동으로 켜졌다가 꺼진다…… 마치 공짜 보
너스 게임—이 경우는 불길하고 암담한 게임—을 시작하려는
핀볼 머신 위에 머리를 갖다 대고 축 늘어져 있는 듯한 느낌이
다. 비행정은 한낮의 하늘을 향해 매끄럽게 상승했다. 런던 상
공—이곳이 정말로 런던이라면 말이지만—을 선회한 다음, 서
쪽을 향해 날아가기 시작했다.

"목적지에 도착하면 날 깨워." 몰리가 으르렁거리듯이 말했다.

"예에에에. 도착하면 깨우겠습니다아아."

"내가 기계를 상대로 말을 나누고 있는 게 맞아?" 몰리는 중
얼거렸다.

"기술적으로는 프로토[原] 컴퓨터상의 무기적 인공 구축물입
니다. 하지만—"그것은 계속 주절거리며 설명을 늘어놓았지
만, 몰리는 듣고 있지 않았다. 또 정신을 잃었기 때문이다.

우주정은 비행을 계속했다.

"곧 #3R68-222B 좌표 지점에 착륙합니다." 높다란 목소리가

귓가에서 울려 퍼졌다. 몰리는 벌떡 일어났다.

"고마워." 무거운 머리를 들어 올려 초점이 안 맞은 눈으로 모니터 화면을 들여다보았다. 거대한 물체가 화면을 가득 채웠다. 한순간 그것이 무엇인지 의아해하다가—거류지가 아니라는 것만은 확실했다—곧 비행정이 '**건물**'로 되돌아왔다는 사실을 깨닫고 전율했다.

"기다려." 몰리는 황급하게 말했다. "착륙하지 마!"

"하지만 여기가 좌표 #3R68—"

"그 명령을 취소하겠어. 그 좌표 이전의 좌표로 가."

잠시 침묵이 흐른 후 '**비행 정보**' 장치가 말했다. "그 이이전의 비행은 수동으로 좌표를 지정한 지점에서 시작되었습니다. 그래서 유도 장치에는 기록이이 남아 있지 않습니다. 계산할 방법이 없습니다."

"그랬군." 예상했던 일이기 때문에 그리 놀라지는 않았다.

"알았어." 몰리는 점점 작아지는 '**건물**'을 바라보며 말했다.

비행정은 상승해서 '**건물**'의 상공 주위를 선회하기 시작했다.

"수동 조종으로 바꾸려면 어떻게 해야 하는지 알려줘."

"우서어어언 10번 스위치를 눌러서 자동 조종 모드를 해제합니다. 그런 다음— 거기 커어다란 플라스틱 트랙볼이 보입니까? 그걸 전후좌우로 움직이면 이 작은 비행정의 침로가 바뀝니다. 자동 조종 모드를 해제하기 전에 일단 연습을 해보는 것을 추천합니다."

"그냥 해제해." 몰리는 거칠게 내뱉었다. 훨씬 아래쪽에 보이는 '**건물**'에서 날아오른 두 개의 검은 점이 다가오고 있었다.

"자동 조종 해제."

몰리는 커다란 플라스틱 트랙볼을 손바닥으로 굴렸다. 비행정이 느닷없이 덜커덕 튀어오르더니 허우적거리듯이 움직였고, 아래쪽의 메마른 지면을 향해 급강하하기 시작했다.

"다시 뒤로 되돌리십시오." '**비행 정보**'가 경고했다. "너무 빨리이이 강하하고 있습니다."

트랙볼을 뒤로 되돌리자 이번에는 비교적 수평 비행에 가까운 자세를 유지하며 날 수 있었다.

"나를 추적해오는 저 두 척을 따돌리고 싶어."

"당신의 비행정 조종 실력으로는—"

"네가 대신 할 수 있어?" 몰리는 상대의 말을 가로막았다.

'**비행 정보**' 장치가 말했다. "저는 여러 개의 다양한 무작위 비행 패턴을 보유하고 있습니다아아아. 어느 것을 써도 그들을 따돌리이일 가능성이 높습니다."

"아무 거나 하나 골라서 시행해."

추적해오는 두 비행정은 아까보다 훨씬 더 가까워진 상태였다. 모니터 화면에서는 추적선들의 기수機首에서 튀어나온 88밀리미터 포의 포신이 보였다. 언제 발포해도 이상할 것이 없는 상태였다.

"무작위 비행 모드로 들어갑니다아." '**비행 정보**' 장치가 말했다. "안전벨트를 꽈아악 매주세요."

몰리는 한 손만으로 간신히 안전벨트를 장착했다. 가까스로

버클을 찰칵 채운 순간 비행정은 느닷없이 급상승했고, 횡전橫轉하면서 이멜만 반전*에 들어갔다…… 반전이 끝나자 비행정은 추적자들보다 훨씬 더 높은 고도에서 반대 방향으로 날아가고 있었다.

"추적해오는 두 척이 레이더의 조준을 이쪽에 맞추고 있습니다. 조종 장치가 적절한 회피 행동을 취할 수 있도록 프로그램을 하겠습니다. 그런 고로 조금 후에는 지면에 가까운 곳에서 저공비행을 할 예정입니다아. 그러니까 놀라지 마세요."

비행정은 발광한 엘리베이터처럼 아래로 곤두박질쳤다. 몰리는 정신이 아득해지는 것을 느끼고 팔에 머리를 기댄 채로 질끈 눈을 감았다. 그러자 또 급작스러운 수평 비행이 시작되었다. 비행정은 지형 변화에 맞춰서 초 단위로 고도를 조절하면서 불규칙한 비행을 계속했다.

몰리는 좌석에 축 늘어져 있었다. 기체가 아래위로 마구 회전하는 통에 속이 울렁거렸다.

묵직한 굉음이 울려 퍼졌다. 추적 중인 비행정 중 한 척이 88밀리미터 포나 공대공 미사일을 발사한 것이다. 황급히 정신을 차리고 모니터 화면을 주시했다. 아슬아슬하게 빗나간 건가?

멀리 떨어진 거친 지표면 위로 한 줄기 검은 연기가 피어오르고 있었다. 우려했던 대로 미사일은 이쪽 비행정의 기수를 스쳐 지나간 듯했다. 바꿔 말해서, 따라잡혔다는 뜻이다.

---

* Immelmann loop. 적기 뒤쪽에서 급상승해서 반 공중제비를 돈 다음 적기를 내려다보고 급강하하는 비행 기동.

"이 비행정에 무기는 없어?" **'비행 정보'**에게 물었다.

목소리가 대답했다. "규정에 입각해서 120-A 타입의 공대공 미사일 두 발을 장착하고 있습니다. 무장 제어 장치를 프로그래밍해서 추적중인 비행정들을 향해 발사할까요?"

"응." 몰리는 대답했다. 어떤 의미에서 그에게는 무척 힘든 결단이었다. 처음으로 타인을 상대로—그들이 적이든 아니든 간에—자발적인 살인 행위를 시도하는 상황이기 때문이다. 그러나 먼저 쏜 것은 상대방이다. 게다가 전혀 주저하지 않고 그를 죽이려고 했다. 여기서 스스로를 지키지 않는다면, 그대로 죽는 수밖에 없었다.

"미사일들을 발사했습니다." 아까와는 다른 새로운 합성음이 말했다. 중앙 제어반에서 직접 들려온다. "적기들의 행동을 스캔한 화면을 보여드릴까요?"

"보여드려어어어어." **'비행 정보'** 장치가 지시했다.

모니터 화면에 새로운 장면이 나타났다. 좌우로 갈라진 화면이었다. 양쪽 미사일이 각각 영상을 보내오고 있는 것이다.

왼쪽 미사일은 목표를 빗나갔고, 천천히 하강하면서 그대로 날아갔다. 곧 지면과 충돌할 것이다. 그러나 두 번째 미사일은 목표물을 향해 똑바로 날아갔다. 그 진로에 있던 비행정은 급선회를 하면서 날카로운 굉음과 함께 상승 기동을 시작했지만…… 미사일도 그쪽으로 방향을 바꿨다. 모니터 화면이 소리 없는 백열광으로 가득 찼다. 미사일이 폭발한 것이다. 추적해 오던 두 척 중 한 척이 사라졌다.

남은 한 척은 똑바로 그를 향해 날아왔다. 점점 속도를 올리며. 상대 조종사는 몰리가 모든 무기를 발사했다는 사실을 알고 있다. 더 이상 저항하는 것은 불가능했고— 상대방도 그 사실을 숙지하고 있었다.

"포 같은 건 안 달려 있어?" 몰리가 물었다.

"이처럼 작은 비행정에는 그럴만한 여유 공간이—"

"있는지 없는지만 말해."

"없습니다."

"다른 무기도 없고?"

"없습니다."

몰리는 말했다. "항복해야겠어. 난 부상을 입은데다가, 이렇게 앉은 채로 피를 흘리면서 죽어가고 있어. 최대한 빨리 착륙해."

"알겠습니다아."

비행정이 급강하했다. 또다시 지면과 수평을 유지하며 날아가기 시작했지만, 이번에는 제동을 걸며 속도를 늦추고 있었다. 착륙용 바퀴가 펼쳐지는 소리가 들렸고, 쿵 하는 소리와 함께 기체가 떨렸다. 착지한 것이다.

기체가 통통 튀고, 진동하며 방향을 바꿀 때마다 그는 고통의 신음을 흘렸다. 타이어가 비명을 지른다.

겨우 멈췄다. 정적이 흘렀다. 몰리는 제어반에 엎드린 채로 상대방의 비행정이 내는 소리에 귀를 기울였다. 기다리고, 기다렸다. 그러나 아무 소리도 듣지 못했다. 공허한 정적이 계속될 뿐이다.

"'**비행 정보**'." 몰리는 중풍에 걸린 것처럼 와들와들 떨리는 머리를 억지로 들어올리며 큰 소리로 말했다. "상대방 비행정은 착륙 안 했어?"

"그냥 지나쳤습니다아."

"왜?"

"모르겠습니다아. 지금도 계속 멀어지고 있습니다. 스캐너로도 거의 볼 수 없을 정도로." 잠시 침묵이 흘렀다. "이제 스캐너의 탐색 범위를 완전히 벗어났습니다."

몰리가 착륙했다는 사실을 미처 몰랐을 수도 있다. 상대편 조종사가 몰리가 탄 비행정의 저고도 수평 비행을 자동식 레이더의 추적을 피하기 위한 회피 기동으로 오인했을 가능성도 있었다.

"다시 이륙해. 선회하면서 점점 직경을 넓혀가. 이 근처에 있는 거류지를 찾는 거야." 몰리는 적당한 침로를 골랐다. "약간 북동쪽으로 날아가."

"알겠습니다아."

비행정은 힘차게 진동하며 이륙을 준비했고, 능숙하게 하늘로 날아올라갔다.

몰리는 휴식을 취하기로 했지만, 계속 모니터 화면을 감시할 수 있도록 좌석 등받이에 등을 기대고 있었다. 그런다고 해서 성공할 것 같지는 않았지만 말이다. 거류지의 규모는 무척이나 작고, 이 빌어먹을 행성은 엄청나게 광활하다. 하지만— 달리 대안이 있는 것도 아니지 않는가?

다시 **'건물'**로 돌아가는 방법이 있기는 했다. 그러나 지금은 그런 행위에 대해 뚜렷하게 생리적인 혐오감을 느끼고 있었다. 예전에는 들어가고 싶었지만, 지금은 전혀 그럴 생각이 없었다.

그건 와인 양조장 따위가 아니었어. 그럼 도대체 뭐지?

모르겠다. 알고 싶지도 않았다.

오른쪽에서 무엇인가가 번득였다. 금속성의 번득임. 몰리는 정신을 차리려고 노력했다. 제어반의 시계를 보니 점점 더 큰 원을 그리며 한 시간 가까이 비행했던 듯하다. 그러다가 깜박 졸았나? 몰리는 눈을 가늘게 뜨고, 방금 번득인 것의 정체를 알아보려고 했다. 작은 건물들.

"저거야."

"저기 착륙할까요?"

"응."

몰리는 몸을 내밀고 재차 확인하려는 듯이 화면을 응시했다.

거류지였다.

14

세스 몰리가 해치의 전동식 개방장치를 작동시키자 몇몇 남
녀—애처로울 정도로 수가 적은—가 비행정을 향해 힘없이 터
벅터벅 걸어왔다. 몰리는 비틀거리며 해치 밖으로 나왔다. 기
력이 고갈된 탓에 몸을 제대로 가누기도 힘들었다. 그들은 그
런 몰리를 암울한 표정으로 바라보았다.

그들이 맞다. 단호한 표정의 러셀. 바짝 긴장하고 있다가 그
를 보자마자 안도의 표정을 떠올린 메리. 피곤한 얼굴을 한 프
레이저. 무의식적으로 파이프대를 잘근잘근 씹고 있는 배블.
써그의 모습은 없었다.

벨스너의 모습도 없다.

몰리는 무거운 어조로 말했다. "벨스너도 죽었어?"

일동은 고개를 끄덕였다.

러셀이 말했다. "돌아온 건 당신이 처음입니다. 어젯밤 늦게 벨스너가 경비를 서고 있지 않다는 걸 알아차렸습니다. 진료실 문 앞에 쓰러져 있는 걸 찾아냈는데, 이미 죽어 있었습니다."

"감전사였지." 배블이 말했다.

"당신도 없었고." 메리가 말했다. 남편의 생환에도 불구하고 여전히 퀭하고 절망적인 눈빛이었다.

"자넨 진료소 침대로 돌아가는 편이 좋겠군." 배블이 말했다.

"아직도 살아 있다는 게 놀라울 정도야. 온몸이 피투성이잖아."

일동은 그를 부축해서 진료소로 데려갔다. 메리는 지나칠 정도로 꼼꼼하게 침대 시트를 폈다. 몰리는 사람들이 자신을 침대 위에 눕히고 베개를 괴어줄 때까지 옆에서 휘청거리며 기다렸다.

"어깨를 조금 더 치료해야겠군." 배블이 말했다. "아무래도 동맥에서 새어나오는 피가—"

몰리가 말했다. "여긴 지구야."

모두가 빤히 그를 응시했다. 배블은 얼어붙었다. 그는 몰리를 돌아보려고 했다가, 마음을 바꿔 수술 도구를 늘어놓은 트레이를 기계적으로 정돈하기 시작했다. 침묵이 흘렀다. 입을 여는 사람은 아무도 없었다.

"그 '**건물**'의 정체가 뭐지?" 이윽고 프레이저가 물었다.

"모르겠어. 하지만 예전에는 나도 거기 있었다는 얘길 들었어." 그래서 마음의 어떤 부분은 이미 그걸 알고 있었던 거야.

아마 우리들 모두가 알고 있었겠지. 과거의 어느 시점에서는 우리들 모두가 그곳에 함께 있었는지도 모르겠군.

"그자들은 왜 우리를 죽이려는 거지?" 배블이 말했다.

"그것도 모르겠어."

"우리가 지구에 있다는 걸 어떻게 알아냈어?" 메리가 물었다.

"얼마 전까지만 해도 런던에 있었어. 유기된 고대 도시에. 썩어서 다 무너져가는 폐옥, 공장, 거리가 몇십 마일이나 이어지더군. 은하계의 그 어떤 행성의 도시보다 더 컸어. 과거에는 인구가 6백만에 달했다지."

"하지만 지구에는 '**새장**' 밖에 없잖아! 그것도 타조들만 수용하는!" 프레이저가 말했다.

몰리가 대꾸했다. "'**행성간서방연합**'의 군용 막사와 연구 시설도 있어." 그러나 아까에 비하면 자신 없는 말투였다. 확신과 열의가 결여되었다고나 할까. "우린 실험 대상이었던 거야." 억지로 말을 이었다. "어젯밤 추측했듯이 이건 트리튼 장군이 진행하고 있는 군사 실험이었어." 그러나 이 얘기 또한 믿기 힘들다. "검은 가죽 제복 따위를 입다니 어떤 부류의 군인들인 걸까? 거기에 장화까지 신었더군…… 잭부츠*라고 하는 물건을 말이야."

러셀은 침착하고 냉담한 어조로 말했다. "놈들은 '**새장**'의 간수야. 사기를 진작하기 위해서 일부러 그런 옷을 입었어. 만날 타조들만 상대하고 있으면 의기소침해지기 쉽거든. 그래서 3,

---

* 무릎 밑까지 올라오는 군용 가죽장화. 곧잘 전체주의의 상징으로 간주된다.

4년 전에 새로운 제복을 도입했는데, 덕택에 간수들 사기가 무척 올라갔어."

메리는 러셀을 돌아보며 물었다. 상대방의 의중을 떠보는 듯한 눈초리였다. "당신은 어떻게 그런 일들을 알고 있는 거죠?"

"나도 그 일원이거든." 러셀은 태연한 어조로 대꾸했고, 웃옷 안으로 손을 넣더니 작고 반짝거리는 에르그총을 꺼내들었다. "우리는 이런 종류의 무기를 지니고 다녀." 러셀은 사람들에게 총구를 돌렸고, 총을 쥔 손으로 한곳에 모여 있으라는 시늉을 했다. "몰리가 도망친 것은 백만 번에 한 번 있을까 말까한 우연이었어." 러셀은 자기 오른쪽 귀를 가리켰다. "정기적으로 연락을 받고 있었기 때문에 몰리가 여기로 돌아오려고 한다는 걸 알았지만, 나와 내 상관들은 설마 진짜로 성공할 거라고는 생각하지 않았어." 그러고는 미소 지었다. 우아하게.

날카로운 파열음이 들렸다. 굉음에 가까운 큰 소리였다.

러셀은 뒤로 반쯤 몸을 돌린 자세로 힘없이 쓰러졌다. 에르그총이 바닥에 떨어졌다. 이번엔 또 뭐지? 몰리는 몸을 일으키고 앉아서, 좀 더 잘 보려고 했다. 어떤 윤곽이 어른거렸다. 사내의 윤곽이다. 사내는 방 안으로 걸어 들어왔다. **'걷는 자'**일까? **'지상을 걷는 자'**가 드디어 우리를 도우려고 왔단 말인가?

사내는 총을 들고 있었다— 납으로 된 탄환을 쏘는 고색창연한 권총을. 몰리는 그것이 벨스너의 총임을 깨달았다. 하지만 지금 그 총을 갖고 있는 건 써그일 텐데. 이해할 수 없었다. 다른 사람들도 마찬가지인 듯했다. 그들은 권총을 든 사내가 들

263

어오자 당황하며 뿔뿔이 흩어졌다.

써그였다.

러셀은 진료실 바닥에 쓰러져 죽어가고 있었다. 써그는 허리를 굽히고 에르그총을 집어 들었고, 허리띠에 꽂았다.

"돌아왔어." 써그는 음울한 어조로 말했다.

"방금 이자가 한 말을 들었어?" 몰리가 말했다. "방금 러셀이 한―"

"들었어." 써그는 잠시 주저하다가 에르그총을 꺼내 몰리에게 건넸다.

"누구든 마취총을 꺼내 와. 총 세 자루가 모두 필요해. 다른 무기는 없어? 비행정 안에?"

"비행정 안에 두 자루 더 있어." 몰리는 이그나츠 써그가 내민 에르그총을 받아 들며 말했다. 우리를 죽일 생각이 아니란 말인가? 그러고 보니 광인狂人을 연상케 하는 특유의 얼굴 표정은 지금은 많이 누그러져 있었다. 팽팽하게 긴장한, 경계하는 듯한 분위기도 상당 부분 완화되었고, 오히려 침착하고 빈틈없는 정상인에 더 가까워 보인다.

"너희들은 내 적이 아냐." 써그는 말했다. "적은 바로 이런 놈들이야." 그는 벨스너의 권총으로 러셀을 가리키며 말했다. "우리 그룹의 누군가라는 걸 알고 있었어. 처음에는 벨스너라고 생각했지만, 결국은 오해였어. 유감이로군." 그는 침묵했다.

남은 사람들도 침묵을 지켰다. 다음에 일어날 일을 기다리고 있었다. 늦든 빠르든 곧 그렇게 될 것이라는 사실을 모두 알고 있었다. 총이 다섯 자루. 몰리는 되뇌었다. 계란으로 바위를 치는 꼴이다. 놈들은 공대지 미사일에 88밀리미터 포로 무장하고 있다. 그밖에 또 뭘 갖고 있는지 알게 뭔가. 그런 자들을 상대로 싸워본들, 무슨 의미가 있단 말인가?

"의미가 있어." 써그가 말했다. 몰리의 표정을 읽은 듯했다.

"그런 것 같군." 몰리는 말했다.

"난 이 실험의 정체가 뭔지 알 것 같아." 프레이저가 말했다.

다른 사람들은 다음 말이 나오기를 기다렸지만, 프레이저는 침묵했다.

"그게 뭔지 말해줘." 배블이 말했다.

"확실해질 때까지는 말할 수 없어." 프레이저가 대꾸했다.

나도 알 것 같아. 몰리는 생각했다. 프레이저 말이 옳아. 절대로 확실해질 때까지는, 완전한 증거가 나올 때까지는, 아예 언급도 하지 않는 편이 나아.

"우리가 지구에 있다는 건 알고 있었어." 메리가 나직한 어조로 말했다. "이곳의 달을 보았을 때부터 줄곧. 오래전, 어렸을 적에 사진으로 본 달과 똑같았거든."

"그래서 그걸 보고 어떤 추측을 했는데?" 프레이저가 물었다.

메리가 말했다. "이건—" 그녀는 남편을 흘끗 보며 망설였다. "이건 **'행성간서방연합'**에 의한 군사 실험이 아닐까? 모두들 그렇게 생각하고 있는 거 아냐?"

"응." 몰리가 말했다.

"또 다른 가능성이 하나 있어." 프레이저가 말했다.

"그 얘긴 하지 마." 몰리가 말했다.

"하는 편이 낫다고 생각해." 프레이저가 말했다. "공개적으로 그 가능성을 검토하고, 사실인지를 확인하는 거야. 상대방과 계속 싸울지 말지를 결정하는 건 그 뒤에 해도 늦지 않아."

"말해줘." 배블은 긴장한 나머지 더듬거리는 말투로 재촉했다.

프레이저가 말했다. "우리들 전원이 심신상실자心神喪失者였던 거야. 우리는 과거의 어떤 시점에서, 아마 몇 년 동안이나, 우리가 '**건물**'이라고 부르는 구조물 안에 갇혀 있었어." 그는 잠시 침묵했다가 말을 이었다. "따라서 이 '**건물**'은 감옥인 동시에 정신병원인 거야. 그리고 그 목적은—"

"그럼 이 거류지는 왜 만든 거야?" 배블이 반문했다.

"실험을 하기 위해서야. 하지만 이건 군이 아니라 감옥과 병원 당국이 수행하는 실험이었어. 우리가 밖으로 나가서도 제대로 기능할 수 있는지를 알아보려고 했던 거지. 지구에서 멀리 떨어진 행성에서 말이야. 결과는 참담한 실패로 끝났어. 우린 서로를 죽이기 시작했거든." 프레이저는 마취총을 가리켰다. "벤 톨치프는 저걸 맞고 죽었어. 그게 모든 일의 시초였지. 벤 톨치프를 죽인 범인은 자네야, 배블. 수지 스마트도 자네가 죽였나?"

"내가 아냐." 배블은 힘없이 말했다.

"하지만 벤 톨치프는 자네가 죽인 게 맞지?"

"왜 죽였어?" 써그가 끼어들었다.

"난— 우리의 정체를 깨달았던 것 같아. 그래서 벤 톨치프를 첩자라고 의심했던 거야. 실제로는 러셀이었지만."

"수지 스마트는 누가 죽였지?" 몰리가 프레이저에게 물었다.

"모르겠어. 그쪽은 전혀 단서가 없어. 배블일지도 모르고, 자네일지도 몰라, 몰리. 자네가 수지를 죽였나?" 프레이저는 몰리를 훑어보았다. "흐음, 자넨 아닌 것 같군. 그럼 써그일지도 몰라. 하지만 내가 무슨 얘기를 하고 싶은지는 이제 다들 이해했지. 누구든 범인이 될 수 있었어. 전원이 그런 성향을 가지고 있으니까 말이야. 그래서 그 '**건물**'에 수용되었던 거야."

메리가 말했다. "수지는 내가 죽였어."

"왜?" 몰리는 자기 귀를 의심했다.

"당신한테 그런 짓을 하려고 했잖아." 메리의 목소리는 태연함 그 자체였다. "게다가 나까지 죽이려고 했어. 자기가 훈련시킨 그 '**건물**' 모형을 써서 말이야. 그러니까 그건 정당방위였어. 모두 그 여자 탓이야."

"하느님 맙소사." 몰리는 말했다.

"당신, 그렇게까지 그 여자를 사랑했어?" 메리가 힐문했다. "그런데도 내가 왜 그런 짓을 했는지 이해 못하겠다는 거야?"

"제대로 알지도 못하는 사이였어."

"제대로 알지도 못하면서, 잘도 그런 짓을—"

"그만해." 써그가 가로막았다. "이젠 상관없어. 프레이저의 지적이 옳아. 누구든 살인자가 될 수 있었고, 실제로 살인을 저지른 건 언제나 우리들 중 한 사람이었어." 써그의 얼굴이 경련하듯이 일그러졌다. "아니, 그랬을 리가 없어. 난 못 믿겠어. 우리들 모두가 정신병자일 리 없어."

프레이저가 말했다. "살인에 한해서는, 우리들 모두가 잠재적 살인마라는 사실을 오래전에 간파하고 있었어. 다들 자폐증적인 경향이 현저했고, 정신분열증적인 정서장애에 시달리고 있었지." 그는 메리를 가리키며 통렬한 어조로 말했다. "방금 저 여자가 자기 입으로 태연하게 수지 스마트를 죽였다고 하는 거 봤잖아." 그러고는 배블을 가리켰다. "배블은 자기가 벤 톨치프를 죽였다고 시인했어 — 누군지도 잘 모르는 사내를…… 단지 당국의 첩자일지도 모른다는 의심만으로 — 의심만으로! — 죽였던 거야.

잠시 침묵이 흘렀다. 이윽고 배블이 입을 열었다. "한 가지 이해가 안 되는 부분이 있는데…… 로킹엄 여사는 도대체 누가 죽였어? 선량하고, 기품과 교양을 갖췄고…… 그 누구한테도 해를 끼친 적이 없는 여성이었잖아?"

"아마 죽인 사람은 없는지도 몰라." 몰리가 말했다. "워낙 몸이 약했기 때문에 당국 측에서 데리고 갔을 가능성도 있어. 나처럼 말이야. 죽지 않도록, 우리와 격리했던 거야. 여기까지 와서 나를 끌고 갔을 때도 그렇게 설명하더군. 배블이 내 어깨를 제대로 치료하지 않은 탓에, 그대로 놓아두면 곧 죽을 거라고 했어."

"그 말을 믿어?" 써그가 물었다.

몰리는 정직하게 대답했다. "모르겠어. 사실일 수도 있겠지.

268

죽일 작정이었다면 그 자리에서 나를 죽일 수도 있었으니까 말이야. 벨스너처럼." 그자들이 죽인 것은 벨스너 한 사람일까? 나머지는 모두 우리 손에 죽었단 말인가? 그렇다면 프레이저의 가설이 옳다는 얘기가 된다…… 게다가 그자들이 벨스너를 죽일 작정이었는지도 확실하지 않았다. 빨리 가려고 서두르다가 에르그총이 마비 모드에 맞춰져 있다고 착각했을 가능성도 있지 않은가.

게다가 우리가 두려웠을 것이다.

메리가 말했다. "아마 직접 개입하는 걸 최대한 자제하고 있었는지도 몰라. 실험이잖아. 어떤 결과가 나올지 알고 싶어 했겠지. 나중에 어떤 결과가 나왔는지를 봤고, 그래서 러셀을 거류지로 파견했던 거야…… 그자들은 벨스너를 죽였어. 벨스너를 죽이는 일에는 전혀 주저하지 않았는지도 몰라. 벨스너는 토니를 죽였잖아. 그건 누가 봐도 명백한—" 그녀는 적절한 단어를 찾아보려고 했다.

"과잉방어." 프레이저가 말했다.

"맞아. 과잉방어였어. 사살하는 대신 다른 방법을 써서 검을 빼앗을 수도 있었잖아." 메리는 남편의 다친 어깨 위에 살짝 손을 올려놓았다. 무척이나 상냥하게. "그래서 당국에서는 이이를 구하려고 했던 거야. 이이는 아무도 죽이지 않았어. 아무 죄도 짓지 않았지. 하지만 당신은—" 그녀는 증오에 찬 어조로 써 그를 쏘아보았다. "당신은 다쳐서 누워 있는 이이를 죽이고도 남을 인간이야."

269

써그는 모호한 몸짓을 해 보였다. 신경 안 쓴다는 듯이.

"로킹엄 여사도 이이와 마찬가지로 사람을 죽인 적이 없어. 그래서 당국 쪽에서 구하러 왔던 거야. 이런 종류의 실험이 와해될 때는, 가급적 많은 피험자를 구출하는 것이 당연—"

"당신 주장을 들으니." 프레이저가 끼어들었다. "역시 내 생각이 옳았다는 생각이 드는군." 그는 자기와는 상관없다는 듯이 냉담한 표정으로 미소 지었다. 마치 강 건너 불구경하는 듯한 태도였다.

몰리가 말했다. "그것 말고도 뭔가 다른 요인이 작용했을지도 몰라. 그게 아니라면 그토록 오랫동안 살인 행위를 방치했을 리가 없어. 당국에서도 틀림없이 몰랐던 거야. 적어도 러셀을 보냈을 때까지는. 그 뒤로는 물론 알았겠지만."

"제대로 감시를 안 했을 가능성도 있겠군." 배블이 말했다. "초소형 TV카메라를 장착하고 여기저기를 돌아다니는 조그만 인공 곤충들에만 의존하고 있었다면—"

"그것 말고도 틀림없이 뭔가 있었을 거야." 몰리는 이렇게 말하며 아내에게 지시했다. "러셀의 호주머니를 뒤져봐. 샅샅이. 옷의 라벨을 확인하고, 손목에 찬 게 시계인지 뭔지 확인하고, 숨겨놓은 종이쪽지 같은 게 없는지도 알아봐."

"알았어." 메리는 러셀의 말쑥한 웃옷을 조심스레 벗기기 시작했다.

메리가 지갑을 꺼내는 것을 본 배블이 말했다. "나한테 줘봐. 안에 뭐가 있는지 확인하고 싶어." 그는 건네받은 지갑을 펼쳤다. "신분증명서. 네드 W. 러셀. 시리우스 제3행성의 돔 식민지에 거주. 나이 29세. 머리 색깔 갈색. 눈 색깔 갈색. 키 5피트 11.5인치. B종과 C종 우주선 항행 면허." 배블은 지갑 깊숙한 곳을 뒤졌다. "기혼. 젊은 여자의 입체 사진이 있는데, 아내인 게 틀림없어." 그는 지갑을 더 뒤졌다. "이건 갓난애 사진이군."

한동안 아무도 입을 열지 않았다.

잠시 후 배블이 말했다. "하여튼 간에, 가치가 있는 건 하나도 없어. 아무런 정보도 얻을 수 없었어." 그는 러셀의 왼쪽 소매를 걷어 올렸다. "시계는 자동태엽식 오메가로구먼. 좋은 시계이지." 그러고는 갈색 캔버스천 웃옷의 소매를 조금 더 위로 걷어 올렸다. "문신이 하나 있어. 팔뚝 안쪽에. 묘하군. 내 팔뚝에 있는 문신하고 똑같잖아. 위치까지 똑같아." 그는 손가락으로 러셀의 팔에 있는 문신을 훑었다. "페르서스 9." 배블은 중얼거렸다. 자신의 왼쪽 커프스단추를 풀더니 소매를 걷어올렸다. 그의 말대로 똑같은 위치에 똑같은 문신이 있었다.

몰리가 말했다. "내 것은 발등에 있어." 이상하군. 몇 년 동안이나 이 문신 생각을 한 적이 없었는데.

"어디서 그런 문신을 했어?" 배블이 물었다. "난 언제 그랬는지 기억이 없어. 정말 오래전에 한 문신인가 봐. 무슨 뜻인지도 모르겠으니…… 애당초 그걸 알고 있었는지도 확실하지 않지만. 아무래도 군대에서 쓰는 인식표의 일종인 것 같은데. 어떤 장소의 이름일지도 몰라. 페르서스 9 전초기지, 뭐 그런 거."

몰리는 다른 동료들을 둘러보았다. 모두 매우 거북하고— 어

271

딘가 불안한 표정이었다.

"다들 몸에 이 문신이 있는 거로군." 기나긴 시간이 흐른 뒤에, 배블이 말했다.

"이 문신을 새겼을 때의 일을 기억하는 사람은 없어?" 몰리가 말했다. "어떤 이유에서 그랬는지, 혹은 이게 어떤 의미를 갖고 있는지 아는 사람?"

"난 갓난애 시절부터 있었어." 프레이저가 말했다.

"자네는 결코 갓난애였던 적이 없어." 몰리가 말했다.

"뜬금없이 그게 무슨 소리야?" 메리가 물었다.

"그러니까, 갓난애였을 때의 프레이저를 상상할 수 없다는 뜻이야."

"그런 식으로 말하지는 않았잖아."

"내가 어떤 식으로 말하든 그게 무슨 상관이야?" 몰리는 신경이 날카롭게 곤두선 것을 자각했다. "하여튼 모두에게 공통점이 하나 있다는 게 밝혀졌군 — 우리 몸에 주석註釋처럼 각인된 문신 말이야. 죽은 사람들에게도 있었을 거야. 수지, 그리고 다른 사망자들에게도 말이야. 흐음, 이젠 진실을 직시하자고. 우리 모두 뇌 깊숙한 곳에 기억이 결락된 장소를 하나씩 갖고 있어. 그게 아니라면 다들 어디서 이 문신을 얻었는지, 또 이게 무슨 뜻인지를 알고 있어야 해. 페르서스 9라는 단어가 뭘 의미하는지를 말이야. 최소한 문신을 팠을 때는 그게 뭘 의미하는지를 알고 있었어야 했어. 유감이지만 우리가 심신상실자 집단이라는 가설은 이걸로 확인된 것 같군. 아마 우리는 '건물' 안에

272

갇혀 있었을 때 이런 문신을 각인당했을 거야. 당시 일을 아예 기억하지 못하기 때문에, 이 문신에 관한 기억도 없는 거지." 몰리는 깊은 생각에 잠긴 나머지 자기 내부로 침잠했고, 한동안 주위 사람들을 완전히 무시하고 있었다. "다하우*"가 생각나는군." 잠시 후 몰리는 말했다. "나는 이 문신의 의미를 알아내는 것이 극히 중요한 일이라고 생각해. 이 문신의 존재는 우리의 정체가 무엇인지, 이 거류지는 뭘 하는 곳인지 하는 질문에 대해서 최초의 확고한 실마리를 제공해줬으니까 말이야. 어떻게 하면 이 페르서스 9라는 말의 의미를 찾아낼 수 있을까. 혹시 제안하고 싶은 게 있어?"

써그가 말했다. "비행정의 참조 라이브러리를 조사해보면 어떨까."

"그렇군. 그럴 수도 있겠어. 하지만 난 우선 텐치한테 물어보면 어떨까 하는 생각이 들어. 물론 그땐 나도 그 자리에 있어야 해. 나를 비행정에 태우고 가줄 수 있어?" 여기 홀로 남아 있다가는 벨스너처럼 살해될 게 뻔하다.

배블이 말했다. "반드시 타고 갈 수 있도록 하지— 하지만 조건이 하나 있어. 우선 비행정의 참조 라이브러리에게 물어봐야 해. 거기서 아무 정보도 얻지 못했다는 게 확실해지면, 그때 텐치한테 가서 확인하자고. 하지만 참조 라이브러리로 충분하다면 일부러 그런 힘든 일을 할 필요는—"

"좋아." 그러나 몰리는 비행정의 데이터베이스 따위로는 아

---

* Dachau. 나치 독일의 유대인 강제수용소. 생체 실험으로 악명이 높았다.

무 해답도 얻을 수 없으리라고 확신하고 있었다.

일동은 써그의 지시를 받으며 몰리와 함께 조그만 우주정에 탑승했다.

세스 몰리는 또다시 비행정의 조종석에 앉아 '**문의**'라고 쓰인 스위치를 켰다.

"무으으으슨 용건이신지." 높다란 목소리가 말했다.

"페르서스 9라는 검색어는 뭘 의미하지?" 몰리가 이렇게 묻자 윙윙거리는 소리가 나더니 합성된 음성이 흘러나왔다. "페르서스 9에 관한 정보는 없습니다."

"혹시 그게 행성 이름이라면 당연히 기록되어 있겠지?"

"예에에에. '**항성간서방연합**'이나 '**항성간동방연합**' 당국의 기록에 포함되어 있다면 즉시 알았을 겁니다."

"고마워." 몰리는 스위치를 끄고 '**문의**' 서비스를 종료했다. "보나마나 이럴 거라는 예감이 있었어. 텐치는 대답을 알고 있을 거라는 예감은 도리어 강해졌지만 말이야." 그리고 바로 이 질문을 통해서 텐치의 궁극적인 목표가 달성되리라는 예감도 있었다. 왜 이런 생각이 떠올랐는지는 모르겠지만 말이다.

"내가 조종할게." 써그가 말했다. "넌 부상이 심하니까 누워 있어."

"사람이 너무 꽉 차 있어서 누울 자리가 없는데."

그들은 간신히 몰리가 누울 공간을 만들어주었다. 몰리는 기꺼이 그 자리에 몸을 뻗고 누웠다. 비행정은 빠르게 상승했다.

살인자가 조종하는 걸 타고 가는군. 몰리는 생각했다. 살인자인 의사를 승객으로 태우고.

살인자인 아내를 승객으로 태우고. 그는 눈을 감았다.

비행정은 텐치가 있는 곳을 향해 날아갔다.

"저기야. 비행정을 착륙시켜." 모니터 화면을 감시하고 있던 프레이저가 말했다.

"오케이." 써그는 쾌활한 어조로 대꾸하고 조종용 트랙볼을 움직였다. 비행정이 하강하기 시작했다.

"혹시 **'건물'** 쪽에서 우리가 온 걸 눈치채지는 않을까?" 배블이 불안한 어조로 말했다.

"아마 눈치채겠지." 써그가 대꾸했다.

"그렇다고 지금 와서 되돌아갈 수는 없잖아." 몰리가 말했다.

"물론 지금이라도 되돌아가는 건 가능해." 써그가 말했다. "아무도 그런 얘기를 꺼내지 않았을 뿐이야." 써그는 조종 장치를 여기저기 만졌다. 우주정은 긴 활공을 거쳐 매끄럽게 착륙했고, 요란한 소리를 내며 덜커덕 정지했다.

"밖으로 내보내줘." 몰리는 말했다. 조심스레 일어난다. 또 머리가 지끈거리기 시작했다. 마치 60헤르츠의 허밍음이 머릿속에서 울리는 것 같군. 두려워서 이래. 두려움 때문에 이런 반응을 보이는 거야. 어깨의 상처 때문이 아냐.

일동은 조심스레 비행정 밖으로 나가서 바싹 마른 불모의 땅을 가로질렀다. 희미한, 뭔가 타는 듯한 냄새가 풍기며 그들의 코를 자극했다. 메리는 이 냄새로부터 고개를 돌리고, 멈춰 서서 코를 풀었다.

"강은 어디 있지?" 몰리가 주위를 둘러보며 물었다.

강은 없었다.

아니면 어딘가 다른 곳으로 온 건가. 몰리는 생각했다. 텐치 쪽에서 이동했는지도 모르겠다. 그러자 보였다— 그리 멀지 않은 곳에 텐치가 있다. 주위 풍경과 거의 완벽하게 녹아든 모습이다. 사막의 두꺼비 같군. 엉덩이부터 모래에 처박으며 숨는.

배블은 작은 종이쪽지에 서둘러 질문을 썼다. 다 쓴 쪽지를 확인 차 몰리에게 건넸다.

페르서스 9란 무엇인가?

"이거면 되지?" 몰리는 쪽지를 사람들에게 보여주었다. 모두들 진지한 표정으로 고개를 끄덕였다. "좋아." 그는 되도록 싹싹한 어조로 말했다. "그걸 텐치 앞에 내려놓는 거야." 거대하고 질척한 원형질 덩어리는 마치 그들의 존재를 알아차린 것처럼 조금씩 출렁거렸다. 그 앞에 질문을 쓴 종이쪽지를 내려놓자마자 텐치는 부르르 몸을 떨기 시작했다…… 마치 우리에게서 도망치려는 듯한 모습이군. 몰리는 생각했다. 텐치는 명백히 고통스러운 기색으로 앞뒤로 몸을 흔들어대고 있었다. 몸의 일부가 액체화하기 시작했다.

몰리는 뭔가 이상하다는 것을 깨달았다. 전에는 이런 식으로 행동하지 않았다.

"뒤로 물러나!" 배블이 경고했다. 그는 몰리의 성한 쪽 어깨를 움켜잡고 억지로 끌어당겼다.

"하느님 맙소사. 분해되고 있어!" 메리는 등을 확 돌리고 텐치에게서 도망쳐 재빨리 비행정에 올라탔다.

"메리 말이 맞아." 프레이저도 뒷걸음쳤다.

배블이 말했다. "아무래도 저거—" 텐치의 몸에서 커다랗게 흐느끼는 듯한 소리가 들려오며 그가 하려던 말을 묻어버렸다. 텐치는 휘청거리며 색깔을 바꿨다. 동체 아래에서 스며나오는 액체가 철퍽거리는 잿빛 물웅덩이로 변해서 주위를 에워쌌다. 일동이 어찌할 바를 모르는 표정으로 뚫어지게 바라보고 있자, 텐치가 찢어졌다. 텐치는 두 덩어리로 분열했고, 곧이어 네 덩어리로 분열했다. 다시 분열한 것이다.

"뭔가를 낳으려는 거 아닐까." 몰리는 섬뜩한 느낌을 주는 흐느낌 위로 외쳤다. 흐느낌은 점점 더 심해졌고, 점점 더 급박해지기 시작했다.

"뭘 낳고 있는 게 아니야." 몰리가 말했다. "산산조각이 나고 있어. 우리가 한 질문이 저걸 죽인 것 같군. 대답할 수 없는 질문을 받았기 때문이야. 그래서 지금 저렇게 분해되고 있는 거야. 영원히."

"질문을 철회하겠어."

배블은 한쪽 무릎을 꿇고 텐치 근처의 지면에 놓인 종이쪽지를 낚아챘다.

텐치가 폭발했다.

일동은 텐치였던 것의 잔해를 말없이 응시했다. 사방에 젤라
틴이 널려 있었다…… 가장 큰 덩어리 주위로 작은 젤라틴 조
각들이 둥그렇게 널려 있다. 몰리는 그쪽으로 몇 걸음 걸어갔
다. 메리와 함께 도망쳤던 사람들도 머뭇거리며 되돌아와서,
몰리 옆에서 그 광경을 바라보았다. 그들이 한 행위의 결과를.

"왜 이렇게 된 거야?" 메리는 동요한 어조로 힐문했다. "그
질문이 도대체 뭐였기에 이런—"

"이건 컴퓨터야." 몰리가 말했다. 산산조각 난 젤라틴 밑으로
전자 부품들이 보였다. 숨겨져 있던 텐치의 핵심부—전자 컴퓨
터—가 고스란히 드러나 있었다. 도선, 트랜지스터, 인쇄 배선
회로, 테이프식 기억장치, 써스턴 게이트 반응식 결정結晶, 이르
마듐 밸브 따위가 몇천 개씩 지면에 널려 있었다. 마치 중국의
조그만 폭죽 같다…… 맞아, 레이디 크래커라는 이름의 폭죽을
연상시킨다. 몰리는 생각했다. 폭죽처럼 사방팔방으로 비산飛
散한 탓에 수리할 것이 아예 남아 있지 않다. 텐치는 그가 직감
했듯이 영영 사라져버렸다.

"그럼 처음부터 생물이 아니었다는 건가." 배블이 망연자실
한 표정으로 말했다. "자네도 미처 그 부분까지는 몰랐던 같군.
안 그런가, 몰리?"

"예상하긴 했지만, 빗나갔어." 몰리는 대꾸했다. "난 텐치가
질문에 대답해줄 거라고 생각했어. 그 질문에 대답해줄 수 있

는 유일한 생물이라고 생각했거든." 빗나가도 이 정도로 빗나
갈 줄이야.

프레이저가 말했다. "적어도 한 가지는 맞췄어, 몰리. 그 질
문이 열쇠라는 건 명백하게 증명되었으니까 말이야. 하지만 앞
으로 어떻게 해야 할지 막막하군."

텐치 주위의 지면이 연기를 뿜기 시작했다. 젤라틴 같은 물
질과 컴퓨터 부품들이 모종의 열熱연쇄반응을 일으키기라도 한
것일까. 어딘가 불길한 느낌을 주는 짙은 연기였다. 논리적으
로는 설명할 수 없었지만, 몰리는 사태가 심각함을 직감했다.
맞아. 우리가 저런 연쇄반응을 시작하게 했어. 우리 힘으로는
멈출 수가 없는 연쇄반응을. 이 현상은 얼마나 더 확산될까? 몰
리는 음울한 표정으로 생각에 잠겼다. 이미 텐치 옆의 지면에
큰 균열이 생겨나고 있었다. 단말마의 고통으로 경련하고 있는
텐치로부터 분출된 액체가 균열 안으로 흘러들어간다…… 그
러자 훨씬 아래쪽에서 북을 치는 듯한 낮고 리드미컬한 소리가
들려오기 시작했다. 뭔가 엄청나게 크고 부정不淨한 존재가 지
상의 폭발로 인해 잠에서 깨기라도 한 듯한 소리다.

하늘이 어두워졌다.

프레이저는 도저히 믿기지 않는다는 표정으로 말했다. "하느
님 맙소사. 몰리, 도대체 무슨 짓을 한 거야? 그…… 질문을 가
지고?" 그는 사시나무처럼 떨리는 손으로 가리켜 보였다. "이
장소 전체가 붕괴하고 있잖아!"

프레이저의 말은 사실이었다. 사방팔방에 균열이 생겨나고

있었다. 안전하게 서 있을 수 있는 지면 따위는 곧 사라질 것이다. 비행정. 몰리는 깨달았다. 거기로 되돌아가야 해. "배블. 모두를 비행정에 태워." 그는 쉰 목소리로 말했다. 그러나 배블은 없었다. 요동치는 어둠 속을 둘러보았지만, 의사의 모습은 어디에도 보이지 않았고— 다른 사람들의 모습도 보이지 않는다.

이미 비행정에 탄 거야. 몰리는 되뇌었고, 마지막 남은 힘을 쥐어짜서 그쪽을 향해 갔다.

메리까지도 날 두고 가다니. 망할 놈들 같으니라고. 몰리는 비틀거리며 비행정의 해치를 향해 손을 뻗쳤다. 해치는 활짝 열려 있었다.

바로 옆의 지면에 금이 가더니 급속히 넓어졌고, 급기야 폭이 6피트에 달하는 균열로 자라났다. 정신을 차렸을 때는 우뚝 서서 그 심연을 들여다보고 있었다. 그 바닥에서 어떤 존재가 꿈틀거리고 있었다. 끈적끈적하고, 거대하고, 눈이 없는 것. 그러나 이쪽으로는 눈길도 주지 않고, 악취를 풍기는 검은 액체 속을 헤젓고 다니기 시작했다.

"배블." 몰리는 목 쉰 소리를 내뱉고 비행정으로 올라가는 사다리의 첫 번째 단에 가까스로 발을 디뎠다. 이제는 비행정 안이 보인다. 다치지 않은 쪽 손을 써서 가까스로 사다리를 기어올라갔다.

비행정 안에는 아무도 없었다.

이제 천애고독天涯孤獨해진 건가. 아래쪽 지면이 요동쳤다. 비행정도 경련하듯이 흔들렸다. 비가 내리기 시작했다. 검고 뜨거운 빗방울이 몸에 떨어지는 것을 느꼈다. 톡 쏘는 듯한 자극적인 비. 물이 아니라 그보다 불쾌한 어떤 물질로 이루어진 듯한 느낌이다. 빗물이 피부를 태우기 시작하자 몰리는 허겁지겁 안으로 들어갔다. 씨근거리고, 캑캑거리면서 우뚝 섰다. 사람들이 자취를 감춘 것을 알고 제정신이 아니었다. 흔적조차도 없이 사라졌다. 절뚝거리며 모니터 화면이 있는 곳까지 다가간 순간…… 비행정이 아래위로 요동쳤다. 선체가 진동했고, 안정을 잃었다. 지하로 빨려 들어가고 있어. 당장 이륙해야 해. 더 이상 다른 사람들을 찾을 여유가 없어. 몰리는 단추 하나를 세게 눌러 비행정의 엔진을 가동시켰다. 그는 조종용 트랙볼을 뒤로 굴려 한 사람만 탄 비행정을 검고 추악한 하늘로 상승시켰다…… 생명을 가진 모든 것들에 대해 불길하기 짝이 없는 기운을 발하는 하늘로. 빗물이 선체를 때리는 소리가 들렸다. 저건 어떤 종류의 비일까? 산성비 같은 느낌이다. 그렇다면 선체를 뚫고 들어와서 비행정과 나를 녹여버릴지도 모른다.

조종석에 앉아 모니터 화면의 배율을 최대로 올렸다. 화면의 영상을 회전시키고, 그와 동시에 비행정을 주회周回 궤도 위에 올려놓았다.

모니터 화면에 '**건물**'이 출현했다. 잔뜩 불어서 탁류로 바뀐 강이 화난 듯이 철썩거리며 '**건물**'의 벽을 씻고 있다. 마지막 위험에 봉착해서 '**건물**'은 강 위에 가교假橋를 부설해놓았다. 몰리는 그 위를 지나 강을 가로지르며 '**건물**' 안으로 들어가는 남녀들을 보았다.

모두 노인이었다. 빛바래고 섬약한 모습. 마치 상처를 입은 쥐처럼 하나로 뭉쳐서 '건물' 쪽을 향해 한 걸음씩 가고 있다. 도달할 수 있을 것 같지는 않았다. 저들은 도대체 누구인가?

모니터 화면을 들여다보니 아내가 보였다. 그러나 다른 사람들과 마찬가지로 늙은 모습이었다. 구부러진 등, 비칠거리고, 두려움에 찬 걸음걸이…… 수지 스마트도 보였다. 배블이 있다. 이제는 모두를 알아볼 수 있다. 러셀, 벤 톨치프, 벨스너, 프레이저, 베티 조, 덩클웰트, 배블, 써그, 월시, 버트 코슬러―코슬러는 이미 노인이었기 때문에 딱히 변한 곳이 없었다―와 로킹엄. 그리고 제일 뒤에, 메리.

그들은 '형상 파괴자'의 수중에 떨어졌다. 그래서 저런 모습을 하고 있고, 지금 처음 왔던 곳으로 되돌아가는 중이다. 영원히. 그곳에서 죽기 위해.

몰리 주위에서 비행정이 진동했다. 선체에서 계속 쾅쾅거리는 소리가 났다. 뭔가 딱딱한 금속성 물체가 선체를 두들기고 있는 듯한 소리다. 비행정의 고도를 높이자 소음은 사라졌다. 도대체 무슨 소리였을까? 몰리는 다시 모니터 화면으로 눈을 돌렸다.

그리고 보았다.

'건물'이 붕괴하고 있었다. 그 일부가, 플라스틱과 합금이 융합한 파편들이, 마치 강풍에 휘말린 것처럼 하늘을 향해 날아올라간다. 강에 놓은 부서지기 쉬운 다리가 부러지면서, 그것을 건너고 있던 사람들까지 모두 죽음으로 몰아갔다. 사람들은 다리의 파편과 함께 소용돌이치는 탁류 속으로 빨려 들어갔다. 그러나 어디 있든 차이는 없다. '**건물**'도 함께 죽어가고 있었기 때문이다. 설령 그곳에 무사히 도착했다고 해도 어차피 모두 죽었을 것이다.

살아남은 사람은 나 혼자인가. 몰리는 비탄에 찬 신음소리를 흘리며 트랙볼을 조작했다. 비행정은 칙칙거리며 주회 궤도를 이탈했고 거류지로 기수를 돌렸다.

비행정의 엔진이 멈췄다.

이제 귀에 들리는 것이라고는 선체를 후드득 때리는 빗물 소리뿐이었다. 비행정은 큰 호弧를 그리며 거류지를 향해 활공했다. 시시각각 고도가 낮아진다.

눈을 질끈 감았다. 할 수 있는 일은 전부 했어. 그는 중얼거렸다. 더 이상 어떻게 할 수가 없어. 난 최선을 다했어.

비행정이 지면에 부딪치면서 조종석에 앉아 있던 몰리는 바닥으로 튕겨나갔다. 선체 여기저기가 갈라지며 뜯겨나간다. 톡 쏘는 산성비가 억수처럼 쏟아지며 그의 몸을 흠뻑 적셨다. 고통으로 퀭해진 눈을 뜨자 산성비를 맞고 구멍이 숭숭 뚫린 옷이 눈에 들어왔다. 그는 산채로 빗물에 녹고 있었다. 이 모든 일을 순식간에 자각했다 — 시간이 멈춘 것 같은 느낌이다. 그 동안에도 비행정은 전복을 거듭했고, 뒤집힌 채로 지표면 위를 활강했…… 이제는 아무것도 느끼지 않는다. 공포도, 슬픔도, 고통도. 단지 자신이 탄 비행정과 자기 자신의 죽음을, 일종의 초연한 관찰자의 입장에서 경험했다.

지면을 미끄러지던 비행정이 마침내 정지했다. 산성비가 뚝뚝 몸을 때리는 소리를 제외하면 정적이 주위를 지배했다. 그는 비행정의 잔해에 반쯤 묻힌 채로 누워 있었다. 제어반과 모니터 화면의 일부 따위가 산산조각이 난 채로 널려 있다. 신이여. 이제는 아무것도 남지 않았어. 땅이 비행정과 나를 곧 삼켜버리겠지. 상관없어. 어차피 난 죽고 있으니까. 공허와 무의미함과 고독에 감싸인 채로. 나보다 먼저 간 옛 동료들의 뒤를 따라서. **'중재신'**이시여. 저를 위해 중재해주십시오. 저를 대신해서 죽어주십시오.

몰리는 기다렸다. 그러나 빗물이 뚝뚝 흐르는 소리를 들었을 뿐이었다.

15

글렌 벨스너는 욱신거리는 머리에서 다뇌多腦 실린더를 벗겨
낸 다음 조심스레 내려놓았고, 비틀거리며 일어섰다. 이마를
문지르자 찌르는 듯한 아픔을 느꼈다. 정말이지 최악이었어.
이번에는 다들 서툴렀던 것 같군.

휘청거리며 우주선의 식당으로 가서 병에 담긴 미지근한 물
을 유리잔에 따라 마셨다. 호주머니를 뒤져 강력한 진통제 알
약을 찾아냈다. 입 안에 털어넣고 재처리된 물로 넘겼다.

이제는 다른 사람들도 자기 구획 안에서 몸을 뒤척이고 있었
다. 프레이저가 뇌와 두개골과 두피를 감싼 실린더를 끌어 올
리고 있다. 몇 구획 떨어진 곳에 누워 있는 수 스마트도 단뇌單
腦 의식이 활성화되고 있는 듯했다.

수 스마트가 육중한 실린더를 벗는 것을 돕고 있었을 때 신

음소리가 들려왔다. 깊은 고뇌에 찬 탄식이었다. 세스 몰리다.

"알았어." 벨스너가 말했다. "이게 끝나면 곧 갈게."

이제 모두가 돌아오고 있었다. 이그나츠 써그는 실린더를 거칠게 잡아당겨 턱 근처의 나사식 틀에서 가까스로 떼어냈다…… 윗몸을 일으킨다. 눈이 퉁퉁 부었고, 핏기가 없는 갸름한 얼굴에는 불쾌함과 적대감이 떠올라 있었다.

"여길 좀 도와줘." 벨스너가 말했다. "아무래도 몰리가 쇼크에 빠진 것 같아. 배블 선생을 깨우는 편이 나을지도 모르겠군."

"몰리라면 괜찮아." 써그는 쉰 목소리로 말했다. 눈을 문지르고, 금방이라도 토할 듯이 오만상을 찌푸렸다. "저 녀석은 언제나 저러잖아."

"하지만 쇼크 증세를 보이고 있어— 아무래도 상당히 험하게 죽었던 것 같아."

써그는 멍하게 고개를 끄덕이고 일어섰다. "선장님 분부대로 하지요."

"모두들 체온을 유지해야 하니까 난방기 눈금을 더 올려." 벨스너는 엎드린 자세로 누워있는 의사 위로 몸을 수그렸다. "일어나 밀트." 그는 배블의 실린더를 벗기며 말했다. 강한 어조로.

여기저기서 승무원들이 몸을 일으키고 있었다. 신음을 흘리며.

벨스너 선장은 다들 들으라는 듯이 큰 소리로 말했다. "이젠 괜찮아. 이번 것은 참담한 실패로 끝났지만, 모두 여느 때처럼 곧 괜찮아질 거야. 험한 기억은 이제 잊어. 곧 배블 선생이 다뇌 융합의식融合意識에서 단뇌 정상의식으로의 이행을 도와주는 주사를 놓아줄 거야." 그는 잠시 기다렸다가, 방금 한 말을 되풀이했다.

몰리가 몸을 떨며 말했다. "여긴 페르서스 9의 선상입니까?"

"우주선으로 돌아온 것이 맞아. 페르서스 9호지. 자네가 어떻게 죽었는지 기억하나, 몰리?"

"뭔가 끔찍한 일을 당했습니다." 몰리가 힘겹게 말했다.

"흐음, 어깨 부상 때문인가." 벨스너가 물었다.

"아니, 그 뒤에 일어난 일 탓입니다. 텐치를 만나고 나서 비행정을 조종한 기억이 있는데⋯⋯ 엔진이 멈추면서 기체가 산산조각 났습니다─ 공중 분해됐죠. 그때 몸이 갈가리 찢겼던가, 아니면 추락한 뒤에 박살이 난 것 같습니다. 비행정이 지면을 깎아낸 다음 멈췄을 때 제 몸은 부서진 선체 위에 온통 널려 있었습니다."

"그렇다고 해서 나한테서 동정을 얻을 생각은 하지 마." 벨스너는 대꾸했다. 난 다뇌 융합의식 속에서 감전사했다고.

수 스마트는 조심조심 자기 뒤통수를 만져보더니 움찔했다. 긴 머리카락은 헝클어지고, 오른쪽 젖가슴이 블라우스 단추들 사이로 살짝 드러나 있다.

"바윗돌로 얻어맞았어." 벨스너가 말했다.

"하지만 왜?" 수가 물었다. 아직 멍한 표정이었다. "도대체 내가 무슨 잘못을 저질렀기에?"

"그쪽 잘못이 아냐. 이번 일 전체가 험악하게 돌아간 탓이야. 다들 오랜 기간 억압받아왔던 공격성을 분출시켰던 게 틀림없어." 벨스너는 자기 손으로 최연소 승무원인 토니 덩클웰트를 총으로 쏘았을 때의 일을 기억하고 있었다. 억지로 끄집어내야 겨우 떠오르는 종류의 기억이었지만 말이다. 내가 그랬다고 너무 화를 내지 않았으면 좋겠군. 사실 덩클웰트도 남을 비난할 처지는 아니었다. 스스로의 적대감을 발산할 목적으로 페르서스 9호의 조리사인 버트 코슬러를 죽이지 않았는가.

각자가 자기 자신의 존재를 실질적으로 지워버린 것이나 마찬가지다. 다음번에는 이렇게 되지 않기를 희망하는—아니, 기도하는!—수밖에 없다. 아마 희망대로 될 것이다. 이번에 경험한 (행성 이름이 뭐였더라?) 델맥-O 에피소드에서, 단 한 번의 융합만으로 서로를 향한 적대감 대부분을 발산했기 때문이다.

벨스너는 구부정하게 서서 흐트러진 옷 여기저기를 매만지고 있는 배블에게 말했다. "일을 시작하라고, 배블. 누가 뭘 필요로 하는지 알아보는 거야. 진통제, 진정제, 흥분제…… 그러니까 자네 도움이 필요해. 하지만—"그는 배블의 귀에 대고 나직하게 말했다. "모자라는 약까지 마구 주지는 말라고. 예전에도 여러 번 이런 말을 했지만, 자넨 그때마다 무시하더군."

배블은 베티 조의 몸 위에서 상체를 수그렸다. "미스 범, 약물요법의 도움이 필요하신지?"

"아, 아마 괜찮을 거예요." 베티 조는 힘겹게 윗몸을 일으키며 말했다. "그냥 이렇게 앉아서 좀 쉬기만 하면……" 그녀는 언뜻 암울한 미소를 떠올렸다. "세상에, 물에 빠져 죽다니." 녹초가 되었지만 어딘가 안도한 듯한 표정이었다.

288

일동 모두를 향해 벨스너는 나직하지만 단호한 어조로 말했다. "이번에 쓴 정신 구조물은 부득이 파기하는 수밖에 없겠군. 어쩔 수 없어. 다시 시도해보기에는 너무 불쾌한 것들이 많으니."

"하지만 치료 효과 하나만은 탁월하지 않습니까." 프레이저는 떨리는 손으로 파이프에 불을 붙이며 지적했다. "정신의학적인 견지에서 볼 때는 말입니다."

"걷잡을 수 없이 폭주해버렸잖아요." 수 스마트가 말했다.

"그것 또한 계획의 일부였어." 사람들을 깨우고, 뭐가 필요한지 묻고 있던 배블이 말했다. "완전한 카타르시스라고 불리는 거지. 그 덕택에 이 우주선의 탑승원들 사이에서 별다른 이유도 없이 자꾸 나타나던 적대감도 많이 줄어들었을걸."

벤 톨치프가 말했다. "나를 향한 자네의 적대감도 사라졌기를 희망하네, 배블." 그러고는 이렇게 덧붙였다. "나한테 그런 짓을 한 걸 생각하면―" 그는 의사를 노려보았다.

"이 우주선의 탑승원들." 몰리가 중얼거렸다.

"그래." 벨스너 선장은 조금 재미있어하는 듯한 말투로 신랄하게 맞장구쳤다. "이번에는 그것 말고 또 뭘 잊어버렸나? 브리핑을 해줄까?" 그러고는 대답을 기다렸지만, 몰리는 아무 말도 하지 않았다. 몰리는 여전히 트랜스 상태에 빠져 있는 듯했다. "저 친구한테 암페타민을 좀 줘. 각성 상태로 돌아올 수 있게." 벨스너는 배블에게 말했다. 몰리는 매번 이러는 일이 많았다. 우주선과 다뇌多腦 융합에 의한 세계 사이의 급격한 이행에 대한 적응력이 워낙 떨어지는 탓이다.

"저는 괜찮습니다." 몰리는 이렇게 대꾸하고 피로로 지친 눈을 감았다.

손을 딛고 가까스로 일어선 메리는 남편 곁으로 가서 풀썩 주저앉았다. 가느다란 손을 그의 어깨 위에 올려놓는다. 몰리는 어깨를 다친 것을 기억하고 몸을 사리려고 하다가…… 기묘하게도 통증이 사라졌다는 사실을 깨달았다. 조심스럽게 그쪽 어깨를 툭툭 쳐보았다. 다친 곳은 없다. 피가 스며나오는 상처도 없었다. 괴상하군. 하지만— 지금까지도 언제나 이런 식이었던 것 같아. 내가 기억하는 한은.

"마실 걸 가져다줄까?" 아내가 물었다.

"당신은 괜찮아?" 그가 묻자 그녀는 고개를 끄덕였다. "그런데 당신, 왜 수 스마트를 죽였어?" 그는 아내의 표정이 험악해지는 것을 보고 서둘러 말했다. "됐어, 대답 안 해도 돼. 이유는 모르겠지만 이번 것은 정말로 신경에 거슬렸어. 그렇게 마구 사람들을 죽이다니. 예전에는 그토록 자주 살인이 일어난 적은 없었어. 정말 끔찍했어. 최초의 살인이 일어난 시점에서 심리 회로 차단기가 작동해서 강제 종료되었어야 했어."

"당신도 프레이저가 하는 얘기를 들었잖아." 메리가 말했다. "그럴 필요가 있었어. 우주선 안의 긴장이 너무 높아져 있었거든."

몰리는 생각했다. 우리가 '페르서스 9란 무엇인가?'라는 질문을 했을 때, 텐치가 폭발한 이유를 이제 알 것 같아. 폭발하는 수밖에 없었겠지…… 그와 동시에 정신 구조물 전체가 산산 조각이 나버린 것도 당연하고.

널찍한, 이제는 너무 익숙해져버린 선실이 그의 시야를 비집고 들어왔다. 다시금 이 장소를 보니 암울한 공포가 솟구쳤다. 몰리에게 이 배의 현실은 예의 행성에서의 경험보다 훨씬 더 끔찍했다. 행성 이름이 뭐였더라? 델맥-O. 맞다. 배의 컴퓨터가 무작위적으로 내놓은 글자들을 배열해서 만들어낸 이름이다……. 우리는 그 세계를 창조했고, 창조한 세계 속에 빠져서 옴짝달싹하지도 못하는 신세가 되었다. 손에 땀을 쥐게 하는 모험은 끔찍한 살인극으로 변질되어버렸다. 종료 시점에는 전원이 살해당했다.

몰리는 달력 표시 기능이 있는 손목시계를 보았다. 12일이 경과했다. 실제 시간으로 12일은 지독하게 긴 시간이지만, 다뇌 융합 시간으로는 24시간을 조금 넘었을 뿐이었다. 테켈 우파르신에서 보낸 '8년'을 합친다면 얘기는 달라지지만, 물론 그것은 사실이 아니다. 그 기억은 융합 시에 그의 마음 속에 이식된 인공적인 회상回想 데이터에 불과했다. 다뇌 융합 시의 현실감을 증대시키기 위한 장치였다.

우리가 뭘 만들어냈더라? 몰리는 멍한 표정으로 자문했다. 맞아, 신학 체계를 통째로 발명했어. 종교들에 관한 데이터를 우주선의 컴퓨터에 모조리 입력하는 방식으로. T.E.N.C.H. 889B에 유대교, 크리스트교, 이슬람교, 조로아스터교, 티베트 불교에 관한 상세한 정보를 쏟아붓고, 복잡한 정보 덩어리에 포함된 모든 인자를 통합해서 하나의 복합 종교를 추출해주기를 기대했던 거야. **전부 우리가 만들어낸 거였어.** 망연자실한 표정이었다. 스펙토프스키의 '**책**'에 관한 기억은 아직도 그의 마음을 가득 채우고 있었다. '**중재신**', '**조유신**', '**지상을 걷는 자**', 그 흉포한 '**형상 파괴자**' 조차도. 그것은 신에 관한 인간의 모든 체험의 정수를 모아서 만든 강력한 논리 체계였고, 주어진 전제들, 특히 신이 존재한다는 전제를 바탕으로 컴퓨터가 연역해낸 정교한 위안거리였다.

그리고 스펙토프스키는…… 몰리는 눈을 감고 회상하기 시작했다.

에곤 스펙토프스키는 이 우주선의 첫 번째 선장이었다. 그는 배를 항행 불능 사태에 빠뜨린 사고에 휘말려 사망했다. 이 우주선의 옛 선장을 이번 세계의 기반을 이루는 범 은하계적 종교서의 저자로 삼다니 T.E.N.C.H. 889B도 재치가 있다고 해야 할 것이다. 에곤 스펙토프스키에 대해 승무원 모두가 느끼고 있는 외경심과 거의 숭배에 가까운 감정은 델맥-O 에피소드로 고스란히 전이(轉移)되었다. 어떤 의미에서는 스펙토프스키는 그들의 신이었다— 그들의 진짜 인생에서도 신과 동일한 역할을 수행했기 때문이다. 스펙토프스키에 관한 언급은 창조된 세계를 조금 더 그럴듯하게 만들었고, 모두의 선입견과도 정확하게 일치했다.

본디 다뇌 융합의식은 20년이 걸릴 예정이었던 이번 항해의 따분함을 풀 목적으로 개발된 현실도피용 장난감이었다. 그러나 이제 항해는 20년이 지나도 끝나지 않으며, 모두가 늙어 죽을 때까지, 상상도 할 수 없을 정도로 먼 미래까지 계속될 것이다. 당연하다면 당연한 일이다. 모든 것, 특히 영원히 계속되는 이 항해 자체가, 그들 모두에게 끝없는 악몽의 원천이 되어버렸기 때문이다.

20년이라면 견딜 수 있었겠지. 몰리는 중얼거렸다. 언젠가는 끝나리라는 걸 알고 있으므로, 미치지 않고 살아갈 수 있었을 것이다 하지만 예의 사고가 일어난 탓에 그들은 죽은 항성 주위를 영원히 돌고 있어야 한다. 송신기는 사고로 인해 더 이상 기능하지 않았고, 그 결과 장기간의 항성 간 비행에서 곧잘 쓰이는 도피용 장난감이 승무원들의 정신 건강을 유지하기 하기 위한 도구가 되었다.

가장 심각한 문제는 바로 그것이다. 하나둘씩 광기에 몸을 맡기는 사람이 늘어가면서, 남은 사람들의 고독을 한층 더 악화시킬지도 모른다는 두려움. 인간과 인간에 관련된 모든 것으로부터 한층 더 고립될지도 모른다는 두려움.

하느님. 알파 켄타우리로 돌아갈 수만 있으면 얼마나 좋을까. 그때—

이런 생각을 하는 것은 시간 낭비다.

우주선의 정비원인 벤 톨치프가 말했다. "우리 힘으로 스펙토프스키의 신학을 창조했다니 믿을 수가 없군. 그렇게 현실적이고, 그토록— 완벽한 걸 만들어내다니."

벨스너가 말했다. "대부분 컴퓨터가 만든 거잖아. 완벽한 게

293

당연해."

"하지만 기본적인 아이디어는 우리들 것이었습니다." 토니 덩클웰트가 말했다. 아까부터 벨스너 선장을 주시하고 있었다. "선장님은 거기서 나를 죽였죠."

"피차 증오하는 사이였잖아." 벨스너가 대꾸했다. "난 너를 미워해. 넌 나를 미워하고. 적어도 델맥-O 에피소드를 체험하기 전에는 그랬어." 그는 프레이저를 돌아보았다. "아마 자네 말이 옳을지도 모르겠군. 지금은 예전만큼은 신경에 거슬리지 않는 걸 보니." 음침한 어조였다. "하지만 다시 예전 상태로 돌아갈 거야. 1, 2주쯤 지나면."

"정말로 다들 서로를 그렇게 미워해?" 수 스마트가 물었다.

"응." 프레이저가 말했다.

이그나츠 써그와 밀튼 배블이 노령자인 로킹엄 여사가 의자에서 일어서는 것을 도왔다. "어떻게 그런 끔찍한 일이!" 그녀는 헐떡였다. 쪼그라든 주름투성이의 얼굴이 붉게 상기되어 있었다. "정말로 끔찍하고, 끔찍했어요. 다시는 그런 데로 가고 싶지 않군요." 그녀는 벨스너 선장에게 다가오더니 소매를 잡아끌었다. "또 그런 일을 겪어야 하는 건 아니죠? 솔직히 말해서, 그렇게 잔인하고 야만스러운 장소로 가느니 차라리 이 우주선에서 사는 편이 낫다는 생각이 들 정도예요."

"델맥-O로 되돌아가지는 않을 겁니다." 벨스너가 말했다.

"천만다행이네요." 로킹엄 여사는 다시 써그와 배블의 부축을 받으며 의자에 앉았다. "고마워요. 이렇게 친절하시다니. 몰리 씨, 커피를 좀 주시겠어요?"

"'커피'?" 몰리는 되물었다가, 그제야 기억했다. 그는 이 우주선의 주방장이었다. 커피와 홍차와 우유를 포함한 귀중한 식량은 모두 그의 관리 하에 있었다. "한 주전자 끓여 오겠습니다." 그는 사람들을 향해 말했다.

주방으로 간 몰리는 질 좋은 검은 커피 가루를 테이블스푼으로 잔뜩 떠서 주전자에 넣기 시작했다. 그러면서 커피 비축량이 심각하게 줄었다는 사실을 다시금 깨달았다. 몇 달 지나면 완전히 바닥날 것이다.

그러나 지금 같은 때는 커피가 절실하게 필요해. 그는 이렇게 판단하고 계속해서 커피 가루를 떠 넣었다. 모두들 크게 동요하고 있어. 이 정도였던 적은 없는데.

아내인 메리가 주방으로 들어와서 말했다. "그 '**건물**'의 정체가 뭐였어?"

"'**건물**'?" 그는 재처리된 물을 커피 주전자에 가득 채웠다. "그건 프록시마 10번 행성에 있는 보잉사의 공장이었어. 이 배가 건조된 장소이기도 하지. 우리도 거기서 탑승했잖아, 기억 안 나? 승무원들은 보잉사에서 16개월 동안 훈련을 받으면서 이 우주선을 테스트했고, 필요한 화물을 모두 실었고, 정비했어. 페르서스 9호를 우주여행에 적합한 상태로 만들었던 거지."

메리는 부르르 몸을 떨었다. "검은 가죽옷을 입은 그 사내들 말인데."

"난 몰라." 몰리는 대꾸했다.

배의 보안 담당자인 네드 러셀이 주방으로 들어왔다. "내가 얘기해줄게. 검은 가죽 제복을 입은 간수들이 등장한 건 우리가 그 에피소드를 끝내고 처음부터 다시 시작하고 싶어 한다는 징후였어— 거기에서 '죽은' 멤버들의 사념이 빚어낸."

"자세히도 아는군." 메리는 짤막하게 말했다.

"됐어." 몰리는 메리의 어깨에 팔을 두르며 말했다. 러셀과 처음부터 죽이 맞지 않은 사람들은 많았다. 러셀의 직책을 감안하면 충분히 예상 가능한 일이었지만 말이다.

"그래서 말인데," 메리가 말했다. "러셀, 당신은 언젠가는 이 배를 탈취하려고 할 거야…… 벨스너 선장을 쫓아내고."

"그럴 생각은 없어." 러셀은 온화한 어조로 말했다. "내 임무는 선내의 치안 유지야. 그래서 여기 있는 거고. 앞으로도 임무를 수행할 생각이야. 사람들이 그걸 원하든 말든 간에."

몰리가 말했다. "정말이지 '중재신'이 실제로 존재한다면 얼마나 좋을까." 여전히 자신들의 손으로 스펙토프스키의 신학을 창조했다는 사실이 믿기지가 않았다. "테켈 우파르신에서 '지상을 걷는 자'가 내게 왔을 때는 정말로 진짜 같았어. 지금도 진짜 같아. 기억이 머리에서 떠나지를 않는군."

"그래서 우리는 그걸 창조했던 거야." 러셀이 지적했다. "그걸 원했기 때문에. 갖고 있지 않았지만 갖고 싶었기 때문에. 하지만 지금은 현실로 돌아왔잖아 몰리. 그러니까 이제는 현실을 현실로서 직시해야 해. 별로 기분 좋은 일은 아니겠지만. 안 그래?"

"응."

"다시 델맥-O로 돌아가고 싶어?"

잠시 침묵이 흘렀다. "응."

"나도 돌아가고 싶어." 메리가 말했다.

"나도 그 생각에는 찬성하지 않을 수가 없군." 러셀이 말했다. "그곳 상황은 한심하기 짝이 없었고, 우리가 한 행동도 한심하기로는 오십보백보였지만…… 적어도 그곳에서는 희망이 있었어. 하지만 이 배에 돌아온 뒤에는—" 러셀은 경련하는 듯한 거친 동작으로 공중을 가르는 시늉을 했다. "아무 희망도 없어. 아무것도! 로킹엄 여사처럼 나이를 먹고 죽는 것밖에는 할 일이 없는 거야."

"로킹엄 여사는 운이 좋아." 메리는 쓰디쓴 어조로 말했다.

"아주 좋지." 이렇게 대꾸한 러셀의 얼굴은 무력감과 암울한 분노로 검게 물들어 있었다. 고뇌로.

16

그날 '밤' 저녁을 먹은 일동은 배의 조종실에 집합했다. 새로운 다뇌 융합 세계를 구상할 때가 되었기 때문이다. 그 세계가 제대로 기능하려면 모든 사람이 힘을 합쳐 투영할 필요가 있었다. 그러지 않으면 델맥-O 세계가 최종 단계에서 그랬던 것처럼 빠르게 붕괴되어버리기 때문이다.

15년 동안이나 되풀이한 일이기에 모두 숙련되어 있었다.

특히 토니 덩클웰트는 실력이 출중했다. 열여덟 살의 인생 대부분을 페르서스 9호 선상에서 살아왔기 때문이다. 토니에게 다뇌 융합 세계의 발현은 일상적인 생활의 일부였다.

벨스너 선장이 말했다. "어떻게 보면 지난번 에피소드도 완전한 실패는 아니었어. 2주 가까운 시간을 소비할 수 있었으니까 말이야."

"이번에는 수중 세계가 어때요?" 매기가 말했다. "돌고래 같은 포유류가 되어서 따뜻한 바다에서 사는 거예요."

"그건 예전에도 해봤잖아." 러셀이 대꾸했다. "18개월쯤 전에. 기억 안 나? 어디 보자…… 맞아. 아쿠아소마 3이라고 부르는 세계에서, 이쪽 시간으로 석 달이나 살았군. 사실 거긴 아주 성공적인 세계였어. 가장 항구적恒久的인 장소 중 하나이기도 했고. 물론 그때는 지금만큼 서로에게 적대적이지 않았던 탓도 있지만."

몰리가 말했다. "잠깐 나갔다 오겠습니다." 그는 자리에서 일어나서 조종실 밖의 좁은 통로로 나왔다.

몰리는 그곳에서 어깨를 문지르며 홀로 서 있었다. 순수하게 심리적인 아픔에 불과했지만, 델맥-O의 기억의 일부로서 앞으로 일주일은 더 남아 있을 것이다. 결국 그 세계에서 얻은 것이라고는 이런 것들뿐이다. 고통. 빠르게 스러져가는 기억.

이런 세계로 가면 어떨까. 모두 죽어서, 지하의 관 속에 얌전하게 누워 있는. 우리가 정말로 원하는 건 바로 그것이 아닐까.

지난 4년 간 우주선에서 자살한 사람은 없었다. 인구는 일시적이나마 안정된 상태였다.

적어도 로킹엄 여사가 노환으로 죽을 때까지는.

나도 함께 죽을 수 있으면 좋을 텐데. 도대체 우리는 얼마나 오래 더 이런 일을 계속할 수 있을까? 그리 오래가지는 못할 것이다. 써그는 제정신이 아니었고, 프레이저와 배블도 마찬가지다. 나도 그래. 서서히 정신이 붕괴되고 있는 것인지도 모르지.

프레이저의 말이 옳았어. 델맥-O에서 벌어진 살인극을 보면, 우리들이 서로에게 얼마나 많은 광기와 적의를 품고 있는지를 알 수 있어.

그렇다면, 앞으로의 도피 세계들은 나날이 흉포해진다는 뜻일까…… 러셀 말이 옳다. 그것이 패턴이 되어버렸다.

로버타 로킹엄이 죽으면 모두 슬퍼하겠지. 우리들 중에서 가장 친절하고 침착한 인물이니까.

그녀도 자기가 곧 죽으리라는 걸 알고 있기 때문이 아닐까.

우리들에게 주어진 유일한 위안. 죽음.

통기공通氣孔을 열어버리면 돼. 그럼 선내의 공기는 우주공간으로 빨려 나가면서 금세 사라질 거야. 우리 모두 별다른 고통을 느끼지 않고 죽을 수 있어. 단박에. 순식간에.

몰리는 근처에 있는 배출용 해치의 비상 개방 장치에 손을 갖다 댔다. 이걸 시계 반대 방향으로 돌리기만 하면 돼.

몰리는 개방 장치에 손을 댄 채로 그곳에 우뚝 서 있었지만, 아무 행동도 하지 않았다. 이런 일을 하려고 한다는 사실 자체가 그를 얼어붙게 만들었기 때문이다. 마치 시간이 정지한 듯한 느낌. 주위의 모든 것이 입체감을 잃고 2차원적으로 보인다.

누군가가 선미船尾의 통로를 지나 그에게 다가왔다. 턱수염을 기르고, 치렁치렁한 흰 로브를 입고 있다. 젊디 젊은, 꼿꼿한 자세의 사내다. 순수하고 빛나는 얼굴을 가진.

"**걷는 자**, 당신이었습니까." 몰리가 말했다.

"아냐." 사람이 말했다. "나는 '**지상을 걷는 자**'가 아닐세.

'중재신'이야."

"하지만 당신은 우리가 만들어낸 존재입니다! 우리와 T.E.N.C.H. 889B가."

'중재신'은 말했다. "내가 여기로 온 건 자네를 데리고 가기 위해서야. 어디로 가고 싶나, 세스 몰리? 자네는 무엇이 되고 싶나?"

"환영 속에서? 우리가 투영하는 다뇌 융합 세계 같은 곳에서?"

"아니. 자네는 자유를 얻을 거야. 죽은 다음에 다시 태어나는 거야. 자네가 원하는 것으로, 자네에게 어울리는 적절한 것으로 자네를 인도해주겠네. 희망을 말해보게."

퍼뜩 깨달은 일이 있었다. "제가 이 통기공을 열어서 다른 사람들을 죽이는 걸 원하지 않으셨던 거군요."

'중재신'은 고개를 까닥해 보였다. "그건 각자가 판단해서 결정할 문제야. 자네는 자네 일만을 결정할 수 있어."

"사막의 식물이 되고 싶습니다. 하루 종일 해를 쬘 수 있는. 자라는 식물이 좋겠군요. 어딘가에 있는 따뜻한 세계의 선인장이 되어서. 누구의 방해도 받지 않고 살아가고 싶습니다."

"알겠네."

"그리고 잠을 자고 싶습니다. 자면서도, 햇살과 제 존재를 인식하고 싶습니다."

"식물이란 본디 그런 존재라네. 모두 잠들어 있지만, 그럼에도 불구하고 자신의 존재를 인식하고 있지. 좋아." 그는 몰리에게 손을 내밀었다. "따라오게."

몰리는 손을 뻗어 '중재신'이 내민 손을 잡았다. 힘센 손가락들이 그의 손을 감쌌다. 행복했다. 이토록 큰 기쁨을 느낀 적은 일찍이 없었다.

"자네는 천 년 동안 잠을 자면서 그렇게 살아갈 거야."

'중재신'은 그를 밖으로, 별들 속으로 이끌었다.

메리는 비탄에 잠긴 표정으로 벨스너에게 말했다. "선장님, 남편이 없어졌어요." 눈물이 천천히 뺨을 흘러내리는 것을 느꼈다. "사라져버린 거예요." 반쯤 울부짖는 듯한 목소리였다.

"이 배 안에 없다는 뜻이야? 해치를 열지도 않고 밖으로 나갈 수 있을 리가 없잖아? 배 밖으로 나가려면 해치를 지나가는 수밖에 없고, 그 친구가 그걸 하나라도 열었다면 선내의 모든 공기가 빠져나가서 우리 모두를 죽였을 거야."

"그쯤은 나도 알아요."

"그럼 아직도 선내에 있다는 얘기잖아. 이번 다뇌 융합 세계의 구상을 끝내고 나서 모두 함께 찾아보자고."

"지금 그래야 해요." 메리는 격렬한 어조로 말했다. "지금 당장 찾으러 가야 해요."

"그건 무리야."

메리는 등을 돌리고 조종실 밖으로 가기 시작했다.

"돌아와. 우리는 당신 도움이 필요해."

"안 돌아갈 거야."

메리는 계속 걸어갔다. 좁은 통로를 지나서 주방으로 들어갔다. 그이가 마지막에는 여기 있었던 것 같아. 아직도 이렇게 인 기척이 남아 있잖아. 이 주방에서 대부분의 시간을 보냈으니 이상할 것도 없지만.

비좁고 갑갑한 주방에 웅크리고 앉았다. 멀리서 들려오던 목 소리들이 점점 사그라들더니 정적이 흘렀다. 또다시 다뇌 융합 상태로 돌입한 거로군. 나를 빼놓고. 지금쯤 다들 행복했으면 좋겠어. 자발적으로 다뇌 융합에서 빠진 건 난생 처음이야. 하 지만 나는 이제 어떻게 할까. 어디로 가야 하나?

메리는 자신이 혼자라는 사실을 깨달았다. 남편도 없다. 다 른 사람들도 없다. 혼자서는 아무 일도 할 수 없다.

그녀는 배의 조종실로 슬금슬금 되돌아갔다.

다들 그곳에 있었다. 수많은 도선에 연결된 실린더를 덮어 쓴 채로 각자의 구획 안에 누워 있었다. 현재 쓰이지 않는 실린 더는 그녀와…… 남편 것뿐이다. 메리는 우두커니 서서 망설이 며, 몸을 떨었다. 이번에는 어떤 정보를 컴퓨터에 입력했을까?

어떤 전제들을 입력했고, T.E.N.C.H. 889B는 거기서 어떤 결 론을 연역해냈을까?

새로운 세계는 어떤 곳일까?

메리는 희미하게 웅웅거리고 있는 컴퓨터를 훑어보았다…… 그러나 이것을 조작하는 방법을 제대로 알고 있는 사람은 글렌 벨스너밖에 없었다. 물론 다들 컴퓨터를 쓰기는 하지만, 메리 의 경우는 설정조차도 이해할 수 없었다. 부호화된 출력물도 종잡을 수 없기는 마찬가지였다. 그녀는 양손에 천공 테이프를 쥐고 컴퓨터 옆에 서 있다가…… 억지로 결단을 내렸다. 이번에는 그럭저럭 괜찮은 장소일 거야. 워낙 많은 경험을 쌓아온 덕에 다들 엄청 숙달되었으니까 말이야. 처음 시작했을 때 곧잘 마주쳤던 악몽 같은 세계들과는 다를 거야.

물론 그와 더불어 살인 행위라든지 적대감이 증가하긴 했지만, 진짜로 사람을 죽인 건 아니잖아. 꿈에서 사람을 죽이는 것처럼 모두 환상에 불과해.

하지만 살인이 그렇게 쉬운지는 몰랐어. 수 스마트를 죽이는 일이 그토록 쉬울 줄이야.

메리는 전용 구획 안에 고정되어 있는 간이침대에 누운 다음 자기 몸에 생명 유지장치를 접속했고, 안도한 표정으로 머리와 어깨 위에 실린더를 뒤집어썼다. 변조된 허밍음이 희미하게 들려온다. 마음이 편해진다. 길고 따분한 세월을 보내며, 수도 없이 자주 들었던 소리였다.

어둠이 그녀를 감쌌다. 그녀는 그것을 빨아들이고, 받아들이고, 요구했다…… 어둠이 모든 것을 감쌌다. 잠시 후 밤이라는 사실을 깨달았다. 그래서 그녀는 햇살을 갈망했다. 세계가, 아직 보이지 않는 새로운 세계가 모습을 드러내기를 희망하며.

나는 누구? 그녀는 자문했다. 이미 그 기억은 흐릿해지고 있었다. 페르서스 9, 남편의 실종, 그들의 공허하고 폐색된 삶—이 모든 것들이 무거운 짐을 내려놓은 것처럼 멀어져갔다. 이제는 곧 보게 될 햇빛 생각밖에는 하지 않았다. 손목을 얼굴에 갖다 대고 시계를 보았다. 작동하지 않는다. 보이지도 않는다.

조금씩 별들이 나타나기 시작했다. 부유하는 밤안개들 사이로 언뜻언뜻 보이는 빛의 패턴.

"미시즈 몰리."

남자 목소리가 까다로운 어조로 말했다.

완전히 깨어났다. 눈을 뜨니 테켈 우파르신 키부츠의 주임 엔지니어인 프레드 고심이 공문서를 들고 이쪽으로 걸어오고 있었다. "전근 명령이 떨어졌어." 메리 몰리는 그가 내민 서류를 받아들였다. "어떤 식민 행성의 거류지로 발령이 났는데, 그 행성 이름이ㅡ" 그는 얼굴을 찌푸렸다. "델마라고 하던가."

"델맥-O." 메리 몰리는 전근 명령서를 훑어보며 대꾸했다. "맞아요ㅡ 노우저를 타고 가라는 지시가 있네요." 델맥-O라는 곳은 어떤 곳일까. 들어본 적도 없는 행성이다. 그러나 무척 흥미로운 장소처럼 들린다. 호기심이 발동했다.

"세스도 전근 명령을 받았나요?" 메리가 물었다.

"세스라니?" 고심은 한쪽 눈썹을 추켜올렸다. "'세스'가 누군데?"

그녀는 웃음을 터뜨렸다. "아주 좋은 질문이군요. 나도 몰라요. 하지만 알게 뭐람. 드디어 여기서 나갈 수 있다니, 이렇게 기쁜 일이ㅡ"

"됐어." 고심은 평소 버릇대로 거칠게 그녀의 말을 가로막았다. "내가 보기에 당신 행동은 우리 키부츠에 대한 의무를 저버리는 거나 마찬가지야." 고심은 홱 등을 돌리고 성큼성큼 걸어갔다.

새로운 생활. 메리 몰리는 중얼거렸다. 새로운 기회와, 모험과, 즐거움. 델맥-O는 마음에 들까? 응. 틀림없이 마음에 들 거야.

그녀는 춤추는 듯이 가벼운 발걸음으로 자기 방이 있는 키부츠의 중앙 복합 건물을 향해 갔다. 짐을 꾸리기 위해서.

필립 K. 딕에 의한 복음

『죽음의 미로』는 필립 K. 딕의 창작적 영감이 최고조에 달했던 1960년대 말미에 쓰인 대표작이다. 사회상을 짙게 반영한 초기의 사변소설에서 중기의 계시적啓示的인 작풍으로의 이행을 보여주는 중요한 작품이며, 내용상으로도 60년대 단편에서 곧잘 볼 수 있었던 전형적인 우주 · 모험 SF의 체제를 유지하고 있는 것이 특징이다.

인류가 은하계 곳곳으로 진출해서 수많은 외계 행성에서 생활하고 있는 미래. 열네 명의 남녀가 은하계 외곽의 외딴 식민 행성 델맥-O의 조그만 입식지로 파견된다. 그들은 도착 즉시 인공위성을 통해 상부의 지시를 받을 예정이었지만 원인불명의 기계 고장으로 인해 고립되고 만다. 성격도 취향도 각양각색인 남녀들은 서로 대립하기 시작하고, 얼마 되지 않아 한 사람이 살해되는 사건이 일어난다. 외계의 것인지 인간의 것인지도 확실하지 않은 기괴한 인공 생명체들이 배회하는 낯선 행성에서 그들은 불신감과 불안에 시달리며 '해답'을 찾기 위해 고

투하지만······.

　애거서 크리스티의 모 장편을 연상시키는 도입부의 설정부
터 파토스로 가득 찬 후반부의 신학적 '계시'에 이르기까지, 자
칫 난해한 사색의 미로에 빠지기 쉬운 필립 K. 딕의 작품 치고
는 이례적으로 속도감이 있고 읽기 쉬운 '소품'에 해당한다는
것이 중평이었다.* 따라서 몇 년 전 굴지의 PKD팬으로 알려진
미국작가 조나단 레섬이 미국의 비영리 출판사인 라이브러리
오브 아메리카Library of America(LoA)의 고명한 미국문학 총
서에서 총3권 13편 예정으로 필립 K. 딕 장편 선집의 출간을 계
획하고 있다는 소식이 흘러나왔을 때, 후기 작품들을 모은 제3
권의 라인업에 본서가 포함되어 있다는 사실을 알고 의외라고
생각한 이가 비단 필자만은 아니었을 거라고 생각한다. 뒤집어
서 말하자면 『파머 엘드리치의 세 개의 성흔』(1965)과 『안드로
이드는 전기양의 꿈을 꾸는가』(1968) 등의 대표작으로 이루어
진 주옥같은 1960년대 작품군#과 신비 체험에 심취했던 말년
을 규정하다시피 했던 『발리스』 3부작(1981-1982)의 인상이 그
만큼 강렬했다는 얘기가 될지도 모른다. 그러나 번역 작업에
들어가기에 앞서 10여 년 만에 다시 정독한 『죽음의 미로』는 20
대 시절과는 달리 훨씬 더 선명하고 감동적으로 다가왔다.

---

* 장르적으로는 음모론을 다루는 스릴러와 밀실 미스터리 성격까지 갖추고 있다
는 지적을 들었지만, 영화의 엔딩이라면 모를까, SF 문학의 입장에서는 너무나도
노골적인 B급 클리셰를 '해결책'으로 당당하게 사용했다는 점에서 찬반양론을 불
러왔다.

세월의 흐름에 발맞춰 독해력이 향상한 덕이라고 강변할 수도 있겠지만, 아무래도 그런 산문적인 능력보다는 딕이 자신의 작품에 즐겨 등장시키는 자전적 분신alter ego으로서의 루저〔落伍者〕들에 대한 감정이입도가 증가했다는 쪽이 더 정확할 것이다. 필자가 통계적으로 유의할 정도로 많이 번역했다는 오해를 가끔 받곤 하는 모 작가의 작품을 일부러 예로 들 것도 없이, 본질적으로 영웅적인 주인공들이 활약하는 장르소설의 수가 근원적으로 영웅적인 주인공이 활약하는 주류 소설*의 수에 필적한다는 것은 상식이다. 하지만 딕은 점점 어려워지기만 하는 생계를 유지하기 위해 고료가 박한 대신 진입 장벽이 낮은 페이퍼백 전문 출판사를 위한 SF 소설들—아이러니컬하게도 훗날 불세출의 명작으로 추앙받을 운명에 있는—을 1년에 두 권꼴로 양산했고, 그래서인지 딕의 소설에 등장하는 인물들은 SF 소설의 영웅이라기보다는 디킨스-도스토옙스키-기싱**으로 이어지는 적빈赤貧 문학의 계보에 오히려 더 어울린다. 이 분신-주인공들이 '구원'을 얻기 위해 어떤 길을 택할지는 물론 전적으로 작가의 성향과 그가 놓인 환경에 달려 있으며, 딕의 경우 그것은 암페타민과 캘리포니아의 공기, 그리고 1974년 겨

---

* 권말의 '작가 연보'의 원문에서는 주류(문학) 소설 대신 '사실적 소설realist novel' 이라는 표현이 일관되게 쓰이고 있지만, 내용상 비非 리얼리즘 문학 혹은 공상문학의 일파로 간주되는 장르 SF의 대척점에 서 있다는 맥락에서 '일반소설'이라는 역어를 채택했다.

** George Gissing(1857–1903). 영국 작가. 빅토리아 시대의 노동자 계급과 안 팔리는 3류 작가의 비참한 생활을 사실주의의 입장에서 극명하게 묘사하거나 뒤집은 자전적 소설로 후세의 높은 평가를 받았다.

울의 어느 운명적인 날에 그를 방문했던 "초월적이고 이성적인 정신"이었다. 이 경험은 훗날 딕 말년의 대작인 『발리스』(1981)의 직접적인 창작적 동기로 작용하게 된다.

SF 작가로서의 딕을 우선시하는 비평가들은 일대 신학소설의 체제를 취한 『발리스』의 창작 동기를 위에서 언급한 딕의 초월 체험에 국한시키려는 경향이 있지만, 그보다 10년 먼저 쓰인 본서에서도 이미 '세계관으로서의 신학'이라는 딕 특유의 종교적 모티프가 명확하게 부각되어다는 사실을 알 수 있다. 딕이 표방한 '기성 종교와는 분리된 신학'은 기본적으로는 '조유신造有神', '중재신仲裁神', '지상을 걷는 자'의 3신위와 엔트로피를 체화한 '형상 파괴자'로 이루어진 그노시스-조로아스터적 혼합 우주관에, 성공회적 가톨리시즘에 대한 작가의 주관을 투영한 것이라고 해도 크게 틀린 지적은 아닐 것이다.* 이 신학이 딕의 그랜드 모티프 중 하나인 '탈출'에 대한 열망과 결합하면서 B급 도피물의 향취가 짙었던 『죽음의 미로』는 자기 완결적이면서도 지극히 인간적인 색채를 띤 도덕극으로 변모한다. 소설적 정합성과는 미묘하게 다른 차원에서 작용하는, 딕의 독자들만이 알고 있는 은밀한 매력을 맛볼 수 있는 대목이라고나 할까.

김상훈 (SF 평론가)

---

* 딕의 이런 '주관주의적' 자세는 권두의 '차례'가 총 16장으로 이루어진 본문의 내용과 일대일 조응하지 않는다는 사실에 의해서도 강화된다.

1928   필립 킨드리드 딕. 12월 16일 일리노이 주 시카고의 자택에
서 쌍둥이 누이인 제인 샬럿 딕과 함께 예정일보다 6주 일찍
태어났다. 아버지 조셉 에드거 딕은 제1차 세계대전에 참전
했다가 제대 후 농무부에서 일했다. 어머니 도로시 킨드리드
딕은 공문서를 검열하는 비서였으며, 만성 신부전증을 앓고
있어서 쌍둥이들에게 수유를 하기가 힘들었고 의사의 도움
도 제대로 받지 못했다. 그래서 쌍둥이들은 둘 다 발육 상태
가 좋지 않았다.

1929   1월 26일, 심각한 탈수 증세와 영양실조에 시달리던 갓난애
들을 서둘러 병원으로 데려갔지만 누이는 병원으로 가던 중
사망했다. 그는 체중 5파운드*가 될 때까지 인큐베이터 신세
를 지게 된다(쌍둥이 누이의 죽음에 괴로워하던 그는 훗날
이렇게 기술했다. "누이는 살기 위해, 나는 누이를 살리기 위
해 발버둥을 친다, 영원히⋯⋯. 그녀는 내게는 전부나 다름
없다. 나는 늘 내 누이와 헤어지는 동시에 함께해야 하는 저
주를 받았다"). 아버지에게 샌프란시스코로 전근해도 좋다
는 농무부의 허락이 떨어졌다. 가족은 콜로라도 주 포트 모
건으로 휴가를 떠났고, 그는 어머니 도로시와 함께 현지 친
척의 집에 머물며 아버지의 전근 절차가 끝나기를 기다렸다.
누이는 포트 모건 공동묘지에 묻혔다. 가족은 캘리포니아의
베이 에어리어에 있는 소살리토로 이사했고, 퍼닌슐러**로

---

* 2.3킬로그램
** 샌프란시스코 반도.

옮겼다가 마지막에는 앨러미다에 자리를 잡았다.

1930 아버지가 네바다 주 리노에 위치한 국가부흥청(NRA) 서부 지부 국장으로 승진한다. 가족은 버클리에 정착했고, 아버지는 주중에는 리노에 머물며 직장과 가정을 오갔다.

1931 캘리포니아 대학의 아동 복지 연구소가 운영하는 실험적인 탁아소에 다녔다. 기억력과 언어능력 및 손의 협응력 테스트에서 높은 점수를 받았다. 음악적 재능이 뛰어나다는 칭찬도 듣게 되었다.

1933–34 어머니가 이혼을 요구하면서 부모가 별거에 들어간다. 그는 어머니와 외갓집에서 외조부모 및 매리언 이모와 함께 살게 되었다. 어머니가 정규직을 얻으면서 집에 남겨지게 된 그는 '미마Meemaw'라는 애칭으로 부르던 외할머니의 자상한 보살핌을 받으며 진보적인 성격이 강한 브루스 태틀록 스쿨 부설 유치원을 다녔다. 매리언 이모는 신경쇠약으로 가끔 병원에 입원하기도 했지만 그를 무척 귀여워했다.

1935–37 부모의 이혼 절차가 마무리되면서 어머니를 따라 워싱턴 D. C.로 이사했다. 아버지는 재혼했다. 이 시기부터 천식과 심계 항진증을 앓기 시작했다. 기숙학교로 보내라는 의사의 권유를 받고 행동장애를 가진 아동들을 위한 컨트리 데이 스쿨로 보내졌다. 그곳에서 처음으로 구토 공포증을 경험하며, 사람들 앞에서는 음식을 삼키지도, 먹지도 못하게 되었다. 6개월 뒤 귀가 조치를 받고 처음으로 심리치료사를 만난다. 프렌즈 퀘이커 데이 스쿨을 다니다가 2학년 때 공립학교로 전학했다. 학교에서는 소외감 때문에 힘들어했고 이것은 곧잘 무단 결석으로 이어졌다("그 후에는 내가 혐오하는 학교에 가는

312

일을 제외하면 딱히 하는 일이 없는 시기가 오래 계속되었다. 기껏해야 수집한 우표들을 만지작거리거나…… 구슬치기, 딱지치기, 볼로배트bolo bats, 당시 갓 출판되기 시작한 코믹북 읽기 같은 남자 아이들의 놀이를 하는 정도였다……"). 자연스럽게 우러나오는 마음의 평화와 감정 이입을 체험한 것도 이 시기였다. 그는 훗날 인터뷰에서 이 경험을 어린 시절의 '사토리'*라고 표현했다. 어머니의 격려를 받고 처음으로 글쓰기를 시작한 것도 이 무렵이었다.

1938   어머니와 함께 버클리로 돌아갔다. 3년 동안 만나지 못했던 아버지를 찾아갔다. 새로 전학한 공립학교에서 자신을 '짐 딕'이라고 소개하지만 곧 다시 필립이라는 이름을 사용했다. 지역 소식과 연재만화를 실은 개인 신문인《더 데일리 딕 The Daily Dick》을 만들었다.

1940-43   고전 음악과 오페라에 열중하기 시작했고, 평생 그 열정을 가슴에 품고 살았다. 『어린 왕자』와 『호빗』, 『곰돌이 푸』 및 『오즈』 시리즈를 읽었다. 《어스타운딩》《어메이징》《언노운》 등의 SF 잡지를 발견하고 열심히 모으기 시작했다. 이 잡지들의 내용을 본떠 그림을 그리고 글을 썼다. 독학으로 타자 치는 법을 익혔고, 라디오 방송으로 접한 제2차 세계대전 소식을 들으며 친구들과 전황에 대해 곧잘 토론을 벌였다. 두 번째 개인 신문인《진실The Truth》을 만들면서 연재만화의 주인공으로 '미래 인간Future-Human'을 등장시켰다("자신의 초超 과학기술을 인류의 복지를 위해 사용하고, 미래의 암흑가에 맞서는 인물"이었다). 지금은 소실된 첫 번째 소설 『소인국으로의 귀환Return to Liliput』을 완성했다. 《버클리

---

* Satori. 일어로 '깨달음'을 의미함.

가제트》지에 정기적으로 단편소설과 시를 기고했다. 가필드 공립 중학교와 오하이 시에 위치한 기숙사제 사립 고등학교인 캘리포니아 예비 학교를 다녔다. 정서장애를 극복하기는 여전히 어려웠지만, 급우들에게 정신의학과 심리 테스트에 관한 해박한 지식을 피력하기도 했다(1974년에 딸 로라에게 보낸 편지에서 그는 이렇게 쓰고 있다. "어떤 의미에서는, 학교에 적응을 잘하면 잘할수록 나중에 현실 세계에 적응할 수 있는 확률은 도리어 낮아진다고 할 수 있어. 그러니까 네가 학교에 제대로 적응을 못하면 못할수록, 나중에 학교에서 자유로워진 뒤에 마주치는 현실에 더 잘 대처할 확률이 높아진다고도 할 수 있겠지. 그런 날이 정말로 온다면 말이야. 아마 나는 군대에서 말하는 '안 좋은 태도'를 갖고 있는지도 모르겠구나. 제대로 하든지, 아니면 포기하든지 양자택일하라는 뜻인데, 나는 언제나 그만두는 쪽을 택했어"). 광장공포증과 공황장애로 인한 발작이 더 심해졌다.

1944-47 버클리 고등학교에 입학했다. 독일어를 배우고 칼 구스타프 융의 저서를 읽기 시작했다. 곧잘 현기증 발작을 일으켜 앓아눕곤 했다. 샌프란시스코의 랭글리 포터 클리닉에서 매주 융학파의 심리분석가에게 치료를 받았지만 결국은 그 분석가를 철두철미하게 경멸하기에 이르렀다. 유니버시티 라디오에 판매원으로 취직했으나, 나중에 아트 뮤직으로 옮겼다. 두곳 모두 음반, 악보, 전자기기 등을 판매하고 수리도 해주는 음악 상점이었다. 이 두 가게의 소유주인 허브 홀리스는 카리스마 넘치는 까다로운 인물이었는데, 딕에게는 멘토이자 아버지 같은 존재가 되었다(홀리스는 훗날 딕의 소설에 자주 등장하는 전제적이지만 따스한 마음을 가진 '보스'의 모델이 된다). 홀리스 밑에서 일하는 동안 딕의 불안장애는 많이 나아졌지만, 학교에만 가면 악화되는 통에 마지막 1년 과정은

집에서 개인 교습을 받으며 마쳐야 했다. 같은 해 가을이 되자 집에서 나와 로버트 던컨, 잭 스파이서, 필립 라만티어 같은 작가들과 함께 창고를 개조한 공동주택으로 이사를 갔다. 대부분 동성애자로, 작가 특유의 보헤미안적 삶을 즐기던 룸메이트들은 딕의 독자적인 지적 성장의 원천이 되었다. 딕은 버클리 대학에 잠시 다니며 철학을 전공했지만 의무적으로 참가해야 하는 ROTC 훈련을 혐오했다. 광장공포증은 더욱 악화되었고, 11월에는 결국 자퇴를 하고 말았다. 훗날 그는 ROTC 훈련 도중 소총 분해결합을 거부했다는 이유로 퇴학당했다고 주장했다.

| 1948-49 | 아트 뮤직의 매니저는 여성 경험이 전무하다는 것을 알고 가게의 지하방에서 젊은 여성과 잠자리를 함께 할 수 있는 기회를 마련해준다. 재닛 말린과 알게 되고, 서둘러 결혼해 버클리의 아파트로 이사한다. 갈등으로 점철되었던 6개월 동안의 서투른 결혼 생활은 연말이 되기 전에 이혼으로 끝이 난다. 아버지와 다시 재회하고, 지금은 소실된 장편 『어스셰이커The Earthshaker』를 간간히 집필하기 시작했다. |

| 1950 | 6월에 두 번째 아내인 클리오 애퍼스틸리디스와 결혼한다. 버클리의 프란시스코 거리에 작은 집을 장만했고, 마지막으로 아버지를 만났다. 작문 교사이자 범죄소설과 SF 분야에서 편집자와 평론가로 활동하던 앤서니 바우처(앤서니 화이트)와 조우했고 그의 영향을 받아 다수의 SF 단편을 쓰기 시작했다(훗날 딕은 바우처를 평하며 "성숙한 어른, 그것도 분별 있고 교육받은 어른도 SF를 즐길 수 있다는 사실을 깨닫게 해준 인물"이라고 회고하기도 했다). 당시 딕은 지독한 가난에 허덕였다(훗날 출간된 단편집 『골든 맨The Golden Man』의 1980년도 판 서문에서 딕은 이렇게 술회했다. "럭키 도그 애 |

완동물상점에서 파는 말고기는 동물 사료로 팔던 것이었다. 그러나 클리오와 나는 그걸 먹었다. 정말 궁핍했다……").

1951-52 《판타지 앤드 사이언스 픽션》지에 처음으로 팔린 단편「루그 Roog」로 데뷔한다. 홀리스에 대한 신의를 저버렸다는 이유 로 아트 뮤직에서 해고당했다. 잡지《플래닛 스토리즈》에 단 편「워브가 저기 누워 있다Beyond Lies the Wub」를 게재하 고, 스코트 메러디스 출판 에이전시와 전속 계약을 맺는다. 최초의 사실주의적 소설인『거리에서 들리는 목소리Voices from the Street』(2007)와『메리와 거인Marry and the Giant』 (1987)을 집필했지만 생전에는 출간되지 못했다(훗날 딕은 이렇게 술회했다. "나는 1951년 11월에 처음으로 단편을 팔 았고, 이것들은 1952년에 처음으로 잡지에 실렸다. 고등학교 를 졸업할 무렵에는 꾸준히 글을 쓰면서 잇달아 장편을 탈고 했지만 물론 하나도 팔리지 않았다. 나는 버클리에 살고 있었 고, 주위 환경은 문학을 하기에 안성맞춤이었다. 주류 문학을 하는 소설가들은 얼마든지 있었고, 베이 에어리어에 사는 지 극히 유망한 전위적 시인들과도 교류했다. 모두들 나더러 글 을 쓰라고 권했지만, 꼭 그걸 팔아야 한다고 격려한 사람은 아무도 없었다. 그러나 나는 책을 팔고 싶었고, SF 소설도 쓰 고 싶었다. 나의 궁극적인 꿈은 주류 문학적 소설과 SF **양쪽** 을 쓰는 것이었다").

1953-54 최초의 SF 장편인『태양계 제비뽑기Solar Lottery』(1955)와 『존스가 만든 세계The World Jones Made』(1956)를 판타지 소설『우주 꼭두각시The Cosmic Puppets』(1957) 및 리얼리 즘 소설인『함께 모여라Gather Yourselves Together』(1994) 와 함께 에이전시에 팔았다. 음반 가게인 '터퍼와 리드'에서 잠시 일하던 중 공황장애와 광장공포증이 재발했고, 폐소공

포증까지 겪었다. 공포증과 우울증 치료제로 처방받은 암페타민을 복용하기 시작했다. 수십 편의 단편을 썼고 그중 대다수를 잡지에 파는 데 성공했다. 딕은 가장 다작을 하는 SF 작가 중 한 사람이 되었다(1953년 한 해 동안에만 무려 30편의 작품이 펄프 잡지*에 실렸다). FBI 수사관 두 명이 방문해서 점잖게 그를 심문한다. 이 사건을 계기로 그는 평생 동안 감시당하고 있다는 생각을 품게 되었다. SF 작가로 이름을 알리는 것에 대한 모호한 저항감과, 사람들 앞에 나서기를 두려워하는 광장공포증에 시달리면서도 난생 처음으로 SF 컨벤션에 참가해서 A. E. 밴 보그트를 만났다. 보그트의 소설은 딕의 초기 SF 소설들에 큰 영향을 미쳤다. 단편 고료와 아내가 이런저런 시간제 일을 해서 번 돈으로 주택 융자금을 갚고, 짧은 기간이나마 재정적인 안정을 누렸다. 매리언 이모가 세상을 떠나자 딕의 어머니는 매리언의 남편인 조 허드너와 결혼하고, 조카인 8살배기 쌍둥이를 입양했다.

1955   장편 데뷔작인 『태양계 제비뽑기』가 에이스 북스에서 페이퍼백 단행본으로 출간되었다. 첫 번째 단편집 『한 줌의 암흑A Handful of Darkness』도 리치 & 코원 출판사에 의해 영국에서 간행된다. 딕은 같은 해 『농담을 한 사내The Man Who Japed』(1956)와 『하늘의 눈Eye in the Sky』(1957)을 집필했다.

1956-57 주류 문단의 인정을 받기 위한 노력의 일환으로 일반 소설인 『조지 스타브로스의 시간A Time for George Stavros』(소실됨) 『언덕 위의 순례자Pilgrim on the Hill』(소실됨), 『시스비 홀트의 깨진 거품 The Broken Bubble of Thisbe Holt』(1988), 『좁

---

* pulp magazine. 갱지를 사용한 선정적인 싸구려 잡지.

은 땅에서 빈둥거리며Puttering About in a Small Land』(1985)
를 집필했다. 클리오와 두 번의 자동차 여행을 하면서 동쪽으
로는 아칸소 지방까지 둘러보았다. 『한 줌의 암흑』 증보판인
『변동 인간 외外The Variable Man and Other Stories』가 에이
스 북스에서 페이퍼백 단행본으로 출간되었다. 스코트 메러디
스 출판 에이전시와 잠시 결별했지만 곧 재계약했다.

1958   딕은 처음으로 자신의 사실주의적 모티프를 SF 소설에 접목
        했고, 그 결과물인 『어긋난 시간Time Out of Joint』이 리핀코
        트 출판사에서 출간되었다. 그의 소설 중에서는 최초의 하드
        커버였으며, SF 소설이 아니라 스릴러를 의미하는 '위협에 관
        한 소설Novel of Menace'로 홍보되었다. 일반 소설인 『밀튼
        럼키의 구역에서In Milton Lumky Territory』(1985)와 『니콜라
        스와 히그Nicholas and the Higs』(소실됨)를 집필했다. 단편
        인 「포스터, 넌 죽었어Foster, You're Dead」가 소비에트 연방
        에서 무단으로 잡지에 실린 것을 알게 되었다. 이를 계기로
        소련 과학자 알렉산드르 톱치예프와 편지로 아인슈타인의 상
        대성 이론에 관해 의견을 주고받았고, 이 편지들은 CIA에게
        노출되었다(딕은 1970년대에 정보자유법에 의거해 공개 요
        청을 보낸 뒤에야 이 사실을 알았다). 9월에 클리오와 마린
        카운티의 포인트 러예스 스테이션으로 이사했다. 10월에 앤
        루빈스타인라는 미망인을 만나 격정적인 사랑에 빠졌고, 12
        월에는 클리오에게 이혼을 요구했다.

1959   클리오는 이혼 후 포인트 러예스 스테이션을 떠나 버클리로
        돌아갔다. 딕은 앤과 함께 살며 그녀의 세 딸(헤티, 제인, 텐
        디)의 의붓아버지가 되었다. 이들은 가금류와 양을 키우며
        아이들의 양육비 명목으로 세인트루이스에 사는 앤의 전남
        편 가족들이 보내준 돈으로 생계를 꾸려갔다. 앤의 정신과

의사에게서 상담을 받기 시작했는데, 이는 1971년까지 간헐적으로 이어졌다. 만우절에 멕시코의 엔세나다에서 앤과 결혼했다. 돈을 벌기 위해 초기 중편 중 2편을 장편 SF로 개작했다. 이것들은 1960년에 각각 『미래 의사Dr. Futurity』와 『불카누스의 망치Vulcan's Hammer』라는 제목으로 에이스 북스의 '더블 시리즈'*로 출간되었다. 일반 소설인 『허풍선이 과학자의 고백Confessions of a Crap Artist』(1975)을 집필했다. 이 소설은 클리오와의 이혼, 그리고 앤과의 연애에서 대부분의 소재를 얻었으며, 커노프사와 하코트사 양쪽에서 출간될 뻔했지만 결국 성사되지는 못했다. 그러나 그 과정에서 딕의 작가적 능력에 주목한 하코트 출판사는 차기 일반 소설의 선불금을 지불했다. 앤이 임신을 했고, 딕은 암페타민의 일종인 서모자이드린을 계속 복용했다.

1960 2월 25일에 첫아이인 로라 아처 딕이 태어났다. 하코트 출판사에서 일반 소설을 내고자 하는 희망은 결국 이루어지지 못했다. 편집자가 휴가를 간 사이에 출판사가 합병을 하면서, 딕이 쓴 『모두 똑같은 이를 가진 사내 The Man Whose Teeth Were All Exactly Alike』(1984)와 『조지 스타브로스의 시간』을 개작한 작품인 『오클랜드의 험프티 덤프티Humpty Dumpty in Oakland』(1986)의 출간을 제대로 추진하지 못했기 때문이었다. 가을이 되자 앤이 또 임신을 했지만 경제적으로 더 궁핍해지는 것을 두려워했던 앤은 딕의 반대에도 불구하고 아이를 낙태했다.

1961 앤의 수공예 보석상에서 잠깐 일을 했다. 변화를 다룬 중국의 고전인 『역경I Ching』을 발견하고, 향후 20년 동안 그 점괘를

---

* Ace Double. 두 작가의 각기 다른 작품을 앞뒤로 뒤집어 묶은 페이퍼백 시리즈.

참고하며 살아갔다. 딕은 자신이 '움막'이라고 부르던 곳에 틀어박혔다. 타자기와 전축, 그리고 책들이 있는 이 오두막에서 그는 『높은 성의 사내The Man in the High Castle』의 집필에 착수했다. 플롯의 일부는 『역경』의 점괘를 참조했다.

1962

『높은 성의 사내』는 퍼트넘 출판사에서 스릴러물로 출간되었고 호평을 받았지만 판매는 부진했다. 그러자 퍼트넘 출판사는 사이언스 픽션 북클럽에 판권을 팔았다. 딕은 장편 『당신을 합성해 드립니다We Can Build You』를 집필했는데, 이는 1969년에서 1970년 사이에 《어메이징》지에 'A. 링컨, 시뮬러크럼A. Lincoln, Simuacrum'이란 제목으로 연재되었다. 같은 해에 집필한 『화성의 타임슬립Martian Time-Slip』은 1963년 잡지 《월드 오브 투모로우》에 '우리는 모두 화성인All We Marsmen'이란 제목으로 연재되었다(훗날 딕은 이렇게 회고했다. "『높은 성의 사내』와 『화성의 타임슬립』을 통해 나는 실험적인 주류 소설과 SF 사이의 간극을 줄였다고 생각한다. 어느 날 갑자기 작가로서 하고 싶었던 일을 다 할 수 있는 길을 찾은 기분이었다").

1963

7월에 스코트 메러디스 출판 에이전시에서 팔리지 않는다는 이유로 10여 편 이상의 주류 소설을 돌려보냈다. 돈이 궁해진 나머지 그는 앤의 집을 담보로 레코드 가게를 시작할 것을 고려했다. 9월에는 『높은 성의 사내』가 SF 문학상 중 최고의 권위를 자랑하는 휴고상 최우수 장편상을 받았다. 그러나 결혼 생활은 악화일로를 걸었다. 딕은 친구들에게 아내가 자기를 죽이려 한다고 주장했다. 오랫동안 부부 싸움을 하다가 앤을 로스 정신병원으로 보냈고, 앤은 랭글리 포터 클리닉에서 2주간 치료를 받는 데 동의했다. 결혼이 깨지는 것을 막기 위해 두 사람은 미국 성공회 예배에 참석하기 시작했다. 딕은 이곳에서 세례를 받았다. 딕의 팬이었던 매런 해켓은 친구의 주선으로 딕을 만났다. 그녀와 그녀의 의붓딸들도 성공회 신도였다. 딕은 암페타민을 연료 삼아 『닥터 블러드머니, 혹은 폭탄이 터진 뒤 우리는 어떻게 살아남았나Dr. Bloodmoney, or How We Got Along After the Bomb』(1965), 『타이탄의 게임 플레이어The Game-Players of the Titan』(1963년, 에이스 북스에서 출간), 『시뮬라크라The Simulacra』(1964), 『작년을 기다리며Now Wait for Last Year』(1966)를 탈고했고, 『알파성의 씨족들Clans of the Alphane Moon』(1964)과 『우주의 균열The Crack in Space』(1966)을 쓰기 시작했다. 집필실이 있는 오두막으로 걸어가면서 그는 하늘에서 기괴한 가면을 쓴 인간 얼굴의 환영幻影을 보았다. 훗날 그는 이 체험을 장편 『파머 엘드리치의 세 개의 성흔The Three Stigmata of Palmer Eldritch』(1965)에 녹여내었다.

1964   버클리를 방문하는 일이 잦아졌다. 『파머 엘드리치의 세 개의 성흔』을 탈고한 후 3월에 출판 에이전시에 넘겼다. 3월 9일 이혼 소송을 제기하고 잠시 어머니 집에서 살았다. 베이 에어리어의 활기찬 SF 팬덤에 합류해서 폴 앤더슨, 매리언 짐머 브래들리, 론 굴라트와 레이 넬슨 같은 작가들을 만났다. 『높은 성의 사내』의 속편을 쓰기 시작했다가 포기했다. 『우주의 균열』, 『잽건The Zap Gun』(같은 해 '프로젝트 플라우셰어Project Plowshare'라는 제목으로 잡지에 연재되었고, 1967년에 출간됨), 『끝에서 두 번째의 진실The Penultimate Truth』을 탈고했으며, 『텔레포트 되지 않은 사내The Unteleported Man』(1966)를 쓰기 시작했다. SF 작가 아브람 데이비슨의 아내로 당시 그와 별거 중이었던 그래니아 데이비슨(훗날 '그래니아 데이비스'로 소설 출간)과 연애편지를 교환했다. 7월에는 운전 도중 차가 전복되는 바람

에 큰 부상을 입고 심각한 우울증을 겪으면서 집필 의욕을 상실했다. 오클랜드에서 열린 세계 SF 컨벤션에 참석했다. 마약이 횡행했던 집회였다. 친구인 잭과 마고 뉴컴 부부가 오클랜드에 있는 딕의 자택을 방문했다. 12월이 되자 그는 매런 해켓의 의붓딸인 21살의 낸시 해켓에게 구애를 시작했다("네가 나를 위해 우리 집으로 들어왔으면 좋겠어. 안 그런다면 나는 머리가 돌아버려서 점점 더 약을 찾게 될 거고…… 결국 아무런 글도 쓸 수 없을 거야. 나에겐 자극과 영감을 줄 수 있는 네가 필요해.")

1965   3월에 낸시 해켓과 함께 살기 시작했다. 가정 생활을 시작하며 다시 집필을 하기 시작했고 고질적인 광장공포증 역시 부활했다. 딕은 LSD를 두 번 복용하고 불편한 환영을 경험했다("나는 '그'를 맥동하고, 격렬하고, 마구 진동하는 존재로서 지각했다. 복수심에 불타는 위압적인 존재, 마치 형이상학적인 IRS*요원처럼 회계 감사를 요구하는 존재라고나 할까"). 팬진**인 《라이트하우스》에 실린 에세이 「마약, 환영 그리고 실체에 대한 탐색Drugs, Hallucinations, and the Quest for Reality」에서 그는 다음과 같이 술회했다. "사람들은 환각에 매달릴 필요가 없다. 착란으로 몸을 망치는 길은 하나만 있는 것이 아니므로." 『텔레포트 되지 않은 사내』를 완성하고, 캘리포니아의 미국 성공회 주교인 제임스 파이크***와 돈독한 우정을 쌓았다. 파이크가 비서로 채용한 낸시의 의붓어머니인 매런 해켓은 파이크의 숨겨진 정부情婦였다. 딕은 파이크와의 대화를 통해 신학적 고찰과 초기 크리스트교의 기원에 관한 연구에 심취하기 시작했다. 낸시와 함께 산 라파

---

* Internal Revenue Service. 미 국세청.
** fanzine. 팬이 발행하는 잡지.
*** James A. Pike(1913~1969).

엘로 이사했다. 레이 넬슨과 공동으로 『가니메데 혁명The Ganymede Takeover』(1967)을 썼고, 『거꾸로 도는 세계 Counter-Clock World』(1967)의 집필을 시작했다.

1966 『거꾸로 도는 세계』를 탈고하고 『안드로이드는 전기양의 꿈을 꾸는가?Do Androids Dream of Electric Sheep?』(1968) 와 『유빅Ubik』(1969), 아동 SF인 『농부 행성의 글리멍The Glimmung of Plowman's Planet』(1988년에 영국에서 『닉과 글리멍Nick and the Glimmung』이라는 제목으로 출간됨)을 썼다. 7월에 낸시와 결혼했다. 딕은 회의적이었지만, 파이크 주교와 매런 해킷, 낸시와 함께 영매가 주최하는 세앙스*에 참석했다. 이 모임의 목적은 자살한 파이크의 아들인 짐과 접촉하기 위한 것이었다. 『작년을 기다리며』와 『텔레포트 되지 않은 사내』, 『우주의 균열』이 출간되었다.

1967 3월 15일에 둘째딸 이솔더(이사) 프레이어 딕이 태어났다. 텔레비전 드라마 〈침략자The Invaders〉의 구성 원고를 썼지만 팔리지 않았다. 『거꾸로 도는 세계』, 『잽건』, 『가니메데 혁명』이 페이퍼백으로 출간되었다. 6월에 낸시의 의붓어머니 매런 해킷이 자살했다. IRS가 딕에게 체납된 세금과 벌금 및 이자의 납부를 요구하면서 이미 심각했던 가계 재정난이 한층 더 악화되었다. 단편 「부조父祖의 신앙Faith of Our Fathers」이 할런 엘리슨이 편집한 SF 앤솔러지 『위험한 비전 Dangeros Visions』에 실렸다. 서문에서 엘리슨은 딕이 LSD에 의한 환각 상태에서 이 단편을 썼다고 주장했지만, 이것은 딕의 고의적인 오도誤導에 의한 것이었다.

---

* séance. 교령회. 죽은 사람들의 영혼과 통교하려는 사람을 중심으로 한 모임.

1968　　잡지 《램파츠》 2월호에 실린 '작가와 편집자에 의한 전쟁세 반대운동' 청원서에 서명하면서 IRS와의 갈등이 심화되었다. 낸시와 함께 '마약 SF 컨벤션Drug Con'이라는 이명異名을 얻은 베이컨*에 참가했다. 그곳에서 로저 젤라즈니를 처음으로 만났다. 젤라즈니와는 훗날 장편 『분노의 신Deus Irae』(1976)을 공동 집필하게 된다. 『안드로이드는 전기양의 꿈을 꾸는가?』의 초판이 하드커버로 출간되었다. 이 작품의 영화 판권도 팔렸다. 『은하의 도기 수리공Galactic Pot-Healer』(1969)과 『죽음의 미로A Maze of Death』(1970)를 집필했다. 딕의 오랜 멘토였던 앤서니 바우처가 사망한다. 활자화되지는 않았지만 다음과 같은 자기소개 글을 썼다. "……기혼자이며, 두 딸과 젊고 신경질적인 아내와 함께 살고 있다……. 처음에는 스카를라티**, 다음에는 제퍼슨 에어플레인***, 그다음에는 〈신들의 황혼Götterdämmerung〉에 귀를 기울이며 대부분의 시간을 보내며, 이것들을 어떻게든 한데 엮어보려고 시도하고 있다. 각종 공포증에 시달리고 있다……. 채권자들에게 엄청난 빚을 지고 있지만 갚을 돈이 없다. 경고. 이 작자에게 돈을 빌려주지 말 것. 돈뿐만 아니라 당신의 약까지 훔치려 들 것이다."

1969　　『프로릭스 8에서 온 친구들Our Friends from Frolix 8』(1970)을 썼다. 『은하의 도기 수리공』이 페이퍼백으로, 『유빅』이 하드커버로 출간되었다. 몬트리올의 한 호텔에서 거행된 존 레논과 요코 오노의 평화를 위한 '침대 시위bed-in'에 참석한

---

* BayCon. 샌프란시스코 베이 에어리어에서 개최되는 SF, 판타지 컨벤션.
** Giuseppe Domenico Scarlatti(1685~1757). 이탈리아 작곡가.
*** Jefferson Airplane. 1965년 결성된 미국의 사이케델릭 록 그룹.
**** Timothy Leary(1920~1996) 미국의 심리학자. LSD와 카운터컬처 옹호자로 유명하다.

티모시 리어리****의 전화를 받았다. 리어리는 레논과 오노에게 수화기를 넘겼고, 이들은 『파머 엘드리치의 세 개의 성흔』에 감탄했다고 말하며 영화화하고 싶다는 희망을 전했다. 저널리스트인 폴 윌리엄스의 방문을 받았다. 처방받은 약물, 특히 리탈린의 복용량이 크게 늘면서 결혼 생활에도 금이 가기 시작했다. 암페타민을 강박적으로 섭취한 나머지, 췌장염과 초기 신부전증 증세로 응급실 신세를 진다. 예수가 역사 인물로서 존재했다는 증거를 찾기 위해 이스라엘로 탐사 여행을 떠났던 파이크 주교가 9월에 유대 사막에서 사망했다.

1970   『흘러라 내 눈물, 하고 경관은 말했다Flow My Tears, the Policeman Said』(1974)를 쓰기 시작했다. 평소의 집필 습관과는 달리 3월과 8월 사이에 여러 번 고쳐 썼다. 낸시의 동생 마이클 해켓이 아내와의 이혼 소송 중에 딕의 집으로 와서 눌러앉았다. 딕은 환각제인 메스칼린을 복용한 후 찬란한 사랑의 비전[幻影]을 체험했고, 『흘러라 내 눈물, 경관은 말했다』에 이를 투영했다. 7월에는 당국에 푸드 스탬프*****를 신청했다. 중단편집 『보존 기계 The Preserving Machine』가 출간되었고, 『프로릭스 8에서 온 친구들』이 페이퍼백 단행본으로, 『죽음의 미로』가 하드커버로 출간되었다. 9월에 낸시가 딸인 이사를 데리고 집을 떠나면서 다량의 약물―거리에서 구입한 불법 마약까지 포함한―과 암페타민의 기운을 빌린 밤샘 토론, 편집증, 보헤미안적 너저분함으로 점철된 친구들과의 공동 생활 시대를 시작했다. 글은 거의 쓰지 않았고, 『흘러라 내 눈물, 하고 경관은 말했다』를 가끔 개고하는 정도였다. 10월에는 톰 슈미트가 합류했다(11월에 쓴 편지에서 딕은 이렇게 술회하고 있다. "다들 각성제를 복용하고 있

***** food stamp. 저소득자용 식량 배급권.

고, 다들 죽을 거야……. 하지만 앞으로 몇 년은 더 살겠지.
사는 동안은 지금 모습 그대로 살 거야. 어리석게, 맹목적으
로. 토론하고, 함께 시간을 보내고, 농담을 나누고, 서로 의
지하면서 말이야").

1971 『흘러라 내 눈물, 하고 경관은 말했다』의 미완성 원고를 엉망
진창이 된 일상으로부터 지키기 위해서 변호사에게 맡겼다.
젊은 히피와 폭주족, 중독자들이 딕의 집에 드나들자 마이클
해켓이 떠났다. 5월에 한 친구가 딕을 스탠포드 대학병원의
정신과 병동에 입원시켰다. 8월이 되자 마린 제너럴 정신병
원과 로스 정신과 클리닉 양쪽에서 치료를 받았다. 자신이
FBI나 CIA의 감시를 받고 있다고 주장하고, 총을 구입한 것
도 이 시기의 일이었다. 11월에는 도둑이 들어 집이 크게 부
서졌다. 서류 캐비닛은 누군가에 의해 폭파되었고, 창문과
문은 박살이 났으며, 개인 서신 및 재정 관련 서류들이 도난
당했다(침입자의 정체에 관해 딕은 오랫동안 숱한 추측을 했
다. 정부 요원, 종교 광신도, 블랙 팬서*, 심지어는 자기 자신
까지 의심했다). 딕은 결국 이 집을 포기했다.

1972 2월에 캐나다 밴쿠버에서 열린 SF 컨벤션의 주빈으로 참가
했다. 그곳에서 연설한 「안드로이드와 인간」은 호평을 받았
고, 딕은 캐나다에 머무르겠다는 의사를 밝혔다. 그러나 얼
마 지나지 않아 밴쿠버에 환멸을 느끼고 또 다른 장소를 물
색했다. 오레곤 주 포틀랜드에 있는 어슐러 K. 르 귄에게 편
지를 써서 방문해도 될지 타진했다. 캘리포니아 주립대학 풀
러턴 캠퍼스의 윌리스 맥넬리 교수에게 풀러턴이 살 만한 곳
인지 문의했다(이 시점부터 편지를 쓰는 일이 급격하게 늘어

---

* Black Panther. 흑인 해방을 주장하는 미국의 극좌 과격파 조직.

났으며, 이 경향은 죽을 때까지 계속되었다. 르 귄 외에도 제임스 팁트리 주니어, 스타니스와프 렘, 존 브루너, 노먼 스핀래드, 토마스 디쉬, 브라이언 올디스, 로버트 실버버그, 시어도어 스터전과 필립 호세 파머 등의 동료 작가들과 정기적으로 편지를 주고받았다). 3월에 처음으로 자살 시도를 했다. 주로 헤로인 중독자들을 위한 시설인 X-컬레이 재활센터에 입원해서 공격적 집단 요법*에 참여했다. 몇 십 년 동안이나 처방을 받아 남용해오던 암페타민을 끊었다. 맥넬리 교수와 학생들이 오렌지 카운티로 그를 초청하는 편지를 보내왔다. 딕은 풀러턴에 정착해서 일련의 룸메이트들과 함께 살았다. 젊은 친구들이 많이 생겼는데, 그중에는 작가 지망생인 팀 파워즈도 있었다. 맥넬리는 딕에게 객원 강사 자리를 알선하고 풀러턴 캠퍼스의 도서관에 다량의 딕 관련 서류를 보관했다. 개인 서신과 꿈에 관련된 글들을 모아 『검은 머리의 소녀 The Dark-Haired Girl』 작업을 했다(1988년에 증보판으로 출간되었다). 그해 출판된 『필립 K. 딕 걸작선The Best of Philip K. Dick』의 작품 선정을 도왔다. 7월에는 18세의 레슬리(테사) 버스비를 만나 곧 동거에 들어갔다. 9월에는 로스앤젤레스 SF 컨벤션에 참가했다. 10월이 되자 낸시 해켓과의 이혼 소송을 마무리 짓기 위해 테사와 함께 마린 카운티로 여행을 떠났다. 낸시는 이사의 단독 양육권을 획득했다. 스타니스와프 렘과 편지를 주고받았고, 렘은 『유빅』의 폴란드어 번역을 주선했다. 『흘러라 내 눈물, 하고 경관은 말했다』를 완성하고, 단편 「시간비행사들을 위한 조촐한 선물A Little Something for Us Tempunauts」을 썼다.

---

* confrontational group therapy. 매우 공격적인 분위기를 통해 고의적으로 환자들을 압박하는 정신 요법의 일종. 주로 약물 중독자들의 치료에 쓰인다.

1973   다시 꾸준히 글을 쓰기 시작했다. 2월에서 4월까지『어둠 속의 스캐너A Scanner Darkly』(1977)를 썼다. BBC와 프랑스의 다큐멘터리 작가들과 인터뷰를 가졌다. 4월에 테사와 결혼했고, 7월 25일에 아들 크리스토퍼 케니스 딕이 태어났다. 당시 박사 과정을 밟고 있었던 장 피에르 고랭이 그를 방문해 프랑스 평론가들이 텔레비전에서 그를 노벨상 수상자로 추천했다는 사실을 알렸다. 런던의《데일리 텔레그래프》지와 인터뷰를 했다. 돈 문제와 건강 문제에 계속 시달렸다. 유나이트 아티스트 영화사에서『안드로이드는 전기양의 꿈을 꾸는가?』의 영화 판권을 매입했다.

1974   2월에 하드커버로 출간된『흘러라 내 눈물, 하고 경관은 말했다』는『높은 성의 사내』이래 가장 좋은 평을 받으며 휴고상과 네뷸러상 후보에 올랐고, 1975년의 존 W. 캠벨 기념상을 수상했다.《램파츠》청원서에 서명했던 딕은 혹시 당국으로부터 불이익을 받지는 않을지 우려하며 4월의 납세 기간이 오는 것을 두려워했다. 2월에 사랑니 발치 수술을 받으며 소듐 펜토탈*을 투여받았는데, 이때 일련의 강렬한 환영을 경험했다. 이 환영은 3월 내내 계속되면서 한층 강도를 더해갔고, 4월이 되자 간헐적으로 나타나다가 점점 약해졌다. 이때 받은 여러 계시는 각양각색의 선하고 악한 종교적, 정치적 영향—신, 그노시스파 기독교도들, 로마 제국, 파이크 주교, KGB 등을 포함하지만 이것이 전부는 아니었다—의 산물로 치부되었지만, 딕은 남은 생애 동안 그 의미를 해석하는 데 골몰하며 많은 시간을 보낸다. "내가『성스러운 침입 The Divine Invasion』(1981)을 쓴 뒤로는 단 한 마디도 하지 않았다. 내게 들리는 계시는 구약성서에서 '신의 영혼'을 의

---

* sodium pentothal. 전신 및 국소 마취제의 상품명.

미하는 루아Ruah의 목소리였다. 그것은 여성의 목소리로 말했고, 메시아 예언에 관련된 얘기를 늘어놓는 경향이 있었다. 한동안은 그것의 인도를 받았다. 고등학교 시절부터 가끔 그 목소리를 듣곤 했다. 위기가 닥치면 뭔가 다시 내게 말해줄 것이다……." 딕은 '2-3-74'라고 부르게 된 것에 관한 사변적인 해설을 쓰기 시작했다. 대부분 손으로 쓴 이 난삽한 원고는 8천여 장에 달했다. 훗날 딕은 이 원고에 『주해 Exegesis』라는 제목을 붙였다(전체 원고는 미출간 상태이며 읽으려는 사람도 거의 없지만, 사후에 발췌본이 출간되었다). 메러디스 출판 에이전시와 결별했다가 일주일도 되지 않아 다시 계약을 맺고『흘러라 내 눈물, 하고 경관은 말했다』의 출판 계약을 더블데이에서 DAW로 이전하는 데 동의했다. 심각한 고혈압과 경미한 뇌졸중으로 의심되는 증세로 5일 동안 입원했다. 프랑스 영화감독인 장 피에르 고랭이 다시 찾아와서 그가 각본을 쓰는 조건으로『유빅』의 영화화 판권을 일괄 지급하는 계약을 맺었다. 딕은 한 달 만에『유빅』의 각본을 썼다(영화화는 되지 않았지만, 각본은 1985년에 출간되었다). 〈블레이드 러너〉라는 제목으로 영화화된『안드로이드는 전기양의 꿈을 꾸는가?』를 각색하던 시나리오 작가들의 방문을 받았다. 《롤링스톤즈》지의 폴 윌리엄스와 인터뷰를 했다. 1971년에 겪었던 주거 침입 사건에 관한 상세한 회고와 분석이 주된 내용을 이뤘다.

1975 어깨 부상으로 수술을 받은 후 진행 중이던 장편『발리시스템A Valisystem A』에 관한 메모를 휴대용 녹음기로 녹음했지만 2주 만에 다시 타이프라이터로 집필하기 시작했다(이 소설은 결국 사후 출간된『앨버무스 자유 방송 Radio Free Albemuth』(1985)과 1981년에 출간된『발리스Valis』두 소설로 분할되었다). 《뉴요커》지는 1월호와 2월호의 '토크 오브

더 타운Talk of the Town' 란에 연속 인터뷰 기사를 싣고 딕을 '우리가 가장 좋아하는 SF 작가' 라 칭했다. 1월과 2월에 마지막으로 타오르는 듯한 비전[啓示]을 체험했다. 그노시스주의, 조로아스터교, 불교에 관한 책들을 열독하고 밤마다 『주해』를 집필했다. 장편 『허풍선이 과학자의 고백』을 출간했다. 이것은 딕이 쓴 초기의 사실주의적 작품 중에서 유일하게 생전에 출간된 것이다. 만화가인 아트 슈피겔만의 방문을 받았다. 딕은 옛 친구이자 영국 성공회의 사제 훈련을 받고 있던 도리스 소우터에게 점점 사랑을 느꼈다. 5월에 도리스가 암이라는 진단을 받았다. 할런 엘리슨과 사이가 틀어졌다. 공동 저자인 로저 젤라즈니와 함께 『분노의 신』을 완성했다. 외국어 판의 출간으로 생겨난 인세 수입이 비교적 많아졌다. 외국에서 들어온 인세 덕에 잠시 풍족한 삶을 누리며 중고 스포츠카와 브리태니커 백과사전을 구입했지만, 몇 달 지나지 않아 그의 우상이자 멘토인 로버트 하인라인에게 돈을 빌리는 신세가 되었다. 『어둠 속의 스캐너』의 수정 작업을 끝냈다. 11월에 《롤링스톤즈》에 실린 특집 기사에서 로큰롤 평론가인 폴 윌리엄스가 딕을 '우주 최고의 SF 마인드를 가진 인물' 로 평했다.

1976   도리스 소우터에게 청혼했지만 거절당했다. 그녀는 딕의 집안과 얽히고 싶어 하지 않았다. 2월에 크리스토퍼가 탈장으로 입원했다. 2월 말 딕과 테사는 별거했다. 그러고 나서 몇 시간도 지나지 않아 딕은 여러 방법을 동시에 동원해 자살을 시도했다. 오렌지 카운티 메디컬 센터에 수용되었다가 곧 정신병동으로 보내져 14일 동안 감시를 받으며 격리되었다. 테사가 잠시 집으로 돌아왔지만 딕은 곧 그녀와의 관계를 청산하고 도리스와 함께 산타아나의 아파트로 이사를 갔다. 그곳에서 그는 남은 인생을 보냈다(도리스와는 플라토닉한 관계

를 유지했다). 5월에 밴텀 출판사에서 복간을 목적으로『파머 엘드리치의 세 개의 성흔』,『유빅』,『죽음의 미로』판권을 매입했고, '2-3-74'를 토대로 집필 중인 소설『발리시스템 A』의 선금을 지불했다. 9월에 도리스는 그의 옆집으로 이사하기로 결정했다. 다시 우울증이 도지면서 자살 충동에 대한 두려움 때문에 딕은 10월에 세인트 조셉 병원의 정신 병동에 입원했다. 연말에는 밴텀의 편집장이『발리시스템 A』를 조금 수정해줄 것을 요구했지만 딕이 원본 전체를 대폭 수정하는 바람에『발리스』라는 다른 소설이 탄생했다(1976년에 그가 출판사에 보낸『발리시스템 A』는 1985년에『앨버무스 자유 방송』으로 출간되었다).『분노의 신』이 출간되었다.

1977   처음으로 혼자 사는 것에 적응하기 시작했다. 테사와 크리스토퍼는 정기적으로 딕을 찾아왔다. 2월에 테사와의 이혼이 마무리되었다.『어둠 속의 스캐너』가 출간되었고, 팀 파워스와의 우정은 절정에 달했다. 훗날 SF 작가로 입신하게 될 파워스와 K. W. 지터, 제임스 블레이록과 정기적으로 저녁을 함께 보냈다. 파워스와 지터에게 그가 본 '2-3-74' 비전에 관해 자세히 얘기하고 토론을 벌였다. 이 두 친구는 딕이 구상 중이던 자서전적 색채가 짙은 장편『발리스』의 등장인물들의 모델이 된다.『유빅』,『파머 엘드리치의 세 개의 성흔』과『죽음의 미로』가 복간되면서《롤링스톤즈》지의 격찬을 받았고, 딕은 동시대인들에 의해 매우 중요한 미국 작가로 인정받는다. 4월에 32세의 사회사업가인 조안 심슨을 만나서 오렌지 카운티에서 3주 동안 함께 지낸다. 그 후 심슨을 따라 소노마로 가서 여름 동안 잠시 머물렀다. 딕은 우울증으로 인한 격렬한 발작에 시달렸다. 프랑스의 메스Metz 문학 축제에 주빈으로 초빙받아 출국했다. 해외여행을 감행한 것은 공포증에 대한 승리를 의미했다. 그곳에서 강연한「만약 이 세상이 끔찍하다고

생각하면, 다른 세상들로 가보라」는 종교적 색채가 짙었던 데다가 동시통역 문제가 겹쳐서 청중을 당혹케 했다. 귀국한 뒤에는 캘리포니아 북부에 뿌리를 내리고 사는 것을 거부한 탓에 심슨과 헤어졌다. 『주해』의 집필을 계속했다. 단편「도매가로 기억을 팝니다We Can Remember It For You Wholesale」의 영화 판권을 팔았다(이 작품은 훗날 〈토탈 리콜Total Recall〉(1990)이라는 제목으로 개봉되었다).

1978   밴텀에서 나올 『발리스』의 수정 작업이 늦어졌다. 대신 『주해』를 집필했다. 8월에 어머니가 세상을 떴다. 배다른 딸들인 로라와 이사가 처음으로 만났고 이들은 이 만남에 감격했다. 9월이 되자 '2-3-74' 체험을 담을 적절한 소설적 구조를 모색하면서 『주해』에 이렇게 썼다. "나의 장편—및 단편들—은 지적—개념적—인 미로이다. 그리고 나는 우리가 놓인 상황을 파악하기 위해 지적인 미로에서 헤매고 있다……. 왜냐하면 현 상황 자체가 출구를 찾을 수 없는 미로이기 때문이다……." 메러디스 출판 에이전시의 새 담당자 러셀 갤런이 딕이 낸 장편들의 재간을 적극적으로 추진하고, 논픽션을 한 편 써보라고 권유한 덕분에 상당히 고무되었다. 이 권유가 계기가 되어 『발리스』를 위한 효율적인 접근 방법이 떠올랐다. 11월이 되자 2주에 걸쳐 『발리스』를 썼고, 갤런에게 이 책을 헌정했다.

1979   딸 로라와 이사가 여러 번 방문했다. 『어둠 속의 스캐너』가 프랑스의 메스 문학 축제에서 대상을 수상했다. 『주해』 집필에 심혈을 기울였고, 자신의 가장 중요한 작품이 될지도 모른다는 언급을 했다. 러셀 갤런은 딕의 신작 단편들을 잡지 《플레이보이》나 《옴니》 같은 높은 고료를 주는 시장에 내놓았다. 갤런이 오렌지 카운티를 방문했을 때 마침내 두 사람

은 직접 만났다. 그러나 딕이 평소 버릇대로 밤새도록 얘기를 나누자 갤런은 녹초가 되었다. 임대 아파트 건물이 조합 주택으로 개조되면서 딕은 자기가 살던 아파트를 매입했지만 옆집의 도리스 소우터는 자금을 마련하지 못하고 부득이 다른 곳으로 이사했다. 도리스가 떠나가자 딕은 크게 고뇌했다. 도리스에 대한 자신의 애착을 투영한 「공기의 사슬, 에테르의 그물Chains of Air, Webs of Aether」이라는 단편을 썼다. 단편 「두 번째 변종Second Variety」의 영화 판권이 팔렸다(1995년에 〈스크리머스Screamers〉라는 제목으로 개봉되었다).

1980   「공기의 사슬, 에테르의 그물」을 포함해 『발리스』의 속편으로 간주되는 『성스러운 침입』을 3월 말에 탈고했다. 『주해』의 집필은 계속했지만 연말까지는 별다른 저술 활동을 하지 않았다. 몇몇 장편소설의 아우트라인을 구상했지만 결국 쓰지는 못했다. 더 이상 환영을 통해 영감을 받지 못할지도 모른다는 불안에 시달리다가 11월 말에 급작스러운 계시를 받았다. 이 계시를 통해 그는 『주해』의 집필을 중단해야 한다는 결론을 내렸다. 5페이지에 달하는 결말부의 우화를 완성했고, 12월 2일에 '엔드End'라는 단어를 타이프로 친 다음 표제 페이지를 작성했다(이 페이지에는 『변증법: 신과 사탄, 그리고 예고되고 제시된 신의 최후의 승리/필립 K. 딕/주해/Apologia Pro Mia Vita*』라고 쓰여 있다). 열흘 뒤에 참지 못하고 강박적으로 『주해』의 집필을 재개한다.

1981   2월에 『발리스』가 출간되었다. 깊은 우정을 쌓았던 르 귄과 크게 다투었지만 금세 화해했다. 에너지가 고갈되었다는 생

---

* 라틴어로 '나의 삶을 위한 변론'을 의미한다.

각에 다이어트를 시작하고 체중을 많이 줄였다. 리들리 스코트 감독이 『안드로이드는 전기양의 꿈을 꾸는가』를 햄튼 팬처와 데이비드 피플스의 각본으로 영화화한 〈블레이드 러너〉의 제작에 착수했다. 영화화에 대한 딕의 반응은 환호와 경멸 사이를 오락가락했다. 투자자 측에서는 영화 대본을 소설화하기를 원했지만, 러셀 갤런은 딕이 쓴 원작 쪽이 영화와 함께 출간되어야 한다고 주장했다(결국 『안드로이드는 전기양의 꿈을 꾸는가』는 영화와 같은 제목으로 1982년에 재간되었다). 사이먼 & 슈스터 출판사의 편집장이었던 데이비드 하트웰이 일반 소설과 SF 소설을 한 권씩 써 달라는 제안을 했고, 딕은 이 제안을 받아들여 4월과 5월에 『티모시 아처의 환생The Transmigration of Timothy Archer』을 썼다. 이 책은 제임스 파이크 주교의 죽음을 둘러싸고 일어난 사건들을 소설화한 것으로, 1963년에 메러디스 에이전시에서 그가 쓴 주류 소설을 거부한 이래 처음으로 쓴 비非 SF였다. 딕은 6월에 갤런에게 보낸 편지에서 자신의 비 장르 작품들이 빛을 보지 못했던 것은 "나의 작가 인생에서는 비극—그것도 너무나도 오랫동안 계속된 비극—이었네"라고 술회했다. 두 달 후 SF 차기작인 『한낮의 올빼미The Owl in Daylight』를 구상하면서 그는 이렇게 썼다. "SF를 계속 쓸 작정이야. 그건 내 천직이니까⋯⋯." 그러나 딕은 기력이 고갈되어 글을 쓸 수 없다는 사실을 알게 되었다. 9월 17일 밤에는 '타고르Tagore' 라고 불리는 구세주의 환영을 보았다. 딕은 이 사람이 실존 인물이며 실론*에 살고 있다고 확신했고, 그에게서 지시를 받고 있다고 느꼈다. 다시 가정을 꾸릴 수 있을까 하는 희망에서 테사와의 재결합을 고려했다. 11월에는 〈블레이드 러너〉 초기 편집본의 특수 효과 영상 시사회에 초대

---

* Ceylon. 현 스리랑카.

받았다. 메스 문학 축제에도 재차 초빙을 받고 여행 계획을 세우기 시작했다. 그렉 릭맨과 일련의 인터뷰를 하기 시작했고, 릭맨에게 자신의 공식 전기작가가 되어달라고 부탁했다. 『한낮의 올빼미』에 관한 (완전히 상이한) 두 개의 아우트라인을 작성했다.

1982
미래의 부처인 마이트레야*의 세상이 도래한다는 영국의 신비주의자 벤자민 크림의 예언에 심취한다. 릭맨과의 인터뷰는 계속되었고, 딕은 영적인 문제에 대해 불안감과 피로감을 느끼고 있다고 토로했다. 도리스 소우터의 친구인 그웬 리가 대학 리포트를 쓰기 위해 딕을 인터뷰했다. 아마 그의 생애 마지막이었을 이 인터뷰에서 딕은 『한낮의 올빼미』의 세부적인 사항들에 대해 밝혔지만, 결국 쓰지 못했다. 2월 18일에 자신의 아파트에 홀로 있던 딕은 뇌졸중으로 쓰러져 의식을 잃었다. 이웃 사람들에 의해 발견되어 병원에서 의식을 되찾았지만 말을 할 수 없었고, 몸의 왼쪽이 마비되었다. 3월 2일 딕은 뇌졸중 발작 재발과 심부전으로 인해 병원에서 숨을 거뒀고, 콜로라도 주 포트 모건의 공동묘지에 잠들어 있는 쌍둥이 누이 제인 곁에 나란히 묻혔다. 『티모시 아처의 환생』은 그의 사후에 출간되었으며, 5월에 개봉된 〈블레이드 러너〉는 딕에게 헌정되었다. '필립 K. 딕 상'이 제정되었다. 이는 미국에서 처음부터 페이퍼백 단행본 형태로 출간되는 뛰어난 SF 장편을 선정해서 매년 수여하는 상이다.

---

* 미륵보살. 불교의 보살.

● 필립 K. 딕 저작 목록

■ 장편소설

1955 『Solar Lottery』

1956 『The World Jones Made』
      『The Man Who Japed』

1957 『Eye in the Sky』
      『The Cosmic Puppets』

1959 『Time Out of Joint』

1960 『Dr. Futurity』 (에이스 더블판)
      『Vulcan's Hammer』 (에이스 더블판)

1962 『The Man in the High Castle』 (휴고상 수상)

1963 『The Game-Players of Titan』

1964 『The Penultimate Truth』
      『Martian Time-Slip』
      『The Simulacra』
      『Clans of the Alphane Moon』

1965 『The Three Stigmata of Palmer Eldritch』
      『Dr. Bloodmoney, or How We Got Along After the Bomb』

1966 『Now Wait for Last Year』
      『The Crack in Space』
      『The Unteleported Man』 (에이스 더블판)

1967 『The Zap Gun』
      『Counter-Clock World』
      『The Ganymede Takeover』 (레이 넬슨 공저)

1968 『Do Androids Dream of Electric Sheep?』

1969	『Galactic Pot-Healer』
	『Ubik』
1970	『A Maze of Death』
	『Our Friends from Frolix 8』
1972	『We Can Build You』
1974	『Flow My Tears, the Policeman Said』 (존 W. 캠벨 기념상 수상)
1975	『Confessions of a Crap Artist』 (일반소설)
1976	『Deus Irae』 (로저 젤라즈니 공저)
1977	『A Scanner Darkly』 (영국 SF협회상 수상)
1981	『VALIS』
	『The Divine Invasion』 (『VALIS』의 속편)
1982	『The Transmigration of Timothy Archer』
1984	『The Man Whose Teeth Were All Exactly Alike』
1985	『Radio Free Albemuth』
	『Puttering About in a Small Land』 (일반소설)
	『In Milton Lumky Territory』 (일반소설)
1986	『Humpty Dumpty in Oakland』 (일반소설)
1987	『Mary and the Giant』 (일반소설)
1988	『The Broken Bubble』 (일반소설)
	『Nick and the Glimmung』 (아동SF)
1994	『Gather Yourselves Together』 (일반소설)
2004	『Lies, Inc.』 (『The Unteleported Man』의 개정증보판)
2007	『Voices From the Street』 (일반소설)

■ 단편집

1955	『A Handful of Darkness』 (영국판)
1957	『The Variable Man』
1969	『The Preserving Machine』
1973	『The Book of Philip K Dick』
1977	『The Best of Philip K. Dick』

Stories of Philip K. Dick, 4, The Days of Perky Pat』과 동일)

『Second Variety』(Citadel Twilight판. 『The Collected Stories of Philip K. Dick, 3, The Father-Thing』에 단편 「Second Variety」 추가)

1992 　『The Eye of the Sibyl』(Citadel Twilight판. 『The Collected Stories of Philip K. Dick, 5, The Little Black Box』에서 단편 「We Can Remember It for You Wholesale」을 제외)

1997 　『The Philip K. Dick Reader』(『Second Variety』의 단편 3편을 영화화된 단편 3편으로 대체)

2002 　『Minority Report』(영국 Gollancz판)

　　　　『Selected Stories of Philip K. Dick』

2003 　『Paycheck』(2004년 출간. 영국 Gollancz판)

　　　　『Paycheck and 24 Other Classic Stories by Philip K. Dick』(Citadel Twilight판. 『The Short Happy Life of the Brown Oxford』와 동일)

2006 　『Vintage PKD』(장편 발췌. 단편, 에세이, 서간 포함)

2009 　『The Early Work of Philip K. Dick, I: The Variable Man & Other Stories』

　　　　『The Early Work of Philip K. Dick, II: Breakfast at Twilight & Other Stories』

■ 논픽션, 서간집

1988 　『The Dark Haired Girl』(에세이, 시, 편지 모음)

1991 　『The Selected Letters of Philip K. Dick』, 1974

1993 　『The Selected Letters of Philip K. Dick』, 1975~1976

　　　　『The Selected Letters of Philip K. Dick』, 1977~1979

1994 　『The Selected Letters of Philip K. Dick』, 1972~1973

1996 　『The Selected Letters of Philip K. Dick』, 1938~1971

2009 　『The Selected Letters of Philip K. Dick』, 1980~1982

죽음의 미로
A Maze of Death

초판 1쇄 펴낸날 2011년 4월 25일

지은이 | 필립 K. 딕
옮긴이 | 김상훈
펴낸이 | 양숙진

펴낸곳 | 폴라북스
등록번호 | 제22-3044호
주소 | 137-905 서울시 서초구 잠원동 41-10
전화 | 2017-0280
팩스 | 516-5433
홈페이지 | www.hdmh.co.kr

ISBN 978-89-93094-34-3 04840
        978-89-93094-31-2 (세트)

* 폴라북스는 (주)현대문학의 새로운 종합출판 브랜드입니다.
* 책값은 뒤표지에 있습니다.